图解

岚裳◎编

元曲三百首

中国华侨出版社
·北京·

图书在版编目（CIP）数据

图解元曲三百首 / 岚裳编 .—北京：中国华侨出版社，2016.11（2025.5 重印）
ISBN 978-7-5113-6448-7

Ⅰ . ①图⋯　Ⅱ . ①岚⋯　Ⅲ . ①元曲—选集　Ⅳ . ① I222.9

中国版本图书馆 CIP 数据核字（2016）第 253942 号

图解元曲三百首

编　　者：岚　裳
责任编辑：唐崇杰
封面设计：阳春白雪
经　　销：新华书店
开　　本：720 毫米 ×1040 毫米　1/16　　印张：18　　字数：271 千字
印　　刷：三河市京兰印务有限公司
版　　次：2017 年 6 月第 1 版
印　　次：2025 年 5 月第 3 次印刷
书　　号：ISBN 978-7-5113-6448-7
定　　价：65.00 元

中国华侨出版社　北京市朝阳区西坝河东里 77 号楼底商 5 号　　邮编：100028
发 行 部：（010）88866779　　　　传　真：（010）88877396

如发现印装质量问题，影响阅读，请与印刷厂联系调换。

前言

　　元曲原本来自所谓的"蕃曲""胡乐"，起初在民间流传，被称为"街市小令"或"村坊小调"。它是金元时期在北方歌谣俗曲的基础上发展起来的新诗歌形式。它成长繁荣的环境是金元时期的城镇，作者大多是中下层文人和民间艺人，演唱者大多是勾栏里的歌伎。元曲有严密的格律定式，每一曲牌的句式、字数、平仄等都有固定的格式要求。

　　元曲包括两类文体：一是小令、带过曲和套数的散曲；二是由套数组成的曲文，间杂以宾白和科范，是专为舞台上演出的剧曲。"散曲"是和"剧曲"相对存在的。散曲只是用作清唱的歌词；剧曲是用于表演的剧本，写各种角色的唱词、道白、动作等。从形式上看，散曲和词很相近，不过在语言上要比词更通俗活泼，格律的要求也更自由。散曲从体式分有"小令"和"散套"两类。小令体制短小，通常只是一支独立的曲子（少数包含二三支曲子）；散套则由多支曲子组成，要求始终用一个韵。散曲比词更接近民歌。

　　继唐诗、宋词之后的元曲有着它独特的艺术魅力：一方面，元曲在表达上体现出直截明快、意到言随的艺术特色，以满足感官、心理的直接需要为旨归，告别了诗词的苦吟与刻意；另一方面，元代社会使读书人位于"七

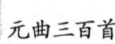

娼八医九儒十丐"的地位，政治专权，社会黑暗，因而元曲锋芒直指社会弊端，透出反抗的情绪。元曲中描写爱情的作品也比历代诗词来得泼辣、大胆、直露、谐谑、尖巧，这些都使元曲永葆其艺术魅力。

这本《图解元曲三百首》收录了在思想上和艺术上具有较高成就的曲子：有著名曲家的代表作，有各类题材的作品精粹，也有广泛影响社会的名篇佳作等，比较全面地反映了元曲的全貌。本书以曲家活动时间的先后为顺序，集合了元曲的精华。除了元曲原作之外，还设置了以下几个相关辅助性栏目："注释"将难以理解的字句加以解释，扫除阅读障碍，方便阅读；"译文"力求忠于原作，使读者能直接了解原曲的语言风格；"赏析"在尊重原文的原则上，将曲目的主题思想、神韵予以解析，使人会意怡情；"作者简介"介绍了作者的生平和作品风格，重要的作者则按照今人的推想画出了画像。书中与文字相契合的精美插图，还原了元代社会生活风貌，生动贴切地展示了作品的主题和曲中人的思想感情，图文珠联璧合，营造出了一个彩色的、立体的、极具艺术力的阅读空间，能够帮助读者获得更多美的享受和阅读体验。

目录

人月圆 卜居外家东园①（一）

◎元好问

重冈已隔红尘断②，村落更年丰。
移居要就③，窗中远岫，舍后长松。
十年种木，一年种谷，都付儿童。
老夫惟有，醒来明月，醉后清风。

**注释**

①卜居：择定居所。外家：母亲的娘家。②重冈：层层的山冈。③就：靠近。

译文

重重山冈隔断了俗世红尘，村落又迎来丰年。即将移居新的住处了，窗中可见远山，舍后种有长松。十年种树，一年种谷，关于将来还是都交给年轻人吧。只要醒来时有明月相照，醉酒后有清风相伴，我就知足了。

赏析

此曲一开篇，作者便用一个"红尘断"交代了移居的原因——远离凡尘喧嚣。紧接着又用一个"村落更年丰"说明自己移居的外家东园宁静丰足，虽地处偏僻，却并不荒凉，让人不由联想起世外桃源。而在新居，作者窗前有远山相望，屋后有长松相依，清静又不失意趣。与山、

◎作者简介◎

元好问（1190—1257），字裕之，号遗山，忻州秀容（今山西忻县）人，世称遗山先生。金、元之际著名文学家。著有《中州集》《南冠录》《壬辰杂编》，等等。其为金宣宗兴定五年（1221）进士，历任尚书省掾、左司都事员转外郎。金亡不仕，以著述为事。

元好问是金元间最有成就的诗人，其文章质朴沉郁。今存小令九首，大都清润疏俊，被奉为楷模。

松为伴，人不止远离了尘世的烦扰，还投入进自然的怀抱。

此曲的上半部分着重描写新居的环境，而到下半部分，则笔锋一转，写起了迁居后的新生活。"十年种树，一年种谷，都付儿童"，何止是懒管喧嚣杂事，连生活琐事也无心过问，全都交付年轻人打理。作者自己则一心去过"醒来明月，醉后清风"的生活，无牵无挂，悠然淡泊。

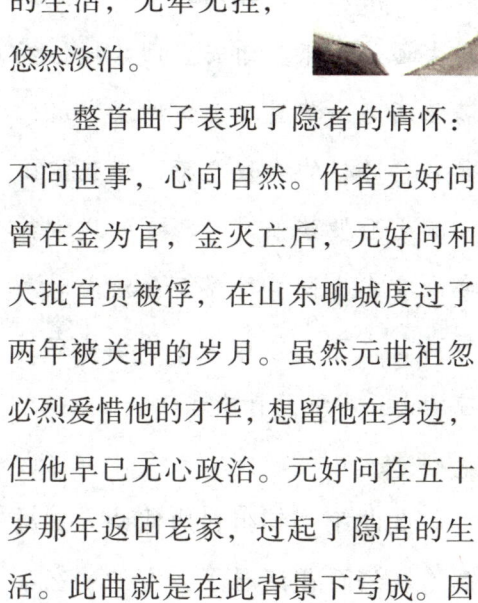

整首曲子表现了隐者的情怀：不问世事，心向自然。作者元好问曾在金为官，金灭亡后，元好问和大批官员被俘，在山东聊城度过了两年被关押的岁月。虽然元世祖忽必烈爱惜他的才华，想留他在身边，但他早已无心政治。元好问在五十岁那年返回老家，过起了隐居的生活。此曲就是在此背景下写成。因

此整首曲子在清静闲淡的隐士情怀之外，还有着深深的无奈之感。对作者来说，前朝种种已是往事，感慨哀叹无济于事，未来种种与己无关，没有必要再思虑过问，只有寄身自然，观明月，醉清风。在隐居之后，元好问专心著书，直到1257年离开人世。

人月圆 卜居外家东园（二）

◎元好问

玄都观里桃千树①，花落水空流。
凭君莫问②，清泾浊渭③，去马来牛。
谢公扶病④，羊昙挥涕⑤，一醉都休。
古今几度，生存华屋，零落山丘⑥。

注 释

①"玄都"句：唐刘禹锡《戏赠看花诸君子》："玄都观里桃千树，尽是刘郎去后栽。"玄都观，唐代长安城郊的一所道观。②凭：请。③"清泾"二句：语本杜甫《秋雨叹》："去马来牛不复辨，浊泾清渭何当分。"清泾浊渭，泾、渭皆水名，在陕西高陵县境汇合，泾流清而渭流浊。④谢公：谢安（320—385），东晋政治家。在桓温谋篡及苻坚南侵的历史关头制乱御侮，成为保全东晋王朝的柱石。孝武帝太元年间，琅琊王司马道子擅政，谢安因抑郁成疾，不久病故。⑤羊昙：谢安之甥，东晋名士。⑥"生存"二句：三国魏曹植《箜篌引》："生存华

屋处，零落归山丘。"言人寿有限，虽富贵者也不免归于死亡。

译 文

玄都观里曾有无数株桃花烂漫盛开，而今早已花谢随流水，不复存在。请您不必去探求明白：奔流着的是清泾还是浊渭，苍茫之中是马去还是牛来。谢安重回故地已经满是病态，羊昙曾为他的去世流泪痛哀。这样的存殁之感，在我酩酊一醉之后便淡然忘怀。要知道古往今来有多少同样的感慨：活着时身居高厦大宅，到头来免不了要在荒凉的山丘中把尸骨掩埋。

赏 析

此曲第一句得自唐代诗人刘禹锡《戏赠看花诸君子》中的"玄都

观里桃千树，尽是刘郎去后栽"。刘禹锡对故地重游、今昔巨变的唏嘘显然引起了元好问的共鸣。此曲为元好问1239年所作。当时元好问历尽坎坷，回到了阔别二十余年的故乡秀容（今山西省沂县），眼前的景象已与记忆中的大不相同。一句"花落水空流"便说明了作者怅惘的心境。

"清泾浊渭，去马来牛"化自杜甫的《秋雨叹三首》，原是形容雨大到让人看不清景物，此曲中则被拿来形容世事易变。时间奔流不息，马走牛来，朝代更替，故乡大变。面对此景，作者没有直接表达内心的惆怅，而是借用"谢公扶病"和"羊昙挥涕"的典故诉说伤感心绪。用典的一大好处就是用寥寥数语承载复杂的信息，通过唤起读者对某件事的记忆，促使读者体会、理解作者的感情。

曲末的"生存华屋，零落山丘"出自三国时曹植的《箜篌引》，同时也是作者对人生无常的慨叹。据

说，羊昙在哭谢安时所诵诗句即为此句。而作者将羊昙所诵之句放置曲子的末尾，而非"羊昙挥涕"之后，旨在用死人所居的山丘和自己所卜的新居构成死、生对比，进一步强调曲子的主旨，增强曲子结尾处的力度。

骤雨打新荷^①

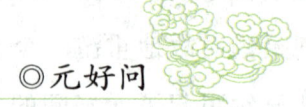

◎元好问

　　绿叶阴浓，遍池亭水阁，偏趁凉多。海榴初绽^②，朵朵簇红罗。乳燕雏莺弄语^③，有高柳鸣蝉相和^④。骤雨过，珍珠乱糁^⑤，打遍新荷。人生有几？念良辰美景，休放虚过^⑥。穷通前定^⑦，何用苦张罗。命友邀宾玩赏，对芳樽浅酌低歌^⑧。且酩酊，任他两轮日月，来往如梭。

注释

　　①骤雨打新荷：《太平乐府》认此作曲牌，而元陶宗仪所著《南村辍耕录》卷九云："小圣乐乃小石调曲，元遗山先生好问所制，而名姬多歌之，俗以为骤雨打新荷者是也。"《蜻（yǐn）庐曲谈》载：元遗山"所作曲虽不多，而甚超妙。其《骤雨打新荷》小令即是"。足见此曲在元初就颇负盛名。②海榴初绽（zhàn）：海榴，即石榴，因其自海外引入，故称。绽，开放，裂开。句言当时石榴花刚刚绽蕾开放。③乳燕携雏弄语：雏（chú），幼小的（多指鸟类），此指幼燕。老燕子携带着小燕子呢喃学语。④高柳鸣蝉

相和：和（hè），和谐地随着叫。此句讲高柳上的蝉儿，互相鸣叫唱和。

　　⑤珍珠乱糁：糁（sǎn），米粒儿（方言），此作"撒"讲。这里形容雨点打在新荷之上，恰如撒乱的晶莹珍珠一般。⑥"人生"三句：意谓人生短暂，而那良辰美景，同梦幻一般，俯仰即逝，无法挽留。⑦穷通前定：穷，困厄，不如意。通，通达顺利，得志如意。这句话是说人的命运如何，都是注定了的，不会因个人的作为而变化。⑧对芳樽浅酌低歌：芳樽，芳，芳香；樽，酒杯，古代盛酒的器具，此讲盛着美酒的酒杯。酌（zhuó），斟酒，饮酒。全句是说，面对着美酒，

浅饮低唱。

译文

　　绿叶茂密相遮形成一片浓郁的凉阴，池塘边所有的亭台楼阁，恰成了最凉快之处。石榴花刚刚绽蕾开放形成花海，团花锦簇仿佛红色的罗裙。老燕子携带着小燕子呢喃学语。高柳上的蝉儿，互相鸣叫唱和。雨点打在新荷之上，恰如撒乱的晶莹珍珠一般。人生能有几个百年？想眼前这般良辰美景，不能让它白白地在眼前消逝。人的富贵贫穷，都是前生注定了的，何苦到处奔波忙碌。不如呼朋唤友，对芳樽浅酌低唱。暂且喝个酩酊大醉，任他日月轮转，时光来往如梭。

赏析

　　作者以"池亭水阁"为观察点，选取了若干反映夏季特点的景物细细描绘，譬如树木"绿叶荫浓"，初初绽放的石榴花"朵朵簇红罗"。和春天的生机勃发不同，夏天万物鼎盛。同是绿树红花，在春天，如少年男女，清新娇艳；到了夏天，便如盛年之人，尽情展现生命的力量。"浓"写出了树的繁茂。"簇红罗"又写出了鲜花竞相盛放的美艳。接着，作者又用乳燕和蝉的叫声来渲染夏天的喧闹。景与声相结合，勾勒出一幅明艳热烈的盛夏图。

　　然而，突如其来的一场大雨让曲中景一下子由"明艳热烈"变成了"清淡疏冷"，也让作者产生了人生短暂，世事多变，不如及时行乐的感慨。他甘愿抛下对未来的筹谋打算，一心沉醉在美景之中。"命友邀宾玩赏，对芳樽浅酌低歌"，对自然的热爱终究战胜了对功名的向往。而曲末的"任他两轮日月，来往如梭"则可视作"穷通前定，何用苦张罗"的升华，告诉读者，作者不是一时兴起暂时将穷通放下，而是打定主意真的去过无牵无挂、顺任自然的生活。

小桃红 采莲女（一）

◎杨 果

满城烟水月微茫，人倚兰舟唱。常记相逢若耶上①。隔三湘②，碧云望断空惆怅。美人笑道：莲花相似，情短藕丝长。

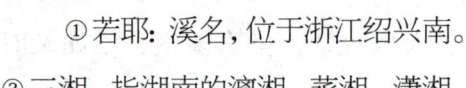

注释

①若耶：溪名，位于浙江绍兴南。
②三湘：指湖南的漓湘、蒸湘、潇湘。

译文

月亮在遥远的星空照耀着整座城市，全城仿佛笼罩在这一片烟水间，美人倚兰舟吟唱。曾记得我们在若耶溪相遇，水隔三湘，只能望穿碧云蓝空，空自惆怅。美人笑着吟唱道：思慕之心依然未减，相处的日子不多而相思却也是像藕丝那样长。

赏析

此曲是元代早期诗人杨果的代表作之一。作者在曲子一开始，就用一句极富画面感的"满城烟水月微茫"将读者的思绪拉入江南水乡的夜晚。而这个夜晚除了有朦胧月色，还有悠扬的歌声。将声注入景中，景便愈发鲜活。

"相逢"一句是写记忆中的场景。传说，若耶为西施浣纱的地方，作者提到此处，一是为了表现与情人相识时的美好，二是为了引起读者对情人美貌的想象。但紧接着，

⊙作者简介⊙

　　杨果（1195—1269），字正卿，号西庵，祁州蒲阴（今河北安国市）人。金正大元年（1224）进士，历官偃师、陕县县令，入元官至参知政事、怀孟路总管。其人英俊聪敏，幽默诙谐，与元好问交好，著有《西庵集》。散曲多以歌咏自然为题材，语言华美，今存小令十一首，套曲五首。《太和正音谱》称其曲"如花柳芳妍"。

作者又用一个"隔"字将回忆和想象打断，让人重新回到有情人天各一方的现实。"碧云"句中的"空"与"隔"字呼应，说明有情人不止两相分离，还相见无期。

　　真正相爱的人不会因为相隔两地而淡漠了感情。句的末尾，作者借美人之口婉转地表达自己的情怀。藕断则丝连，"丝"与"思"谐音，虽说古人常用藕丝形容相思，但作者并非简单地援引常法。此曲以江南水乡为背景，藕又是水中常见之物，不仅可传达相思之意，还可与前面的兰舟、水月等意象相映成景。

散　曲

　　曲包括散曲和杂剧，散曲是单独咏唱的诗歌，又可分为小令和套曲两大类。散曲不同于剧本，没有科白。一般散曲的篇幅都不会太长。当散曲配乐演唱时，是一支歌曲或组歌；离开了音乐，就可以成为吟咏朗诵的诗歌。散曲既有大量的小令，也有不少套数，散曲套数又称为"散套"。

小桃红 采莲女（四）

◎杨 果

碧湖湖上柳阴阴，人影澄波浸，常记年时对花饮。到如今，西风吹断回文锦①。羡他一对，鸳鸯飞去，残梦蓼花深。

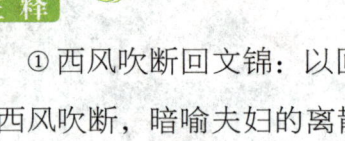

注释

①西风吹断回文锦：以回文锦被西风吹断，暗喻夫妇的离散。回文诗是我国古代杂体诗名，回环往复读之，都有意义。相传始于晋代的傅咸和温峤，但他们所作的诗皆不传。今所见以苏蕙的《璇玑图诗》最有名。苏蕙是前秦的女诗人。据《晋书·列女传》说："窦滔妻苏氏，名蕙，字若兰，善属文。滔，苻坚时为秦州刺史，被徙流沙，苏氏思之，织锦为《回文旋图诗》以赠滔，宛转循环以读之，词甚凄惋。"

译文

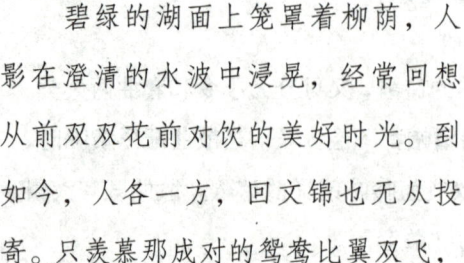
碧绿的湖面上笼罩着柳荫，人影在澄清的水波中浸晃，经常回想从前双双花前对饮的美好时光。到如今，人各一方，回文锦也无从投寄。只羡慕那成对的鸳鸯比翼双飞，

消逝在蓼花深处，徒给人留下零乱不全的春梦。

赏析

这是一首写思念之情的曲子。作者在曲子开始通过描绘碧湖、柳荫、澄波等景物，营造了明艳的气象。正是这景致引起了曲中人对美好往昔的怀恋。曲子从景到情，转接得十分自然。其中，"人影澄波浸"一句，既是景语，突出了水之清，又是情语——曲中人正顾影自怜。

古人写文，常用"西风"表现凄凉之情。曲中人并未在回忆中沉浸太久，便回到了无情的现实。回文锦已断，说明曲中人不仅和情人两相分离，还断绝了音信。"西风"一句在意象上和"碧湖湖上柳阴阴"形成鲜明对比。

"羡他一对，鸳鸯飞去，残梦

蓼花深"本可以写作"羡他一对鸳鸯飞去,残梦蓼花深",作者故意将"一对"和"鸳鸯"断开,一是为了突出"一对",表达对情人的怀念,二是为了制造一句三叹的效果。

这首小令由景及人,又由人及景,以湖上美景引出回忆与现况的今昔对比,使得曲情愈发凄婉悲怆。正所谓"以乐景写哀,一倍增其哀乐"。

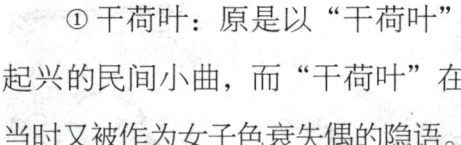
干荷叶（一）
◎刘秉忠

干荷叶①，色苍苍，老柄风摇荡。减了清香，越添黄。都因昨夜一场霜，寂寞在秋江上。

注 释

① 干荷叶：原是以"干荷叶"起兴的民间小曲，而"干荷叶"在当时又被作为女子色衰失偶的隐语。

译 文

干枯的荷叶，颜色变得苍黄难看，老茎被风吹得不住摇荡。清香减退了，越发显得枯黄。都是因为昨夜下了一场霜，给这秋天江面上的荷叶更添寂寞、凄凉。

赏 析

此曲以荷叶喻人。干枯的荷叶在风中摇荡，一如孤苦无依、容颜

◎作者简介◎

刘秉忠（1216—1274），元代政治家、作家。原名侃，字仲晦，号藏春散人，邢州（今河北邢台市）人。著有《藏春集》等，其曲以苍劲疏秀著称。蒙古灭金后，刘秉忠出任邢台节度府令史，不久归隐武安山，从浮屠禅师云海游，更名子聪。元世祖忽必烈即位前，与云海禅师一起入见，被忽必烈留任身边。忽必烈即位后，拜光禄大夫太保，参领中书省事，改名秉忠。

不再的女子。"减了清香，越添黄"则暗示女子每况愈下，让人不禁记挂起她的命运。而最末的"都因昨夜一场霜"则婉转地告诉人们女子遭遇变故才身陷此境。该曲用比兴的手法，将女子与荷叶融为一体，同时散发着浓郁的民间气息，被认为是散曲和民歌两相结合的佳作。

干荷叶（二）

◎刘秉忠

南高峰，北高峰①，惨淡烟霞洞②。宋高宗，一场空。吴山依旧酒旗风③，两度江南梦④。

注释

①南高峰，北高峰：杭州西湖旁的两座山峰。②烟霞洞：南高峰下烟霞岭的石洞。③吴山：在杭州西湖东南，杭州名胜之一。④两度：两次。指五代时吴越和南宋先后在临安建都之事。

译文

南高峰，北高峰，惨淡的烟霞洞。宋高宗在此落得一场空。吴山的酒旗依旧在风中飘动，而吴越同南宋在江南留下的只是两次兴亡梦。

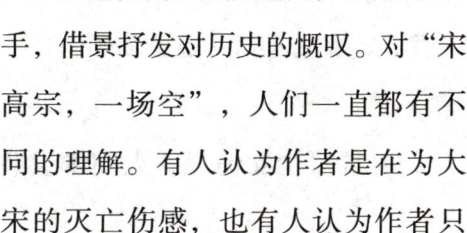

赏析

此曲语言通俗直白，由写景入手，借景抒发对历史的慨叹。对"宋高宗，一场空"，人们一直都有不同的理解。有人认为作者是在为大宋的灭亡伤感，也有人认为作者只是借宋高宗的故事叹息人生如梦、世事无常。

一半儿 题情

◎王和卿

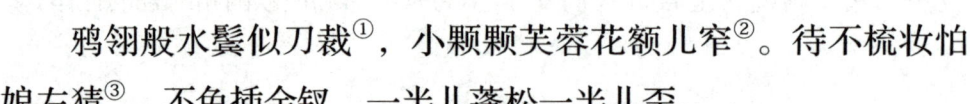

鸦翎般水鬓似刀裁①，小颗颗芙蓉花额儿窄②。待不梳妆怕娘左猜③。不免插金钗，一半儿蓬松一半儿歪。

注释

①鸦翎：乌鸦尾上的羽毛。水鬓：油亮的鬓发。②花额儿：美丽如花的额头。③待：打算。左猜：猜疑。

译文

一头秀发乌黑亮丽，鬓角处像刀裁一般整齐，缀饰着小颗芙蓉的头饰下，额头留得窄窄的。真不想在妆台前打扮自己，可就怕我娘生疑。不得已把金钗插起，结果不仅蓬乱了头发，连钗儿也向一边歪敧了。

赏析

通常写少女情思，人们都会将大量笔墨放在少女的心理活动上。但此曲却不然，它颇为新颖地从少女的动作入手，以动作表现情思。

"鸦翎般水鬓似刀裁，小颗颗芙蓉花额儿窄"，少女的妆容十分精致，一下子就引起了读者的兴趣。作者虽未明言少女容貌美丽，读者的眼中就已经出现一位俏丽可爱的女子。然而，接下来的"待不梳妆怕娘左猜"却告诉读者少女无心打扮，这着实令人意外。少女对镜自窥，心思却全然不在容貌上。俗话说，"女为悦己者容"，人们马上便猜到，

◎作者简介◎

王和卿，大名（今属河北省）人，生卒年、字号不详。与关汉卿同时代，比关汉卿早卒。陶宗仪《南村辍耕录》曾记他与关汉卿互相讥谑，说他"滑稽佻达，传播四方"。明代朱权的《太和正音谱》将其列于"词林英杰"一百五十人之中。现存小令二十一首，套曲一首，见于《太平乐府》《阳春白雪》《词林摘艳》等集中。

少女多半为不能和心上人相见而烦恼。花容月貌为谁妍，若不能和心上人相见，悉心打扮又有何意义？尽管因为"怕娘左猜"，少女不得不打起精神梳妆，但心有所挂，免不了破绽百出。"不免插金钗，一半儿蓬松一半儿歪"，这一细节描写将少女心神不定、如痴似病的情貌刻画得惟妙惟肖。同时，也给读者留下了悬念——少女的家人尚不知少女情窦已开心有所属，少女是一直隐瞒下去呢，还是向家人坦白？她的这份感情又能否得偿所愿？

拨不断 大鱼

◎王和卿

胜神鳌①，夯风涛②，脊梁上轻负着蓬莱岛③。万里夕阳锦背高④，翻身犹恨东洋小。太公怎钓⑤？

注 释

①神鳌：传说中一种有神力的大海龟。②夯（hāng）：用力撞。③蓬莱岛：传说中的海上三仙山之一。④锦背：色彩斑斓的鱼背。⑤太公：即姜太公。

译 文

胜过了那神奇的大鳌，力气可以对抗海上的大风浪，脊梁上轻松地背负着蓬莱岛。游过了千万里，夕阳下只看到它的锦鳞高高地耸立，就是翻个身还嫌东洋太小。这样的大鱼，姜太公怎么钓？

赏 析

"胜神鳌，夯风涛"写出了大鱼的磅礴气势，"脊梁上轻负着蓬

曲的格律知识

天人合一的传统思想观

这是中国最古典的传统观念。自老子《道德经》开始就提出"道法自然"之说，因此中国向来以融入自然为人生最高境界，由此而有天人合一之说。庄子曾经有"庄生梦蝶"的故事，表达的就是这一主题。汉代思想家、阴阳家董仲舒将道家思想发展为天人合一的哲学思想体系。这种思想认为，有天之道，有地之道，有人之道，而这三者是有联系的。其实这是主张人要顺应自然规律，达到与自然的和谐共处。后来中国古典诗词中不断出现吟咏"庄生梦蝶"主题的作品。比如李商隐《锦瑟》一诗中的："庄生晓梦迷蝴蝶，望帝春心托杜鹃。"元代散曲家王和卿以庄生梦蝶的故事作诙谐的调侃之语，而由其曲可自然品味出天人合一思想的深邃底蕴。

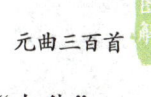

莱岛"则说明这鱼不仅身形庞大，还神猛无比。结合作者的经历——声望甚高，入元不仕——可知作者有借鱼自比、借鱼托志之意。这鱼是如此不同寻常，万里夕阳都照不全它的脊背；又是如此心高气傲，偌大的东洋都嫌小。区区姜太公岂有能力将它钓走？这里的"太公"既可以理解为朝廷，也可以理解成世人孜孜以求的官位名禄。

王和卿的曲子以想象丰富、语言新奇见长，此曲就极好地体现了这点。

小桃红 江岸水灯

◎盍西村

万家灯火闹春桥①，十里光相照。舞凤翔鸾势绝妙②。可怜宵③，波间涌出蓬莱岛。香烟乱飘④，笙歌喧闹，飞上玉楼腰⑤。

 注释

①闹：使热闹、欢乐。②舞凤翔鸾：指凤形和鸾形的花灯在飞舞盘旋。鸾，传说中凤凰一类的鸟。③可怜：可爱。④香烟：指灯火的光辉及焰火。⑤玉楼：华丽的高楼。

译文

万家灯火照耀着闹灯春桥，一派热闹景象，沿江十里灯火辉煌，互相映照。凤灯飞舞，鸾灯腾翔，气势恢宏绝妙。多么可爱的夜晚，波涛奔涌现出蓬莱仙岛。浓香的烟火纷散着乱飘，笙歌声声喧响欢闹，一起飘飞，直飞上华丽的高楼，冲

到半腰间。

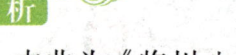 **赏析**

本曲为《临川八景》之一，描绘了正月十五上元灯节的热闹景象。

元宵佳景向来是文人骚客钟爱的咏唱对象，和元宵节有关的佳作名篇不胜枚举，此曲就是其中之一。曲子一开始就用"万家灯火"传递出人们对元宵佳节的喜爱之情。"万"是虚数，旨在表现灯火之多，后面的"十里"也是虚指，意在强调街道上流光溢彩。作者除了着力表现目之所见，还用一个"闹"字写出了节日的喧嚣，从视觉和听觉这两

⊙作者简介⊙

盍西村，生平不详。盱眙（今江苏省盱眙县）人。元代钟嗣成的《录鬼簿》未见其姓名，但有盍志学，有人以为二者系一人。其文风格清丽，明代朱权在《太和正音谱》中评价他"如清风爽籁"。今存其小令十七首，套数一首。

个角度描绘元宵佳节的欢乐场面。第三句的"舞凤翔鸾势绝妙"，一方面突出了元宵节的节日特色，一方面又为这欢乐场面增添了喜庆的气氛，凤与鸾都是祥兽。

接着，作者笔锋一转，将视线转向江中，重点刻画江上的灯船。"波间涌"写出了灯船于水中若隐若现的样子，远远看去，如梦似幻，所以作者才将其比喻成传说中仙人所居的蓬莱岛。而这灯船不止远观如仙境，身处其中也仿佛置身美好梦境。

船上灯火闪烁，焰火纷飞，作者想象着它们会一直飞到九霄之外天帝所居的玉楼。曲子在这里戛然而止，给人留下了巨大的想象空间。玉楼上的天帝是否会被这人间佳节感染？

作者由陆地写到江上，又由江上写到天庭，其虚实相间的写作手法，大胆的想象，都给人耳目一新的感觉。

小桃红 客船晚烟

◎盍西村

绿云冉冉锁清湾①，香彻东西岸。官课今年九分办②。厮追攀③，渡头买得新鱼雁。杯盘不干，欢欣无限，忘了大家难。

注释

①绿云：此指烟霭汇聚成的如云烟团。冉冉：上升的样子。②官课：指上缴官家的租税。九分办：免去一分赋税，按九成办理征收。③厮追攀：相互追赶、招呼。

译文

如绿云一般的繁枝纷披环锁了清清的江湾，花香四溢弥漫了东西两岸。官家的租税今年只按九成征收。前后呼叫相告，聚集在渡头，买了新捕获的鱼虾野味。在杯子里斟满酒，盘子里盛满食品，感到无比欢欣，暂且把各自的艰难事抛在脑后了。

赏析

此曲为《临川八景》组曲中的一篇，极富生活气息。

曲的格律知识

元曲胜在自然而然

王国维在《宋元戏曲史》中论元人曲子道："元曲之佳处何在？一言以蔽之，曰自然而然而已矣。古今之大文学无不以自然胜，而莫著于元曲。盖元曲之作者，其人均非有名位学问也；其作剧也，非有藏之名山传之其人之意也。彼以意兴之所至为之，以自娱娱人，关目之拙劣，所不问也；思想之鄙陋，所不讳也；人物之矛盾，所不顾也。彼但摹写其胸中之感想与时代之情状，而真挚之理与秀杰之气时流露于其间。故谓元曲为中国最自然之文学，无不可也。若其文字之自然，则又为其必然之结果，抑其次也。"

元曲所以成为特立的一种文学，正因为它的通俗自然，俗谚土语皆在其中，正因为它是大众的文艺。

曲首的"绿云"有多种理解。有人认为"绿云"实指葱郁的树冠，小湾被绿树环绕，景色宜人，为全曲奠定了欢乐的基调。也有人认为"绿云"指江边烟霭，有祥瑞之意。官府减少了税收，百姓大喜，作者仿佛看到一团祥瑞之气笼罩在清湾上。虽然在今人看来，税收免去一成并不算多，但在当时人眼中，这

可是值得庆祝的大好消息。"厮追攀，渡头买得新鱼雁"与前面的"香彻东西岸"相互照应，对平民百姓而言，最好的庆祝方式便是美美地吃上一顿。"杯盘不干，欢欣无限"，就连读者也不免为曲中人的欢乐所感染。

但这欢乐并没有贯穿全曲，"忘了大家难"，看着欣喜若狂的百姓，作者感慨万分。百姓身上的重担并不会因为税收减了一成而消失，欢

喜过后，还有千难万难要面对。作者不由为他们的未来担忧起来。这位船客能够从渔民的一日之欢想见其百日之苦，能够理解渔民以一日之醉忘百日之忧，真是十分难得了。

此曲构思奇特，全篇以白描手法铺叙渔家之乐，只是在篇末轻轻一点，揭示了渔家忧难的丰富内涵，其对人的触动更加强烈，发人深思。这正是"以乐景写哀，以哀景写乐，一倍增其哀乐"（王夫之语）。

潘妃曲（一）

◎商 挺

戴月披星耽惊怕，久立纱窗下。等候他，蓦听得门外地皮儿踏。只道是冤家①，原来风动荼蘼架②。

注 释

①冤家：对亲爱者的昵称。②荼蘼：木本植物，春末开白、红色繁花。

译 文

身披星星，头顶月亮，担惊受怕地在纱窗下久久地站立着，等候着他，忽然听到门外有踏地响动的声音。只以为是情郎来了，原来不过是风吹动了荼蘼花架。

赏 析

此曲生动地刻画了女子等候情郎时焦急的样子。曲子一开始便用"戴月披星"交代了故事发生的时间，又用"惊怕"二字点明了女子既想早点见到情人，又担心被人发现的复杂心情。而接下来的"久立纱窗下"表面上是写女子的动作，实际依然是写女子的心理。她在纱窗下待了许久，仍不肯离去，这一方面表现了她对情人的一往情深，一方面也为下文她误将风动荼蘼架的声音当作情人的脚步声做了铺垫。她见情人的心情随着等候时间的延长，愈发迫切。任何一点轻微的声响都会引起她的注意，她多么希望在听到声响后，能立即看到情人的身影。

"蓦听得门外地皮儿踏"是全曲的高潮，读者的心和女子的一起被揪了起来。一句"只道是冤家"写尽了小儿女态，既有欣喜，又有嗔意。然而，事不遂人愿，"原来风动荼蘼架"，曲的末尾真相大白，她苦苦守候的情人仍未出现。在这里，作者虽只字未提女子的心情，读者仍可对女子的失望感同身受。整首曲子一波三折，将热恋中的女子微妙的内心变化勾画得淋漓尽致。而女子最终等到了情人吗？作者故意留下空间让人想象，把曲的意蕴延伸至曲外，耐人寻味。

小曲只用寥寥数语，便展示了一幕波澜起伏的短剧。结尾陡然煞住，余味无穷。

⊙作者简介⊙

　　商挺（1209—1288），字孟卿，一作梦卿，自号左山老人，曹州济阴（今山东菏泽市）人，曲家商正叔之侄。与元好问、杨奂交好，颇受元世祖赏识。曾任宣抚副使、参知政事、同金枢密院事，累迁枢密副使，后因病辞官。《元史》中可见其传。商挺工诗画，善书法，尤以隶书为长，曾作诗千余篇。散曲亦成绩斐然，今存小令十九首，多写闺阁之情，明代朱权作《太和正音谱》将其列为"词林英杰"一百五十人之中。

潘妃曲（二）

◎商 挺

　　闷酒将来刚刚咽①，欲饮先浇奠②。频祝愿，普天下心厮爱早团圆③。谢神天，教俺也频频的勤相见。

 注释

　　①刚刚：此为勉强意。②浇奠：以酒洒地，以表示祭奠。③厮爱：相爱。

 译文

　　把酒拿来独自闷饮，勉勉强强要咽下又难咽下，在饮酒之前先将酒浇奠在地上。一遍遍地祝愿，愿普天下有情人早早团圆。祈望上天，让我也能同心上人多多见面。

 赏析

　　商挺的小令以描写儿女恋情见长，本篇即是其中的佳作。它看似简单，语言直白，却予读者以很大的想象空间。曲中的女子祝天下爱侣团圆，自己却只求和心上人多见几面，难道是因为她已不可能和心上人长相厮守了吗？曲子在高潮时戛然而止，让人回味无穷。

一半儿

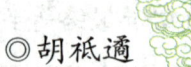

◎胡祗遹

败荷减翠菊添黄，梨叶翻红梧叶苍。绣被不禁昨夜凉。酿秋光，一半儿西风一半儿霜。

译文

残败的荷叶消减了翠绿，而菊花越发金黄，梨叶渐渐泛红，梧叶苍黄。锦绣套被已不能抵挡昨夜的寒冷。是什么酿就了这秋天的气象？一半儿是那卷地的秋风，一半儿是那清冷的白霜。

赏析

元曲讲究对偶，此曲的前两句为对偶中较常见的"合璧对"。作者用荷叶、菊花、梨叶、梧叶这四种物象色彩上的变化来写秋天的临近。翠、黄、红、苍与后面的"秋光"相互呼应，交织成色彩斑斓的秋日之景。而"减""添""翻"等动词的运用又为这色彩斑斓的景象增添了动感，让"秋光"活了起来，不仅如此，还紧扣住"酿秋光"的"酿"，表现出季节变化之美。而接下来的"绣被不禁昨夜凉"则

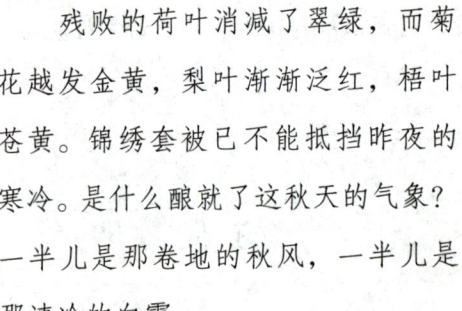

⊙作者简介⊙

胡祗遹（1227—1295），字绍开，号紫山，磁州武安（今属河北省）人。元世祖朝历任户部员外郎、右司员外郎、太原路治中、河东山西道提刑按察副使、荆湖北道宣慰副使、济宁路总管及山东、浙西提刑按察使等职，为人精明干练，声誉甚佳。官拜翰林学士，未赴任。后改任江南浙西按察使，不久因病辞归。死后封谥号"文靖"。

胡祗遹学习宋代大儒，著述很多，有诗文集《紫山大全集》，现存二十六卷本。其中，卷八中的《黄氏诗卷序》《优伶赵文益诗序》《朱氏诗卷序》是研究元曲的珍贵资料。明代朱权在《太和正音谱》评论他"如秋潭孤月"。其散曲今存小令十一首，多为写景之作。

一下子将描绘的重点由景转到了人，一个"凉"字暗示了曲中人的孤单。秋光虽美，但在孤单单的曲中人眼中，却是"一半儿西风一半儿霜"，萧瑟凄清。"西风"的"西"与"凄"音近，"霜"又近似于"伤"，再加上二者都给人以寒冷之感，所以古人经常用西风与霜表现感伤的情绪。

这首小曲虽是意在写一位独处深闺、长夜不眠的女子的处境和内心感受，但却注重以景烘托。全曲色彩非常丰富，极力渲染浓重的秋色，正是极力衬托人物内心的伤感和凄凉。情和景浑融成一片，这就是诗家通常说的"烘云托月"法。

沉醉东风 赠妓朱帘秀

◎胡祗遹

锦织江边翠竹①，绒穿海上明珠②。月淡时，风清处，都隔断落红尘土③。一片闲云任卷舒，挂尽朝云暮雨④。

**注 释**

①江边翠竹：指湘江边的竹子。②海上明珠：中国古代传说中，珍珠为鲛人眼泪所化。西晋张华《博物志》："南海水有鲛人，水居如鱼，不废织绩，其眼能泣珠。"③红尘：出自班固《西都赋》："红尘四合，烟云相连。"原指街上飞扬起的尘土，后指喧嚣的社会。④朝云暮雨：战国时宋玉《高唐赋序》中，楚怀王梦到巫山女子侍寝，称"旦为朝云，暮为行雨，朝朝暮暮，阳台之下"。人常指男女交合。

译 文

由锦丝织编着湘江边的翠竹，用绒线穿缀着南海中的明珠，无论是月亮淡淡笼罩，还是清风徐徐吹拂，都将那落红与红尘隔断于外。

仿如一片任意闲游的彩云舒卷自如，这一帘挂在那儿，历尽朝云暮雨。

赏 析

此曲是胡祗遹为朱帘秀所作，作者取其名中的"帘"字展开联想，以帘喻人，大书她的美好。

"锦织江边翠竹，绒穿海上明珠"，锦丝绦和明珠都是美丽且珍贵之物，竹则被古人视作君子的象征，有正直、高尚之意。它们交织一起构成了"帘"，朱帘秀高贵美丽的形象登时跃然纸上。但作者又没有止步于朱帘秀的外表之美。

"月淡时，风清处，都隔断落红尘土"，落红尘土是红尘俗世的象征，"月""风"则暗指风月场所。只是，这月是淡的，风是清的，这帘也不肯流于世俗，此句既点明了朱帘秀的职业，又表现了她高洁的品格，而最末二句的"一片闲云任卷舒，挂尽朝云暮雨"，则凸显了她的风情万种。

切合姓名的咏物作品以人与物两相契合为要。此曲中，作者的"帘"与朱帘秀完美契合，无一点生拉硬扯之嫌，足见作者构思巧妙。

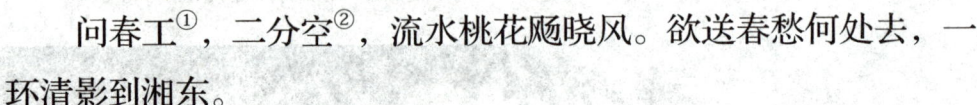

双鸳鸯 柳圈辞

◎王恽

问春工^①，二分空^②，流水桃花飏晓风。欲送春愁何处去，一环清影到湘东。

注 释

①春工：春神之工，此处指春光。②"二分"之句：宋苏轼《水龙吟·次韵章质夫杨花词》中有"春色三分，二分尘土，一分流水"之句。

译 文

问春光如何，春色三分，二分尘土已空，只有一分流水飘载着晓风中坠落的桃花。要把这春愁送往何处？但愿这一环柳圈的清影随流水直到潇湘之东。

赏 析

王恽的《柳圈辞》共有六支，

这里选的是第二支。古人在清明时，会摘采新柳，制成柳圈戴在头上，到水边祓禊以驱毒辟邪。此曲写的就是戴柳祓禊之事。

既是写柳圈，首先使人想到历代诗人词人对柳树的吟咏。柳在中国古代诗词中有很多种意象，其中离情别绪为最经典和最常见的意象。而放柳圈这种祓禊活动不免也包含了追怀亡人、消除愁绪等等内容。"二分空"一句，引起人们对苏轼"春色三分"的感叹。而苏轼对杨花"梦随风万里，寻郎去处"的描写，使

⊙作者简介⊙

王恽（1227—1304），字仲谋，号秋涧，卫州汲县（今属河南省）人。元好问弟子。王恽一生官运亨通，死后被赠为翰林学士承旨资善大夫，追封太原郡公，谥号"文定"。其著有《相鉴》五十卷，《汲郡志》十五卷，《秋涧先生大全集》一百卷。其文章不蹈袭前人，独步当时，今存散曲小令四十一首。

人对流水中飘荡着的杨花赋予了另一种情感。因此一个"二分空"吊起了读者的好奇心，想知道是什么引起了作者对春光流逝的感慨。紧接着的"流水桃花飓晓风"则回答了读者的疑问，原来作者看到了水中的落花。此时，读者也不免和作者一起有了好景不长之感；另一方面，这里的流水桃花也带了追怀之意。而春愁已起，人很自然地就会想到要将愁送走，二三句的承接浑然无迹，末句的"一环清影到湘东"则紧扣了题目中的"柳圈"。"清影"是柳圈

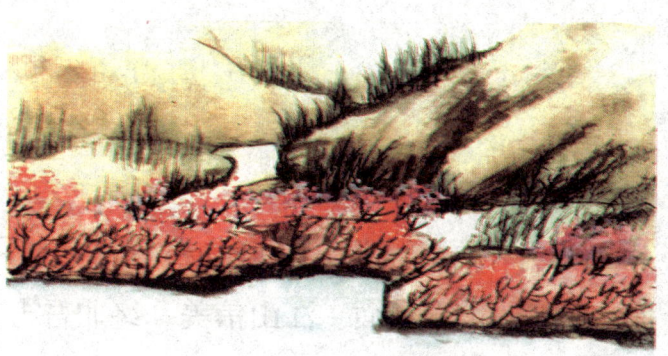

浮于江上的样子，还有什么比轻盈的柳圈更合适寄托淡淡春愁的吗？一副极具浪漫色彩又清雅旖旎的画面顿时浮现在读者眼前。为什么结句点明是到"湘东"？愁绪随着流水飘到湘东，而情感也寄之湘东，可见其愁结就在湘东了。

平湖乐

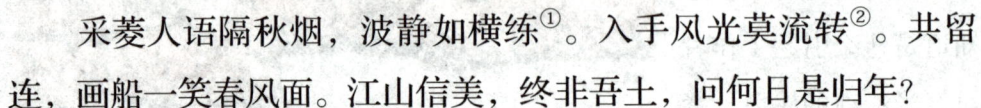

◎ 王 恽

采菱人语隔秋烟，波静如横练①。入手风光莫流转②。共留连，画船一笑春风面。江山信美，终非吾土，问何日是归年？

注 释

① 横练：横铺着的白绢。用以形容湖水的平静澄清。②入手风光：映入眼帘的风景。入手，到手。

译 文

采菱姑娘的声音透过烟波茫茫的秋水传来，湖面波涛不兴，平静如白色的素绢横铺。如此美好的风光可别虚掷光阴，不如一起在这儿共赏留观。佳人从画船上娇媚一笑，如春风拂面。江山确实秀丽，美景如画，可惜终究不是我的家乡，不知道哪一天才能回到故土？

赏 析

曲牌"平湖乐"也作"小桃红"。

开篇第一句点出了写作时间，乃是清秋的早晨。作者荡舟湖上，见采菱女划船采菱、娇语频传，这隔着清雾朦胧的美感，以及船下碧波如绢的湖面，无处不是景，无处不是情，"波静如横练"的"静"和"练"二字也更形象地描绘了波

曲的鉴赏知识

草堂体

草堂体是一种元曲题材，多写田园山水、隐居乐道之情。这种题材的元曲一般都呈现出温婉自适、恬淡闲放的风格。由于文人雅士经常将自己隐居时的住所称为"草堂"，所以后人就将和隐居乐道有关的散曲统称为"草堂体"。在元曲中这类作品的数目极多，明代的朱权在《太和正音谱》中总结道："草堂体，志在泉石"，人们完全可以将这种题材的元曲当作一个了解元代文人精神世界的媒介。

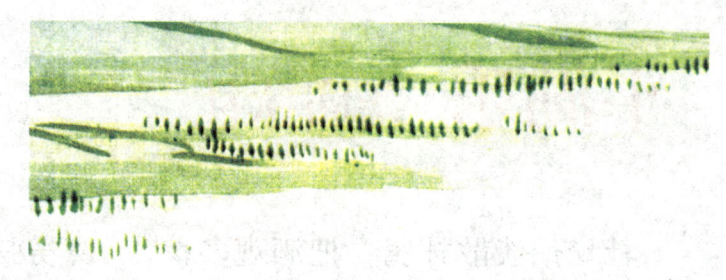

面静而软、平而澈的画面。人美景美兼具。

作者不觉连呼"莫流转""共留连"，这两句其实是起到了递进互补、强调的作用，从这美好的风光景色到"画船一笑春风面"采菱女嫣然的一笑，都令作者陶醉不忍离去。尾句是借用王粲的《登楼赋》："虽信美而非吾土兮，曾何足以少留。"笔锋一转，情感色彩陡然一变，点出了此曲的主旨："何日是归年？"可见作者内心的乡愁蕴藉的浓烈，说出了作者强烈的思乡之情。大起大落的写作风格，以乐景反衬哀情，他乡

再美但"终非吾土"，不禁让人悲从中来。

平湖乐 尧庙秋社①

◎王 恽

社坛烟淡散林鸦，把酒观多稼②。霹雳弦争斗高下，笑喧哗，壤歌亭外山如画③。朝来致有，西山爽气④，不羡日夕佳⑤。

注 释

① 尧庙：在山西临汾境内汾水东八里。秋社：古代于春秋两季祭祀社神（土地神）。秋社在立秋之后的第五个戊日举行。②多稼：丰收。语本《诗经·大田》："大田多稼，既种既戒。"③壤歌亭：来自《击壤歌》，意思为尧庙中建筑名。据皇甫谧《帝王世纪》，尧时有老人击壤而歌，后人因此以"壤歌"为尧时清平的象征。壤，一种履形的木制戏具。④"朝来"二句：《世说新语》载晋名士王子猷在桓冲手下任骑兵参军，啸傲山水而不屑理事。桓冲当面督促，王子猷全然不答，只是望着远方自语："西山朝来致有爽气。"致有，尽有，有的是。⑤日夕佳：晋陶渊明《饮酒》诗："山气日夕佳。"主要表现一种非常自然的、非常率真的意境，禅意盎然，反映了隐居生活的情趣。

译 文

社日的祭祀活动结束后，只剩下淡淡的烟雾，乌鸦回归林间，手持酒杯，喜看眼前苗壮繁密的庄稼。弦声骤急互争高下，笑声喧哗，壤歌亭外山色秀丽，美如图画。早上还能像晋朝名士一样享受西山爽气，不用去羡慕陶渊明的夕阳美景。

赏 析

古代在春秋季节都要举行祭祀土地神的活动，此曲就描写的是秋季祭献仪式结束后，百姓欢畅、身为地方官员的作者与民同乐的情景。

本曲开篇以设坛烟散、鸟归巢来正衬祭献仪式告一段落的事实，自此入手揭开欢乐的场景。百姓和乐，庄稼丰收，笑语喧哗。

本曲用典颇多，"壤歌"出自《击壤歌》，尧时建筑名。本是代表着尧时万民富足、清平和乐，作者用在这里便引起了对眼下祭民们和乐丰收的联想，随及便有"山如画""西山爽气，不羡日夕佳"的感慨。都是正面衬托、充实了秋社和乐物丰的精神内涵。

"西山爽气"出自《世说新语》，表达了一种无为而治的为官心得，不岌岌可危也不隐居避世的政治思想。"日夕佳"出自陶渊明的《饮酒》。全曲典故活用无痕，用词雅致，意蕴含蓄，别有一番风味，令人回味无穷。

沉醉东风 秋景

◎卢挚

挂绝壁枯松倒倚，落残霞孤鹜齐飞①。四围不尽山，一望无穷水。散西风满天秋意。夜静云帆月影低②，载我在潇湘画里③。

 注释

①"落残霞"句：落霞。鹜，野鸭。王勃《滕王阁序》"落霞与孤鹜齐飞，秋水共长天一色。"此用其语意。② 云帆：一片白云似的船帆。③潇湘画里：宋代画家宋迪曾画过八幅潇湘山水图，世称潇湘八景。历代题咏者不少。潇、湘，湖南境内的两大水名。湘水流至零陵县和潇水合流，世称潇湘。这里极言潇湘两岸的风景如画。

 译文

枯树倒持在悬崖峭壁上，残留的晚霞散落，与孤零的野鸭一起飘飞。四周是绵延不尽的山脉，一望无际的水流。漫天飞舞的西风带来浓浓秋意。夜晚如此静谧，高挂云帆的船儿在月亮的照射下投下低低的影子，载着我行驶在江面上，仿佛置身于潇湘美景图画中。

赏析

"挂绝壁"和"落残霞"两句

◎作者简介◎

　　卢挚（1242—1314），字处道，一字莘老，号疏斋，又号嵩翁。元代涿郡（今河北省涿州市）人。至元五年（1268）进士，曾任廉访使、集贤学士、翰林学士。其与白朴、马致远、朱帘秀均有交往，诗文与刘因、姚燧齐名，世称"刘卢""姚卢"。著有《疏斋集》（已佚）、《文心选诀》、《文章宗旨》，散曲现仅存小令，传世一百二十首，其中多以怀古、山林逸趣和诗酒生活为主题，风格自然活泼、清新爽朗。

分别化用了唐代诗人李白的《蜀道难》"枯松倒挂倚绝壁"和王勃的《滕王阁序》"落霞与孤鹜齐飞"。不过，由于采用了上三下四的句子结构，相比原句显摇曳婉转，更符合曲的审美标准。

作者扬帆顺风而行，所见的景色一派秋意。不管是"绝壁枯松""孤鹜残霞"，还是连绵不尽的山脉、一望无穷的江水，在散漫开来的西风里，作者渐行的船仿佛成了感受这"漫天秋意"的最佳场所。无可抗拒地让作者产生了一种苍凉萧瑟的"悲秋"情绪。

尾句说的"潇湘画"是指北宋画家宋迪所画的八幅山水画，人称《潇湘八景》。隐退的晚霞，一轮初上的明月，夜幕降临，万籁俱寂，大自然就这样轻而易举地涤荡掉了作者内心的愁绪，仿佛宋迪笔下的山水，人景合一，情景交融。作者情绪在此时变得空明澄澈，一种了悟生命的人文气息扑面而来。这也在正面衬托了作品中山水景色的完美。

此曲意境开阔，情为景荣，情景交融，是一篇以景写意的成功之作。

沉醉东风 闲居

◎卢 挚

恰离了绿水青山那答^①，早来到竹篱茅舍人家^②。野花路畔开，村酒槽头榨。直吃的欠欠答答^③，醉了山童不劝咱，白发上黄花乱插。

注 释

①那答：那块，那边。②早来：已经。③欠欠答答：疯疯癫癫，痴痴呆呆。

译 文

刚刚离开了那边的青山绿水，早就到了竹篱茅舍这儿的人家。路边开放着野花，槽头那边正在酿制美酒。喝得口唇颤动手舞足蹈，酩酊大醉了孩童也不劝我，直往我斑白的头发里插满了黄花。

赏 析

这是首写饮酒之乐的曲子。

曲中"闲居"的不是乡野老农而是归隐之人，所以整首曲子都流露出放情山水、恣意壶觞、不拘礼法的潇洒之情。"绿水青山"写出了隐居环境的清幽之美，"竹篱茅舍"又寓示着简单的生活。沿路绽放的野花和村头的卖酒小店都凸显了山居生活的悠闲，人们不难猜到作者非常享受这样的生活。"直吃的欠

曲的鉴赏知识

元曲中的隐逸情怀

元曲中草堂体作品的数量丰富和元人的隐逸情怀不无关系。城市与乡村的距离并不像现代社会这般遥远。文人雅士到市场里看戏听曲，回到家将门一关，又可过起清幽闲适的隐者生活。很多文人可以一手书写风流倜傥、情意绵绵的情爱小曲，一手书写清远宁静的隐者情怀。对元曲作者而言，隐逸是一种生活方式，更是一种情绪状态。

欠答答"，写出了作者的心无挂碍，洒脱自在。"醉了山童不劝咱"又为曲子增添了几分生活的情趣。而"白发上黄花乱插"则呼应了前面的"吃的欠欠答答"，将作者的酩酊醉态刻画得惟妙惟肖。

不过也有人认为，作者此曲乐中含悲。现代戏曲理论家任讷在《曲谐》中这样评价该曲"夫衰老自伤，必待沉醉，而后能于暂忘，乃得乱插黄花。片时称意，看曲是乐，实则至苦之境也。愈强作欢笑，愈见其心境之不容欢笑矣"。

折桂令 长沙怀古

◎卢挚

朝瀛洲暮舣湖滨①，向衡麓寻诗，湘水寻春。泽国纫兰②，汀洲搴若③，谁与招魂？空目断苍梧暮云④，黯黄陵宝瑟凝尘⑤。世态纷纷，千古长沙，几度词臣⑥？

注释

①瀛洲：传说中仙人所居之神山。舣：船拢岸。左思《蜀都赋》："试水客，舣轻舟。"②纫兰：见宋张孝祥《水调歌头泛湘江》词注。③搴：拔取。若：香草名，即杜若。屈原诗中多见。④苍梧：即九嶷山，在湖南宁远县境。传舜帝葬于苍梧。⑤黄陵：山名，在湖南湘阴县北，滨洞庭湖，一名湘山。传舜帝二妃墓在其上。有黄陵亭、黄陵庙。⑥词臣：本指皇帝身边的文学侍从。这里泛指像屈原、贾谊那样的文士、骚客、词人。

译文

早上还享受着登瀛洲般的幸运，傍晚已在湖滨泊船，去岳麓山寻求写诗的灵感，到湘水边寻找春天。在水乡中把兰花穿以为佩，在小洲中拔取香草杜若，又有谁为之招魂呢？只是徒然地极目远望那环绕在苍梧山上的暮云，湘山昏暗，那湘水之神的宝瑟也聚满了灰尘。世态纷争，悠久而古老的长沙又接纳过多少的迁客骚人呢？

赏析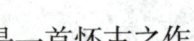

这是一首怀古之作。

曲子首句就极言变迁之迅速，一看便知作者怀古伤情的原因。作者早上还在集贤院上任，晚上就已经乘船到了长沙，而从他对集贤院的称呼"瀛洲"来看，他对那里生活十分满意。

突然间要从喜欢的地方迁往陌生之地，人生境遇的急转直下让作者的情绪十分低落。对着长沙的山河湖水，他感慨万千，想到了很多和湘江有关的历史典故。然而，从屈原作《招魂》凭吊楚怀王到娥皇、女英投湘水殉舜帝，再从湘妃宝瑟蒙尘到贾谊作《鸟赋》悼屈原……其想到的故事都是那么凄恻伤感。至此，他的心情已不言而喻。

"千古长沙，几度词臣"，曲末作者由己及人，联想到其他在长沙写诗作赋的人。那些人也许和自己一样有着坎坷的经历，满腹忧怨。此曲蕴凄凉于苍劲之中，情真意切，令人感动。

水仙子 西湖

◎卢 挚

　　湖山佳处那些儿①，恰到轻寒微雨时。东风懒倦催春事。嗔垂杨袅绿丝，海棠花偷抹胭脂。任吴岫眉尖恨②，厌钱塘江上词③。是个妒色的西施。

注释

　　①佳处那些儿：即"那些儿佳处"。②吴岫（xiù）：指吴山，在西湖东南。岫，峰峦。③钱塘江上词：《春渚纪闻》《夷坚志》等宋人笔记中记载说，进士司马槱曾梦遇一美人献唱《蝶恋花》，上片为："妾本钱塘江上住，花落花开，不管流年度。燕子衔将春色去，纱窗一阵黄昏雨。"司马槱任职杭州后，美人梦中必来，方知她是南齐名妓苏小小的鬼魂。钱塘江，浙江在钱塘（今浙江杭州）区段的别称。

译文

　　西湖的湖山那几分好处，恰好在微雨酿出轻寒时方能显露出来。东风慵懒地吹拂着，似在催促着百花绽放。嗔怪垂杨频频摇舞着翠绿的长条，海棠花也只得偷偷地涂抹着胭脂。任吴山群峰似美人的眉尖那般紧蹙，却不愿让钱塘江上的歌女倾吐情愫。若把西湖比成西施，那么她真是个喜欢嫉妒的姑娘啊！

赏析

　　根据元代另一散曲名家刘时中的说法。元初，歌楼酒肆间本有《水仙子》西湖四时词流传，该词以"西施"二字为断章，但写的却不尽如人意。因此，卢挚便重作了四首，还定下了体例："首句韵以'儿'字'时'字为之次。'西施'二字为句绝，然后一洗而空之。"

　　卢挚此曲写的是西湖的春天，他将西湖说成"妒色"的西施，显然是从苏东坡的"欲把西湖比西子"中得到的灵感。全曲即围绕"妒色"

二字展开，将初春时节西湖的清雅浅淡描摹得恰到好处。"懒倦"写出了风的温和，"嗔"字描绘出柳枝轻摇的样貌，"偷摸胭脂"既突出了海棠的娇柔可爱，又表现出其花朵之小、花色之淡。而"任吴岫眉尖恨"则说明山乃远处风光，此句一出，人们便仿佛看到作者迎着细雨极目远眺、欣赏美景的样子。

作者用拟人化、拟情化的手法来表现出西湖的春日风光，构思十分巧妙。"妒"虽是贬义词，但经过作者之笔，却变成了西湖的可爱之处。

蟾宫曲

◎卢挚

想人生七十犹稀，百岁光阴，先过了三十。七十年间，十岁顽童，十载尪羸^①。五十岁除分昼黑^②，刚分得一半儿白日。风雨相催，兔走乌飞^③。仔细沉吟，都不如快活了便宜。

注释

①尪羸：身体衰弱。此指老朽。
②除分：平分。昼黑：白天与黑夜。
③兔走乌飞：古人传说月中有玉兔，日中有三足乌，故常以乌兔指代太阳和月亮。兔走乌飞即日月流逝之意。

译文

想人的寿命到七十的已是稀少，这样百年光阴，三十年先匆匆过去。七十年间，前十年是无知的孩童，后十年是白发垂髫的老者。剩下的五十个年头，昼夜对分，才刚刚分到一半的时间享受着白日的普照。风雨交催，日月如梭，时光如水般流逝。沉下心来仔细想想，倒不如及时行乐的好。

赏析

卢挚此曲实际是受宋代词人王观的启发。王观曾写《红芍药》，词中有这样几句："人生百岁，七十稀少。更除十年孩童小，又十年昏老。都来五十载，一半被睡魔分了。那二十五载之中，宁无些个烦恼？仔细思量，好追欢及早。"然而论流传度，卢挚的这首模仿之作却远胜于王观。这主要是因为王观写的是词，卢挚写的是曲。词以雅为主，别体为俗，曲可庄可谐，以俗为趣。王观以俗语入词便不及卢挚以俗语入曲那般讨好。

不过，即便有前人的词作基础，由于将词变曲，无论是行文格式还是用韵，抑或是语言风格，都必要

发生变化，还是需要作者费好一番心力。这同样是对作者的一种考验。卢挚将"人生百岁，七十稀少"变作"想人生七十犹稀，百岁光阴，先过了三十"语言直白了许多不说，还将陈述性的语句变成了引导性的语句，引导读者和自己一起为人生做减法，使减法的逻辑从曲首开始一直贯穿到"刚分得一半儿白日"。而在王观的词中这一逻辑却是从"更除十年孩童小"才开始的。此外，王冠词中的"好追欢及早"是"好及早追欢"的倒装，较为书面，颇有些伤感的意味。而卢挚在将之通俗化成"都不如快活了便宜"后，伤感之气不见了，潇洒之气跳脱出来，为曲子增添了轻快的色彩。

虽然同是宣扬"及时行乐"，王观与卢挚却是一个疏淡，一个平实，给人的感受全然不同。

山坡羊（一）

◎陈草庵

晨鸡初叫，昏鸦争噪，那个不去红尘闹①？路遥遥，水迢迢，功名尽在长安道。今日少年明日老。山，依旧好；人，憔悴了。

注释

①红尘：飞扬的尘土，形容都市的繁华热闹。

译文

早晨鸡叫了，黄昏时乌鸦也争着叫，哪个人不想在世俗间争相表现？追求功名利禄需去长安大道。哪知这期间路途遥远，要历尽千辛万苦。哪知啊，今天的少年明天也会衰老。山依旧美好如昔，而人却已经衰老了。

赏析

元代的统治者对科举取士并不那么重视，整个元代便只举行过两届科举考试。一次是在元太宗窝阔台在位时，一次是在元仁宗延祐二年。期间相差了七八十年。不仅如此，两次考试还都给了蒙古人不少优待，对汉人、南人进行了各种限制。元代读书人入仕之难可见一斑。

此曲写的就是延祐二年的那次考试。对读书人来说，这可是一次

⊙作者简介⊙

陈草庵（1245—1320），即陈英，元代散曲作家。字彦卿，号草庵，析津大都（今北京）人。一生仕履显赫，官历监察御史、诸道宣抚、中丞等，其生平事迹不详。元代钟嗣成在《录鬼簿》中称其"陈草庵中丞"，名列前辈名公之中。其散曲今存小令二十六首，多为愤世嫉俗之作。

难得的改变命运的机会,他们争相报考,十分踊跃。当时,作者陈草庵正赶往河南担任左丞,路上见到了不少赶考的学子。"晨鸡初叫,昏鸦争噪,那个不去红尘闹"便是对当时情况的写照。"晨鸡"与"昏鸦"有影射考生之意。但从"那个不去红尘闹"来看,与其说作者在讽刺考生,不如说他看不惯世人为名利所趋,且这看不惯中还不乏同情。"路遥遥,水迢迢",正是因为知道功名路的辛苦和无常,看人们为功名奔波,作者才会感慨万千。

"今日少年明日老"实是作者对世人的劝告。人生如白驹过隙,踌躇满志的少年转眼就变成满头白发的老翁,到时,那些凌云壮志又有多少能够实现?在曲的最后,作者用自然的亘古不变和短暂难测的人生做对比,强化了劝世的力度。

山坡羊（四）

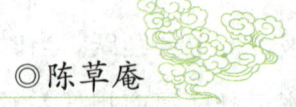
◎陈草庵

江山如画，茅檐低厦，妇蚕缫婢织红奴耕稼①。务桑麻②，捕鱼虾。渔樵见了无别话，三国鼎分牛继马③。兴，休羡他；亡，休羡他。

①蚕缫：养蚕与抽收茧丝。织红：纺织与缝纫刺绣。耕稼：耕田与播种谷物。②务：经营。桑麻：农作物的泛称。③牛继马：晋朝司马氏开国初，西柳谷出土一石，上有图画及"牛继马后"的谶语。后来恭王司马觐的妃子与军吏牛氏私通，生下的儿子便是日后东晋的第一代皇帝元帝司马睿，果然暗中继替了原先皇家的血统。这里借指历史上王朝的更迭与嬗变。

译文

山山水水如图画一般秀美，趁着美景盖上几间低矮的茅屋住下。妻子养蚕缫丝，婢女织布纺纱，长工耕田播种。一心从事农活，有时也捕鱼捉虾。见了渔夫樵子只说些闲话，无非是晋代了三国，牛氏又顶了司马。兴，不羡慕它；亡，也不羡慕它。

赏析

大隐隐于市，小隐隐于林。隐于林者大约不是做渔夫、樵夫就是做农夫了。此散曲描写的是隐于田园的生活。

作者细致地描写了田园生活中的农活。耕种织绩，甚至于男女具体的分工，细细道来。而这一切是在风景如画的背景中进行的，自然另有一番情趣。

"江山如画，茅檐低厦，妇蚕缫婢织红奴耕稼。务桑麻，捕鱼虾。"美丽的山河湖水，几间茅屋，养蚕抽丝的妇女，纺织缝纫的婢女，远处田野中辛勤劳作的家奴。这是作者脑海里时常出现的美好生活画面，并不是很富足，却呈现了一种闲适安定的田园生活面貌。

接着作者对这幅画面开始加入另一种感情色彩，虽然仍旧是"务桑麻，捕鱼虾"，却"渔樵见了无别话，三国鼎分牛继马。兴，休羡他；亡，休羡他"。画面依旧，不过画面里的人谈论的话题却是"三国鼎分牛继马"，"牛继马"是一个谶语，这里指代历史王朝更替的现象，王朝的兴衰和这山野百姓没什么关系，管他兴衰如何！这是一种心酸、一种牢骚，作者借着此曲让这种情感跃然纸上，似有入仕不成，出世无道的感慨！

全曲仿佛一幅田园耕织图，远山近景历历在目，众人各司其职，每个角色在画上的情态动作细致逼真，而作者的感情寄予风景描写当中。从这幅怡然自得的耕织图和对如画的风景的描绘中似乎可以感受到作者当时淡泊闲适的态度和愉悦的情怀。而关于渔樵言史的描写，一方面反映当时元朝统治的现实，另一方面也从作者与隐士们对政治的冷漠态度反衬出当时人们悲愤无以诉告的痛苦。一方面是从外表上呈现的安宁康乐的生活画面，另一方面是内心的真实，两相对照，作者的真实心情读者不难读懂。

四块玉 闲适

◎关汉卿

旧酒投①，新醅泼②，老瓦盆边笑呵呵③。共山僧野叟闲吟和。他出一对鸡，我出一个鹅，闲快活。

注 释

①投：再酿之酒。②醅（pēi）泼：未滤过的再酿酒。③老瓦盆：粗陋的盛酒器。

译 文

把老酒滤进新酒再酿，新酒也粗酿出来了，围坐在老瓦盆边笑呵呵。与山寺的和尚和田叟一起饮酒唱和。大家他带一对鸡、我带一只鹅地凑份子，在这儿趁悠闲好好快活快活。

赏 析

关汉卿的《四块玉·闲适》一共有四首，这里选的是第二首。作者用白描的手法描绘出一幅充满生活意趣的田园风光图。曲的语言朴实恬淡，一如作者的山居生活。将旧酒投入新酒，本没有什么欢乐之

⊙作者简介⊙

关汉卿，大约生于金代末年（约1229—1241之间），卒于元成宗大德初年（约1300前后），元代杂剧作家。号已斋叟（一作一斋）。关于关汉卿的籍贯，有大都（今北京市）（《录鬼簿》）、解州（在今山西运城）（《元史类编》卷三十六）、祁州（在今河北）（《祁州志》卷八）等不同说法。《录鬼簿》中，称他为"驱梨园领袖，总编修师首，捻杂剧班头"，可见他在元代剧坛的地位。其与马致远、郑光祖、白朴并称为"元曲四大家"，并位于"元曲四大家"之首。关汉卿编有杂剧67部，现存18部。其中《窦娥冤》《救风尘》《望江亭》《拜月亭》《鲁斋郎》《单刀会》《调风月》等为代表作。

处，作者和友人却呵呵而笑。与其说将旧酒投入新酒有趣，不如说曲中人心中快慰，见什么都感到愉悦。他们咏歌吟诗，无牵无挂。"他出一对鸡，我出一个鹅"是整首曲子的点睛之处，将田园生活的简单惬意表露无遗。作者虽未多言，读者已然心领神会，有些快乐源自内心的宁和知足。

碧玉箫

◎关汉卿

秋景堪题①，红叶满山溪。松径偏宜②，黄菊绕东篱。正清樽斟泼醅③，有白衣劝酒杯④。官品极⑤，到底成何济⑥！归，学取他渊明醉⑦。

注释

①堪题：值得写，值得描画。②松径：指隐居的园圃。陶渊明《归去来辞》："三径就荒，松菊犹存。"又《饮酒》诗"采菊东篱下，悠然见南山"，见下句。③泼醅：没有漉过的酒。李白《襄阳歌》："遥看汉水鸭头绿，恰似葡萄初泼醅。"④白衣劝酒：陶渊明九月九日出宅边菊丛中，坐了很久，正苦无酒，忽值江州刺史王弘派白衣送酒至，陶渊明于是就酌，烂醉而归。白衣，给官府当差的人；一说布衣，指无官职的平民。⑤官品极：最高的官阶。⑥成何济：有什么益处。济，益处。⑦渊明：晋代陶潜的字，他是四至五世纪时的著名诗人。他过不惯官场的生活，只做了八十多天的彭泽县令，写了一篇《归去来辞》，就挂冠而归了。

译文

秋天的美景值得吟咏，只见山间溪头一树树火红的枫叶。松林间的小径此时最宜人，金黄的菊花盘绕着东边的篱笆。这时节，正对着酒樽，斟泻粗酒，恰有老百姓前来劝酒。即使做官升到最高品极，最终能有什么用？不如回归故里，学陶渊明归隐醉酒。

赏析

作者写秋之景却不着一笔悲秋之调，秋景的承接转合间可谓行云流水。

首句起总领作用，也赋予了曲

子和谐的音韵美。接下来便是对所见之景的具体描述：作者行走于山涧小溪上，看漫山红叶绚丽缤纷。着重点在一个"红"字，突出了此景的光彩夺目之感，实则也是象征着尘世浮华的生活；"松径偏宜，黄菊绕东篱"一句，景物转换成了蔚然成林的青松和高洁脱俗的黄菊，俨然一片幽静的天地，这便是象征着田园生活的清雅脱俗。色彩的倏然变化，环境由喧闹到幽静，可谓水到渠成。作者再以"白衣"和"官品级"相对照，以轻蔑的口吻否定了争名夺利之徒，并把效法陶潜作为自己的归宿，表明了作者对于大自然的热爱之情和对黑暗污浊社会的嫌恶和不满。

　　此曲声文并茂，由景生情，对偶工整精美，音韵自然流畅，作者于大自然中体味真意，可见作者的超凡脱俗。

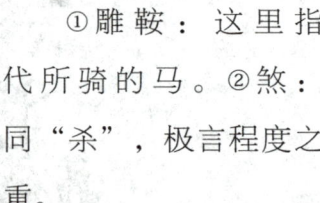

梧叶儿 别情

◎关汉卿

别离易，相见难，何处锁雕鞍①？春将去，人未还。这期间，殃及煞愁眉泪眼②。

①雕鞍：这里指代所骑的马。②煞：同"杀"，极言程度之重。

译文

人生别时容易见时难，叫我怎得将他留在身畔？一年又到了春残，他还是不回来。这时候最让眉眼遭难：眉头愁不展，眼中泪不干。

赏析

这是一首闺思之作，语言平易，感情真挚，在当时就得到了很高的评价。元代文学家周德清在《中原音韵》中称此曲：

"如此方是乐府，音如破竹，语尽意尽，冠绝诸词。"此曲字短情深，语言直白明爽，简单又韵味深长。起首两句化自五代词人李煜《浪淘沙》中的"别时容易见时难"，开篇即点出曲子的主旨——别情，紧扣曲名，将主人公的忧郁哀伤表露无遗。

"雕鞍"本指雕花的马鞍，这里指代马。"锁雕鞍"无非是要留住远行之人。古时，人常用此词表达恋恋不舍之情。"何处锁雕鞍"传递出曲中人的无奈，她希望将情人留在身旁，却无计可施，只能任他远行。"春将去，人未还"，一去一还形成鲜明对比，告诉读者，曲中人的恋人已经离开了相当一段

时间。之后的"这期间"则起着承上启下的作用，将曲中人的处境映现得愈发可怜，她已被相思之苦折磨了很长时间，而眼下这折磨还在继续，不知要持续到什么时候。"殃及煞"乃作者独创，被周德清誉为"俊哉语"，简单的三个字强化了"愁眉泪眼"的表现力。使人们眼前浮现出的不是一个愁容满面、泪眼蒙眬的女子，而是一个泣声不断、哭肿了双眼的女子。

曲子层层推进，别情哀意步步加深，先直观形容主人公"愁眉不展、以泪洗面"，接着又用婉曲之语反衬其哀情，极尽"别情"之意。

四块玉 闲适

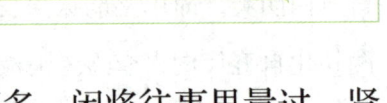
◎关汉卿

南亩耕①，东山卧②，世态人情经历多。闲将往事思量过。贤的是他，愚的是我，争甚么!

注释

① 南亩：语见陶渊明《归园田居》"开荒南亩际，守拙归园田"。
② 东山卧：用晋代谢安隐居东山的典故。

译文

在南边地里耕田，在东边山上歇卧，世态人情经历了那么多。闲暇时一一将往事回想一遍，想起来，贤明的是他，愚蠢的是我，跟他们

曲的鉴赏知识

勾栏文化与散曲

元代称戏曲的演出场所为勾栏，北宋时期有"瓦舍"，最初只是为来自四方的艺人卖艺提供临时的表演地点,后来逐渐发展成为一种典型的集商业与服务于一体的游乐场所。瓦舍里设置的演出场所称作"勾栏"。勾栏的发展促进了元代戏剧的发展，在北杂剧和南戏的创作中，出现了诸多影响深远的作品和享有盛名的剧作家。散曲这种文学体裁的发展也随着戏剧的发展而形成自己的特色。较之前时代作品，元代散曲更加通俗，文辞更浅白，而在许多作品中出现了歌伎、乐师等的影子。歌伎是勾栏里以戏曲为生的主要演员，当时有不少歌伎自己写散曲，而且取得较大成就，比如刘燕歌、朱帘秀等人。关汉卿对朱帘秀的评价很高，其《一枝花·赠珠帘秀》中有这样的句子："富贵似侯家紫帐，风流如谢府红莲。"《青楼集》从侧面反映了当时戏剧的繁荣状况。戏剧的繁荣使得散曲中的爱情题材作品较之前时代作品，更为贴近百姓生活，其中对爱情生活的描写更为大胆，有些地方甚至比较露骨。

争什么？

赏析

　　在此曲中，作者为自己力陈避世隐居的苦衷。《四块玉·闲适》是一组小令，共四首，这里选的是第四首。

　　遍观中国古代士人的处世观念，无非有两种：出世与入世。然而，凡是有正义感的士人，不论入世也好，出世也好，总会为保持自己的人格独立，时不时地与跟自己志趣不合的庸庸世人产生这样或那样的冲突，与社会现实产生龃龉，总会特立独行，表现得与世俗格格不入。

　　然而，在这首小令中，关汉卿以难得糊涂的心态对待世人的你争我夺，以旷达的心胸对待这黑暗的社会现实，不与世人相争，在自己恬淡宁静的田园生活中，寻找到自己的乐趣，清逸脱俗。

　　作者在长久的人生经历中，形成了自己的处世风格，并对热衷于名利仕途的世人给以婉转的批评。开篇便以陶渊明、谢安自比，明确表达出自己甘于隐居山林，并从中获得乐趣的旷达情怀。而这种旷达情怀的形成，饱含了对世态炎凉深切感受和极度的厌恶。"世态炎凉经历多"一句，对这一点的表达可谓直白露骨。曲终，作者写自己与世无争的人生态度，以带有自轻自贱意味的"愚的是我"，使这种态度的表达，在言语中不乏对所谓贤达的蔑视；而这种"自轻自贱"，实际上也是作者傲岸不群、超凡脱俗的形象的一种表露。

碧玉箫

◎关汉卿

席上尊前，衾枕奈无缘①。柳底花边，诗曲已多年。向人前未敢言，自心中祷告天。情意坚，每日空相见。天，甚时节成姻眷？

注　释

①衾枕：被子和枕头。泛指卧具，此处指同床共枕。

译　文

只能在酒宴上为他尊前斟酒，怎奈却无缘同床共枕。柳树底下，花畦旁边，一起写诗作曲已好多年。在人们面前从未敢吐露，只能自己在心中向天祷告，期盼老天助人遂愿。虽然对他的情意异常坚定，可只能每日徒然相见。老天呀，到底到什么时候才能结成姻缘呢？

赏　析

元末明初，社会动荡变革，硝烟四起。一群从北向南流亡的戏剧家、曲作家也顺时诞生了，也因封建制度的松懈和奴隶制度的复辟，女性的地位和权益虽未收到所谓上层的重视，但是却受到那些文人骚客的注意，关汉卿的《窦娥冤》等，都是极具女性意识的作品。

此曲是作者早期作品，细腻地描写了一个女子相思的故事情节。"席上尊前"点出了女主人公与心上人频繁接触的情形，但却是常年终日在"柳底花边"作诗作曲，每日徒然相见却不可道相思之情。"祷告天""情意坚"都说明女主人公对心上人爱得热切；"奈无缘""空相见"则把女主人公因自己地位卑贱，虽与心上人拨弦唱曲多年，也不敢吐露心声的事实体现出来了。两种情感互相胶着，形成对比。这种矛盾的心理，把女主人公对于心上人的暗恋情意推向了高潮，然而她并不是选择放弃，是更加坚定了对于心上人的爱恋和追求，故而便生出末句"天，甚时节成姻缘？"的一问。行云流水，情感动天！

可是，自己的这种愁闷又能向谁倾诉呢？只能在心中默默向天祷告罢了。"未敢"一词就将女子的无奈暗托而出。紧接着，"情意坚，每日空相见"句中，一"坚"一"空"对比使用，既表明了女子对自己爱情的忠贞，又展现了她的失望之情。最后一句向天发问，更是将这一矛盾的心理推向了高潮，而不同的是，从言语间隐约感知女子对这份暗恋情怀的更为执着的追求。

普天乐 虚意谢诚

◎关汉卿

东阁玳筵开①，不强如西厢和月等。红娘来请："万福先生②。""请"字儿未出声，"去"字儿连忙应。下功夫将额颅十分挣③，酸溜溜螫得牙疼。茶饭未成，陈仓老米，满瓮蔓菁④。

注 释

①东阁玳筵：东阁，指待客场所。玳筵，指华贵的筵席。②万福：旧时女子所行之礼的一种。③挣：元人方言，漂亮。④蔓菁：萝卜。

译 文

老夫人打开华堂，摆出华贵的筵席。可比在西厢外月夜下等待强得多，红娘奉命来邀请，向张生道："先生万福。""邀请"两字还没有说出声，张生就忙回应说："去。"他精心打扮，将脸收拾得格外漂亮，酸溜溜地让人牙齿发酸。上了筵席才发现，茶饭尚未备好，只有一碗陈仓老米，一瓮萝卜。

赏 析

这支小令是关汉卿《崔张十六事》重头小令的第六首，以戏谑的口吻讲述了《西厢记》中"虚意谢诚"的故事，十分有趣。作者非常擅长刻画人物的心理。在张生心中，自己要赴的不是一场普通的宴席，而是关系着自己和崔莺莺爱情命运的宴席。他急于得到崔莺莺家人的认可。"'请'字儿未出声，'去'字儿连忙应"既表现了张生的迫不及待，又写出了他的天真乐观。为了博得一个好印象，张生精心打扮了一番。"额颅""挣"都是元人俗语，放在这里很有些调侃之意。然而，即使张生打扮后的样子让人"酸溜溜螫得牙疼"，人们还是很难对他产生反感。因为他的焦躁、笨拙无不出于对崔莺莺的爱恋。

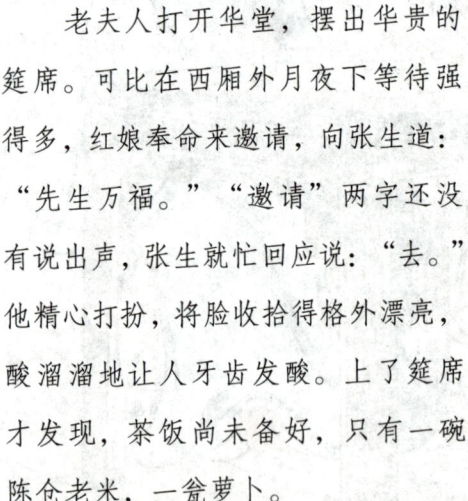

曲的前八句写了张生的"诚"，曲末这三句则写了崔老夫人的"虚"。而作者最高明的地方在于在赴宴这节无一字提赴宴者与主宴人，只是用宴会上的食物暗示崔老夫人的立场。"陈仓老米，满瓮蔓菁"与"东阁玳筵"首尾相应，妙趣横生。人们完全可以想象张生是怎样的失望、狼狈。

一半儿 题情

◎关汉卿

碧纱窗外静无人，跪在床前忙要亲。骂了个"负心"回转身。虽是我话儿嗔①，一半儿推辞一半儿肯。

注释

①嗔（chēn）：生气，含怒。

译文

绿纱窗外静谧无人，他跪倒在床前，急着要和我亲吻。我骂了他一声"没良心的"，就背过了身子。虽然我话里带着怨怒，到底只是表面上推辞，其实心里早就答应他了。

赏析

[一半儿]曲以最后一个九字句中含有两个"一半儿"为定式，这两个"一半儿"，不管是状人还是状物，分断是否精当，对于这支曲子的成败起着关键作用。

关汉卿此曲共有四支，均是写男女欢会之情，同时又能准确地捕捉到男女主人公的复杂而缠绵的心理，因此历来为曲家所称道。

这首是关汉卿[一半儿]里的第二支曲子。它展现了一幕生活气息浓郁的风情小剧：在一个寂静无人的夜晚，男子与妙龄女郎偷偷地幽会，男子为了求欢，不惜跪下来花言巧语。男子动手动脚，惹来了女子的一声嗔骂。女子还扭转过身子，不搭理浪子。其实，女子只是表面上拒绝，她毕竟情窦初开，又听得许多甜言蜜语、海誓山盟，因此半推半就，"一半儿推辞一半儿肯"。

这首曲中，女子对情郎的娇嗔，不是打情骂俏，而是说他"负心"，这或许是情郎之前曾有过对不起她的举动。"回转身"既是对情郎的不满，又是默许了情郎的道歉。男子是否乘虚而入，终于如愿以偿了吗？曲中并没有交代，颇能激起读者的品味和联想。

此曲把少女对情郎的既爱又恨，患得患失的痴情，刻画得淋漓尽致。从中也可以看到散曲的创作特色：它没有诗的含蓄，也没有词的婉约，而以尖新、直露、泼辣见长，又夹杂着幽默与俏美，更加显得鲜灵与活脱，表现出与前代各种体裁不同的情致。就像这首［一半儿］曲在表现男女情爱上的泼辣大胆、如描似画者便是。

《花间词》里有一首《醉公子》，全词云："门外狗儿吠，知是萧郎至。划袜下香阶，冤家今夜醉。扶得入罗帏，不肯脱罗衣。醉则从他醉，还胜独睡时。"元谢应芳《怀古录》载："前辈谓读此可悟诗法。或以

问韩子苍（驹），子苍曰：'只是转折多。'"参照《怀古录》的说法，我们可以从本首中找到很多曲折处：首两句的"静无人"与"忙要亲"，是静动徐疾的气氛上的转折；男子情意绵绵，女子却骂他"负心"，暗示两人此前有过不快，这是显晦正衬的用笔上的转折。次两句女子"话儿嗔"且已"回转身"，又心生悔意、怜意，以致最终"一半儿推辞一半儿肯"，此为意象上的转折。再者，此曲前半叙事，后半摹情，这是艺术效果上的转折。散曲求尖新、求奇巧、求化俗为雅或化雅为俗，往往都会出现这种"多转折"现象。

沉醉东风

◎关汉卿

　　咫尺的天南地北①，霎时间月缺花飞。手执着饯行杯，眼阁着别离泪②。刚道得声"保重将息③"，痛煞煞教人舍不得。"好去者望前程万里④。"

注释

　　①咫尺：形容距离极近。②阁：通"搁"，这里指含着。③将息：休息，调养。④好去者：好好地去着。者，着。

译文

　　尽管我俩近在咫尺，却面临着劳燕分飞，各散东西。只一刹那间，就如月缺花落，幸福的希望亦随之破灭。手里握着饯行的酒杯，眼珠里含着离别的眼泪。刚道了一声"保重身体"，已让我心如刀割，怎么也舍不下这儿女情长。过了片刻，才说出："好好地去吧，望你前程无量！"

赏析

　　这支小令为表现离愁别绪而作，描写饯行话别之际的两情依依，是一首声情并茂的用散曲写就的"长亭送别"。

　　起首两句用了对仗，交织着空间和时间两方面的对比变化，不但开宗明义，还具有惊心动魄的嗟叹效果。情人此刻虽近在咫尺，却眼看着要地北天南，天各一方；长期以来的一切美好的生活和景象，都在即将离别的一瞬间破灭了；这种猝不及防而又不可挽回的悲剧命运给女子心灵造成重大打击。这两句极写离别瞬间的悲哀，空灵洒脱，以虚带实，奠定全曲的情感基调。

　　三、四句以对句的形式具体写女主人公的送别，是对起首两句的充实。尽管此时肝肠寸断，但女子的心情并没有出现大的波动，相反，她选择了强自隐忍的方式，为情人饯行，尽量不使内心的痛苦流露出来，以减轻情人的负心理负担：泪水"阁在眼里"，还强行说出钱送时的祝愿语。可惜是力不从心，才说了"保重将息"四字，就心如刀割，难以割舍与情人的欢聚时光。作者的这种描写，使得这一离别场景更富于儿女情长，入木三分。

最后三句在引出女子告别之语的同时，作者又突出表现了其复杂的心理变化，极其自然地体现了女子不能自持的痛苦情态。整个曲子恰如其分地把握了送别女子时而含蓄时而坦率的情感，刻画出一个声泪俱下，依依不舍的痴情女子形象。

此曲语言明白如话，自然无痕，不事雕琢，感情真挚动人。这种白描的写法有一种民歌小曲般朴实自然的风味。金代董解元的《西厢记诸宫调》有这样的句子："满斟离杯长出口儿气。比及道'我儿将息'，酒里，白冷冷滴够半盏儿泪。"作者的灵感可能就来自于董解元的作品，只是相比前者，此曲在抒发感情上更加直接。

醉中天 佳人脸上黑痣

◎白朴

疑是杨妃在，怎脱马嵬灾。曾与明皇捧砚来①，美脸风流杀。叵奈挥毫李白②，觑着娇态，洒松烟点破桃腮③。

注 释

①捧砚：相传李白为唐明皇挥毫写新词，杨贵妃为之捧砚，高力士为之脱靴。②叵奈：即叵料，不料。③洒松烟：乃作者构想之辞。松烟，用松木烧成的烟灰，古人多用以制墨。

译 文

真怀疑是杨贵妃还在世，她怎样会逃脱了马嵬坡的灾难。曾经为唐明皇捧着砚台走过来，美丽的面庞风流无比。可恨挥毫的李白，眼看着娇态走了神，竟笔头一歪，用墨点破了桃花般娇艳美丽的脸颊。

赏 析

这是一首描摹人物的曲子。

佳人脸上有黑痣，本来算白玉

⊙作者简介⊙

白朴（1226—1306），原名恒，字仁甫，后改名朴，字太素，号兰谷，祖籍隩州（今山西河曲附近）。元代著名的文学家、曲作家、杂剧家，与关汉卿、马致远、郑光祖合称为"元曲四大家"，其一生写过15种剧本，加上《盛世新声》著录的《李克用箭射双雕》残折，共16本。仅存于世的却只有《唐明皇秋夜梧桐雨》《董秀英花月东墙记》《裴少俊墙头马上》三种，以及《韩翠颦御水流红叶》《李克用箭射双雕》的残折，均被王文才收入《白朴戏曲集校注》。

白朴出身于官僚士大夫家庭，和元好问交好，早年因战乱与家人失散，幸得元好问相助，才保全性命，和家人重新团聚。他终身未仕，寄情山水，最后不知所踪。

微瑕，不应歌咏。然而作者却能巧加想象，将佳人风流的娇态写得生动形象，充满谐趣。

整首曲子都是以杨贵妃作比。曲子开头就以一个"疑是"相引，以在马嵬事变中被逼而死的杨玉环逃脱灾难又复生而来的错觉，一下子将佳人的美貌点了出来，不用多着笔墨，就起到很好的艺术效果。

紧接着又以大胆的想象来描写佳人脸上黑痣。曲子还是以杨玉环作比，戏说佳人脸上的黑痣是杨贵妃在为诗仙李白托砚赋诗时，一不小心被墨点点染而致。这一想象，大胆而有情趣，既使佳人的风流之态跃然纸上，同时也将佳人脸上的黑痣反丑为美，煞有诙谐之意。一个"杀"字，极力赞美了佳人的风流情状。

此曲虽是游戏文字，但作者以大胆的想象和精巧的构思，巧妙地表现了佳人之脱俗的美。

阳春曲 题情

◎白朴

笑将红袖遮银烛①，不放才郎夜看书。相偎相抱取欢娱。止不过迭应举②，及第待何如③？

注释

①红袖：红色的衣袖。银烛：雪亮的蜡烛。温庭筠《七夕》："银烛有光妨宿燕，画屏无睡待牵牛。"
②迭应举：屡次参加科举考试。
③及第：科举应试后中选。

译文

笑着用红袖遮挡着白色的蜡烛，不让我的才子情郎夜里苦读书。互相依偎互相拥抱欢娱取乐。只不过是为了应举才如此用功，就算是考不上又能怎么样？

赏析

白朴写了三首《阳春曲·题情》，此曲为第三首，其他二首为：

轻拈斑管书心事。细析银笺写恨词，可怜不惯害相思。则被个肯字儿，迤逗我许多时。

从来好事天生险，自古瓜儿苦后甜。奶娘催逼紧拘钳，甚是严，越间阻越情忺。

此三首题情诗，堪称描写文人追求自由恋爱的最大胆的佳作。第一首叙述男女主人公相思之初，鸿雁传书，互表爱意。第二首叙述一对情人冲破封建礼教的束缚和封建家长制的压迫，自由恋爱的经历。第三首描写自由恋爱结婚后的夫妻，为了爱情鄙薄权贵的洒脱情怀。

《诗经》留下了对自由婚恋进行热烈歌颂的优良传统，中国古代诗词一直有所继承。东汉时期的《孔雀东南飞》对封建家长制干涉自由爱情婚姻的罪恶进行了强烈的控诉。东晋时期的"梁祝化蝶"故事继承其手法，使殉情主题在中国文学史上一直为人们所咏叹。一直到唐代陆游的《钗头凤》，人们还只能看

到封建专制下人们的自由婚恋遭受摧残和迫害。文人的形象以软弱、接受现实为主要特征，而强烈的抗争最终只能导致以死殉情的悲惨结局。由此可以想见白朴的三首题情曲在爱情思想主题方面所带来的清新空气。

白朴的第三首散曲描写经过千辛万苦的抗争，终于获得幸福的夫妻，婚后恩爱无比。曲中写男子"夜看书"是为了及第登科，从此踏上富贵之路。但在其妻子看来，富贵荣华远比不得与爱人的缠绵相拥来得重要，所以她不仅没有督促丈夫读书，相反还遮住烛光，要他和自己亲昵。作者通过这一极具生活气息的夫妻相处细节的描写，委婉地告诉人们，人生的幸福并不在于是否拥有名利权位。曲末的"及第待何如"就体现出作者淡泊名利的人生态度。事实上，作者白朴就几次拒绝他人的举荐，终身未仕。

驻马听 吹

◎白朴

裂石穿云①，玉管且横清更洁②。霜天沙漠，鹧鸪风里欲偏斜。凤凰台上暮云遮③，梅花惊作黄昏雪。人静也，一声吹落江楼月。

注 释

①裂石穿云：形容笛声高亢。②玉管：笛的美称。横：横吹。清更洁：形容格调清雅纯正。③凤凰台：故址在今南京西南角，六朝宋时所建。相传建前该处有凤凰飞集，故称。

译 文

笛声就像是崩裂的石块穿云而过，接着玉笛横吹，音调越发清雅纯正。听来就像是穿越于风霜天气里的沙漠，鹧鸪在疾风中极力想要纠正姿态。凤凰台上日暮之时的黑云遮盖，梅花簌簌地抖落了，化作黄昏的雪花。人声都没有了，这时一声笛声，江楼上的月亮就被吹落下来。

赏 析

这首词主要表现了吹笛人高超的技术。

起句颇为有力。"裂石穿云"，声形具备，使人眼前一亮，精神亦为之一振，充分表现出了笛声的清澈响亮；同时，"玉管"的"清"与"洁"，又以乐器外观上的美感，

曲的鉴赏知识

白仁甫能曲不能词

白仁甫《秋夜梧桐雨》剧，沈雄悲壮，为元曲冠冕。然所作《天籁词》，粗浅之甚，不足为稼轩奴隶。岂创者易工，而回者难巧欤？抑人各有能有不能也？读者观欧秦之诗远不如词，足透此种消息。

——王国维《人间词话》

通过通感手法暗示出乐声的明净悠扬。语义浑厚，笔力雄健，蔚为大观。在此，作者并不接着直述吹笛人的手法之高超，更不停留于对笛声本身特征及形象的描述，而是宕开一笔，通过鹧鸪、凤凰、梅花在不同的乐曲之下所表现出的不同反应，通过吹笛人吹奏的效果，反衬出笛声的优美和吹笛人精湛的曲艺。"霜天沙漠""鹧鸪""暮云""梅花"等意象看似毫不相关，实则在表现不同情境，从而在映衬不同乐曲之妙的同时，自然而然地融为一体，共同组成了笛声所营造的审美境界的感官化世界。"霜天沙漠""鹧鸪风""凤凰台""梅花""黄昏雪""江楼月"这些词汇，既表示实际的事物，又因其丰富的文化内涵，赋予作品以丰富的弦外之音，引人联想，寓意深刻。

在给读者绘以天花乱坠、激动人心的音乐盛筵之后，作者笔锋再次突转，以夜深人静，一声横笛倏然响起，月落江楼的空旷静谧之境收束全文，使读者激荡的情怀顿时转入沉静之中，回味绵长，品之不尽。

天净沙 春

◎白朴

春山暖日和风①，阑干楼阁帘栊②。杨柳秋千院中。啼莺舞燕，小桥流水飞红③。

注 释

①和风：多指春季的微风。②帘栊：窗户上的帘子。李煜《捣练子》："无赖夜长人不寐，数声和月到帘栊。"③飞红：花瓣飞舞，指落花。

译 文

桃红柳绿的春山，煦暖的阳光照耀，和柔的东风吹拂，楼阁上高卷起帘栊，倚栏杆远望。杨柳垂条，秋千轻晃，院子里静悄悄。院外黄莺啼鸣，春燕飞舞；小桥之下流水飘满落红。

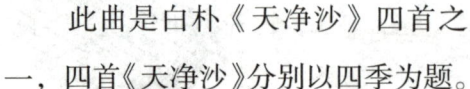
赏 析

此曲是白朴《天净沙》四首之一，四首《天净沙》分别以四季为题。

世人多以马致远《天净沙·秋思》为元曲写景抒怀之极品。就取景构章、寓情于景上看，此曲与之有异曲同工之妙。

此曲通篇写景，与马曲相同，采取意象堆叠方式，选用带有春天特征的意象，通过众多意象的连缀，构架出一幅和煦明媚、生机盎然的春日图景。在找到各个景物之后，直接将其铺陈入文，不作描写，不加修饰，朴实自然，错落有致。这些景物虽未经过明显的加工处理，但作者在对其进行选取的过程中，显然进行了个性化的取舍，使之颇具表达力。暖日、和风、啼莺、舞燕、飞红等物，共同展现了春天的和煦明媚、欣欣向荣；阑干、楼阁、帘栊、秋千等物，使人想见其中定有各有所欢的游人……在这样的情景之下，作者内心的愉悦感也暗暗穿行在字里行间。作者所选取的这些景物，不仅在画面上和传情方面有代表性，其中有许多还颇有暗示意义。阑干、帘栊多是叙写孤独愁思之物，杨柳、秋千充满闺情，啼莺、舞燕的春来秋去多用来传达感时伤事之感。最后作者选取飞红这一景物，又暗示时令上已近晚春，对春之将去的惋惜之情也溢于言表了。

白朴非常擅长写季节，他总能找出最能表现季节特点的景物，然后用景物之美来表现季节之美。譬如此曲写春天，他便拣"暖日""和风""杨柳""飞红"，来描绘春天的和煦明媚、欣欣向荣。而轻轻拢上的窗帘，搭着秋千的院子，则又给人一种安宁惬意的感觉，反映了作者对春天的喜爱。

在此曲中，白朴运用了"景中生情"的表现手法。所谓景中生情，就是说作者的所有情感都蕴藏在了景物之中，通过一系列的意象将自己的心绪传递给读者。在此曲里，人们就可以从"啼莺、舞燕"等美好的意象中感受到作者那愉悦闲适的心情。

此曲语言清新，构思精巧，意趣盎然。

天净沙 秋

◎白朴

孤村落日残霞①，轻烟老树寒鸦②。一点飞鸿影下。青山绿水，白草红叶黄花。

注释

①残霞：晚霞。②寒鸦：天寒归林的乌鸦。

译文

一个孤零零的村庄笼罩在夕阳中，天边点缀着几朵残霞；炊烟轻轻地升腾而上，饱经风雨的老树上栖息着怕冻的寒鸦。一点鸿雁的飞影从天飘落。看天地间，山青水碧，白色的芦苇花飞扬，红色的枫叶艳丽，金黄的菊花开放。

赏析

此曲意在勾勒清秋日落时分的乡野景色。在以白描手法进行纯粹的景物描写时，作者对景物的铺排，对画面的布局，以致用词的考究和精巧均令人惊叹。

起笔采用白描的写作手法，曲首两句是两组静态景物的描写，村落、夕阳、晚霞、炊烟、树、鸦等事物都是人们描写秋天这一季节的文字中常见的典型意象，在"孤、落、残、老、寒"等色彩清冷的词语的限定下，立刻生动起来了。"孤村"的"孤"给人以孤寂感，"轻烟"的"轻"将炊烟袅袅升起时的舒缓姿态加以定格，"寒鸦"的"寒"使人如见树上乌鸦正在寒秋中瑟瑟发抖，等等。在这些形象的铺陈之下，秋天固有的凄清萧瑟之感便跃然纸上了。各个景物之间直接连缀，不添设任何起连接作用的成分，使景物本身更加凸现出来，众多景物所构成的画面的静谧感也尤其深刻。这些景物虽然多而杂，在作者的排列之下，却并不显得凌乱。孤村、落日、残霞皆是远景，轻烟、老树、寒鸦皆是近景。可见作者画面布局的严谨。

简单的景物罗列显然不能将秋日的意境尽述笔端。在首句之后，作者便穿插进了一个动态景观——"飞鸿影下"。"一点"极言距离之远，"影下"说明大雁速度之快。这样一个动态的描写，打破了前文静止的画面，让人为之一振。作者的心情仿佛也因此变得释然起来。需要注意的是，在这里，作者使用的量词，是"点"，这样一来，画面中虽只有飞鸿一物，但整个画面的辽阔，恰恰通过飞鸿这一事物的渺小表现得淋漓尽致了；而"影下"一词与"点"同时使用，可见飞鸿飞行之速，动感立现。

"青山绿水，白草红叶黄花。"此两句也是白描铺陈，可是韵律有所不同，所写之景的色彩也明朗欢快不少。

末两句看似简单地回复到了起笔时的景物铺排，但与起笔相比，另有侧重。连用五个表示色彩的形容词，在为读者展示秋日景物的过程中，以色彩的丰富、绚丽，表现了不同的意境。

阳春曲 知几（二）

◎白朴

今朝有酒今朝醉①，且尽樽前有限杯②。回头沧海又尘飞③。日月疾，白发故人稀。

注释

①"今朝"句：出处为唐罗隐《自遣》诗："今朝有酒今朝醉，明日愁来明日愁。"此为劝人及时行乐之意。②有限杯：唐杜甫《漫兴九首》中有"莫思身外无穷事，且尽生前有限杯"之句。这里是劝人忘记生活中的黑暗现实，以酒消愁壮怀。

③"沧海又尘飞"句：化自"沧海桑田"与"沧海一粟"之意。比喻世事多变，人生无常，而人生在世犹如一粒尘土飞于沧海之中。

译文

今天有酒姑且今天喝醉，暂且

词的品赏知识

散曲的兴起和词的衰微

散曲的形成要比戏曲稍早一些，它兴于金初，被认为是中国古代韵文和音乐发展演进的结果。它的兴起和词的衰微不无关系。词原本起于民间，是一种通俗文学，只是随着文人学者逐渐加入到词的创作中来，词的写作愈发讲究，语言越来越华丽，风格越来越典雅，和市井百姓的距离也越来越远。在这种情况下，平民百姓需要一种新的体裁代替词抒情咏物，散曲应运而生。一些乐工在民间小调中寻找创作灵感，推陈出新，创造出散曲。散曲和音乐密切相关，可抒情，可叙事，内容无所不包。用学者任中敏的话说："我国一切韵文，其驳杂广大，殆无逾于曲者。剧曲不论，只就散曲观之，上而时会盛衰，政事兴废；下而里巷琐故，悱闷秘闻。其间形形式式，或议或叙，举无不可于此体发挥之者。"

喝尽眼前那有限的几杯。回过头来看沧海已化为灰烬，而人生在世犹如一粒飘飞的尘土。日月急速穿梭，时光流逝，如今白发斑斑，老朋友寥寥无几。

 赏 析

　　"今朝有酒今朝醉"出自唐代罗隐的《自遣》，后人常用该句比喻只顾眼前，不管未来，过一天算一天。在这里，作者则用它描述自己的生活方式——纵情于酒。"回头沧海又尘飞"暗含了作者沉醉于酒的原因。世事多变，人生苦短，作者只有借助酒，才能暂忘灰暗的现实，求得片刻的安慰。然而"日

月疾，白发故人稀"，一个"稀"字将时间的残酷表现得淋漓尽致，作者那寂寥苦闷的内心世界也呈现在了读者面前——以酒解忧不足以派遣苦闷，偏偏能够理解自己的人也越来越少。

　　全曲善用典故，而化腐朽为神奇。酒除了消愁之外，还有激励情怀的作用。曹操之饮酒与罗隐之饮酒，两人的心情和目的完全不同。杜甫也同样是饮酒，他的情怀也大有区别。此曲作者借用前人典故，使人回想起古人的壮怀情思，冲淡了本曲的伤感之情。

阳春曲 知几（三） ◎白朴

不因酒困因诗困^①，常被吟魂恼醉魂^②。四时风月一闲身^③。无用人，诗酒乐天真^④。

注释

①酒困：谓饮酒过多，为酒所困。诗困：谓搜索枯肠，终日苦吟。②吟魂：指作诗的兴致和动机。也叫"诗魂"。醉魂：谓饮酒过多，以致神志不清的精神状态。③四时：一指春、夏、秋、冬四季；一指朝、暮、昼、夜。风月：指清风明月等自然景物。欧阳修《玉楼春》："人生自是有情痴，此恨不关风与月。"④天真：指没有做作和虚伪，不受礼俗影响的天性。

译文

不为酒所困而为诗所困，常常为了无法吟出诗句而恼恨酒醉的困倦。赏尽四季美景，尽享风月无边，一身清闲。真是个无用之人，只知道沉湎于诗歌美酒，乐享这淳朴自然的生活。

赏析

金亡之后，白朴饱尝离乱之苦，对社会现状深切的体察与个人无法使其改变的事实之间的矛盾，使他心中饱含悲愤之情，在四首《阳春

词的品赏知识

借古人之境为我之境界

"西（当作"秋"）风吹渭水，落日（当作"叶"）满长安。"美成以之入词，白仁甫以之入曲，此借古人之境界为我之境界也。然非自有境界，古人亦不为我用。

——王国维《人间词话》

曲·知几》曲中均有所表现，而此曲似乎写得较另三曲旷达得多，实际上却也依旧隐隐含有难言之处。

作者写人生之乐的句子构思可谓极巧。起句短短七字便出现了两个"困"字，似为写生活的愁苦，实则传递出自己沉醉诗酒之中，自得其乐的惬意。常人多用"困"来表达陷入艰难之境，但在这里，它却传递出一种"沉醉其中，自得其乐"的情怀，很是新鲜。接下来的"常被吟魂恼醉魂"紧紧承接首句，进一步强调了纵情诗酒的快乐，也是以愁写乐的笔法。

正是因为将诗酒视为了生活中必不可少的乐趣，才会因为每日均与其打交道而多生"事端"。"一闲身""诗酒乐天真"之类词句，正是这一心境的最好证明。

"四时风月一闲身"，四时指四季，说明作者一年到头都寄情于山水。结合作者的身世，不难看出他已经将大自然当成自己心灵的归宿。也正是在大自然中，他才得以摆脱了烦恼，无忧无虑，自由自在。

此曲的高妙之处，还在于通篇虽然写的是"乐"，但在这些"乐"中，处处皆有"悲"的身影。作者所沉醉的对象，一是酒，二是诗，三是风月。所谓"何以解忧，唯有杜康"，酒向来是古人借以排遣愁苦的工具；古人又有"诗言志"的说法，终日吟诗，说明作者心中有诸多烦恼，不吐不快；风月之类，也多是进世失败者放浪形骸，消极沉沦的寄托。作者表面上是在写"乐"，实际上正是用"乐"来写悲，愤懑之情隐于言辞之后。这样，"无用人"一词，便不仅表示一种去除世俗机巧之心的情怀，也不失为一句激愤之辞了。

凭阑人 寄征衣

◎姚 燧

欲寄君衣君不还，不寄君衣君又寒。寄与不寄间，妾身千万难①。

注释

① 千万难：难以抉择。

译文

想要给你寄冬衣，又怕你不再把家还；不给你寄冬衣，你就要挨冻受寒。寄还是不寄，我拿不定主意，真是感到千难万难。

赏析

此曲中，作者通过描写妻子在为丈夫寄寒衣时的矛盾心情，表达妻子对丈夫的思念。曲子短小精悍，构思巧妙，语言通俗易懂，被广为传唱。"欲寄君衣君不还，不寄君衣君又寒"，妻子对丈夫的爱在反反复复的思量之间表露无遗。而与其说让妻子"千万难"的是"寄与不寄间"，不如说是丈夫的迟迟不归。"寄与不寄"实为娇嗔之语，到这里，妻子最终有没有寄寒衣，作者没有说，读者却已经有了答案。

作者只用了二十四个字就将女子的思念之情表现得如此曲折委婉，而结合曲名《寄征衣》，人们又会发现，这并非一首简单的表达思念

⊙作者简介⊙

姚燧（1238—1313）。字端甫，号牧庵，原籍营州柳城（今辽宁朝阳）。元代名儒，官至太子少傅、翰林学士承旨知制诰。著有《牧庵文集》50卷，今存《牧庵集》36卷，内有词曲2卷，门人刘时中为其作《年谱》。姚燧以散文见称，与虞集并称。宋濂撰《元史》说他的文辞，闳肆豪刚，"有西汉风"。其散曲与卢挚齐名，今存小令二十九首，套数一篇，抒个人情怀之作较多，曲词清新、开阔，富有情趣。摹写爱情之曲作文辞流畅浅显，风格雅致缠绵，对散曲发展有一定的影响。

之情的曲子。丈夫是征人，即使妻子不寄寒衣，他也不可能因天气寒冷就卸下使命与妻子团聚。这不得不让人为曲中人的命运挂心，并由此对征人寄予深深的同情，正

如晚唐诗人陈陶在《陇西行》中写的那样"可怜无定河边骨，犹是深闺梦里人"，每个征人的身后，都有思念他的人。同时，既然丈夫归与不归并不由妻子寄不寄征衣所决定，妻子在"寄与不寄间"的"千万难"就成了强加在这一事实之上的"无理取闹"了。然而，从另一方面看，

这种"无理取闹"正是妻子因为对丈夫思念之深而做出的天真之想，这样一来，曲中情形虽显得不合逻辑，却是甚合人物情感的。这就是这个情节的动人之处。作者以这样一个情节入曲，使曲子达到了一种"无理之妙"，在构思上可谓精巧。

寿阳曲

◎姚燧

贵妃亲擎砚，力士与脱靴。御调羹就飧不谢①。醉模糊将吓蛮书便写。写着甚"杨柳岸晓风残月"。

注释

①飧（sūn）：即晚饭。

译文

杨贵妃亲自捧砚台，高力士为他脱靴子。御厨为他做好膳食，他享用后也不向皇帝谢恩。醉眼蒙眬中提笔就写出吓退番蛮的天书。其实写的不过是风月之类佳句。

赏析

元曲可庄可谐，宜悲宜喜，调侃、俚俗、尖刻、豪辣，皆不忌讳。此曲就体现了曲"谐"的特点。曲

前三句所道之事最早见于宋代的《青琐高议》，"醉模糊将吓蛮书便写"则是从刘全白的《唐故翰林学士李君碣记》中演绎而来。作者将这四件虚虚实实又极富画面感的事情放在一起，成功地表现出李白狂傲不羁的性格。

"杨柳岸晓风残月"出自宋代词人柳永的《雨霖铃》，而李白则是唐代的人。唐代的人无论如何不可能读到宋代的词。另一方面这又是一句写情人送别之景的词句，并

词的品赏知识

嬉笑怒骂的元曲

任讷在《曲谐》中说："元人作曲，完全以嬉笑怒骂出之，盖纯以文字供游戏也。惟其为游戏，故选题措语，无往不可，绝无从来文人一切顾忌，宏大可也，所屑亦可也；渊雅可也，猥鄙亦可也。故咏物如'佳人黑痣''秃指甲'等，皆是好题目，了不觉其纤小。所描摹者，下至佣走粗愚，娼优淫烂，皆所弗禁，而设想污秽之处，有时绝非寻常意念所能及者。"

没有任何吓人之处。乍一看，此句似乎放错了地方，但事实上，该句恰恰是整首曲子的点睛之处。它为全曲增添了荒诞诙谐的色彩，将"醉模糊将吓蛮书便写"的喜剧效果推向高潮。

虽然在元朝，确有一些如姚燧这样的理学名儒得到重用，但读书人的地位普遍低下。有人认为"醉模糊"和"杨柳岸"两句有嘲弄元朝政府的意思。幸运的是，不管姚燧是否有嘲弄之意，元代对文化非常开通，没有人因为写曲获罪下狱。

金字经 樵隐

◎马致远

担挑山头月，斧磨石上苔。且做樵夫隐去来。柴！买臣安在哉①？空岩外，老了栋梁材。

注释

①买臣：朱买臣，西汉会稽人。半生贫困，以樵薪为生，而不废诵书。五十岁时终被荐任会稽太守，官至丞相长史。

译文

起早赶黑，月亮升上山头了还在挑着柴担下山；斧子用了很多回了，石上的苔藓全被磨光了。就这样做个樵夫隐居在山间。打柴！那打柴的朱买臣现在到哪里去了？崇山峻岭中，栋梁之材虚度岁月，就这样老去。

赏析

这是一首慨叹怀才不遇的曲子。"担挑"和"斧磨"二句写出了樵夫的艰辛。可即便如此辛苦，作者还是决定"且做樵夫隐去来"，这就激起了读者的好奇心，想知道作者为何得出这样的结论。接着，作者便用朱买臣的典故表明心迹。朱买臣是汉代名臣，未发迹前曾靠砍柴卖樵为生，后被辞赋家庄助引荐给汉武帝，才得以施展抱负。作者

◎作者简介◎

马致远（约1251—1321以后），字千里，号东篱，大都（今北京市）人，曾任江浙行省务官，五十岁左右退隐。与关汉卿、郑光祖、白朴合称为"元曲四大家"，有"曲状元"之誉，是元代著名戏曲家、大散曲家、杂剧家。所作杂剧今知有15种，著有《汉宫秋》等杂剧十五种，现存《汉宫秋》《青衫泪》等七种，散曲今存辑本《东篱乐府》一卷（近人辑），现存小令一百零四首，套曲二十三套。其作豪放清丽、本色流畅。

用一个反问"买臣安在哉？"大抒抑郁之气。

末句的"栋梁材"是个双关语，既和前文的"樵夫"相对，又是作者自比。怀才不遇归隐山林的人，就如长在深山无人识的栋梁。而和"买成安在哉？"的逼人气势不同，"空岩外，老了栋梁材"则流露出深深的无奈。其实，综观全曲，人们很容易发现作者的情绪一直在变化，从"单挑山头月"的静谧，到"且做樵夫隐去来"的潇洒，到"柴！买臣安在哉？"的愤懑不平，再到无可奈何的怅惘，这种情绪起伏变化让全曲抑扬顿挫，极具感染力，作者的真实心境就在这变化中一点点地展露出来。

寿阳曲（一）

◎马致远

云笼月，风弄铁①，两般儿助人凄切②。剔银灯欲将心事写③，长吁气一声吹灭④。

 注 释

①风弄铁：晚风吹动着挂在檐间的响铃。铁：即檐马，悬挂在檐前的铁片，风一吹互相撞击发声。②两般儿：指"云笼月"和"风弄铁"。凄切：十分伤感。③剔银灯：挑灯芯。银灯，即锡灯。因其色白而通称银灯。④吁气：叹气。

 译 文

月亮笼罩在云层里，月色朦胧；风儿吹动檐下悬挂着的铁马铜铃，响个不停；两种情景使得眼下倍感悲凉凄切。挑挑灯芯让灯光变得明亮一点，想把心事写下来寄给心上

词的品赏知识

诗词曲中必不可少的联想手法

联想是指由于某人或某事物而想起其他相关的人或事物，或由某一概念而引起其他相关的概念。联想规律一般有四种：接近联想、类似联想、对比联想、因果联想。联想是古代文学中最经常运用的表现手法。比如在古典诗词中常把感情同水、月、雨雪等自然现象联系在一起，宋秦观诗有"柔情似水"的佳句，将柔情与水进行类似联想；季节也可以同年龄联系在一起，比如"青春年华"，一般把春天同人的青春联系起来，而把"秋天"同人的中年联系起来，等等。唐李贺有《猛虎行》，把猛虎同酷吏联系起来，其中如"泰山之下，妇人哭声"之句，将猛虎给人民造成的灾难与酷吏造成的灾难进行类似联想。又比如元吴弘道散曲《金字经》中大量运用联想手法，由眼前的酒想起愁，这是因果联想。因为以酒浇愁成为一种惯例，酒与愁就取得一种比较固定的关联；而由愁想起不得志，这是因果联想；由不得志想起得志之人，这是对比联想。等等。

人；可是长叹一口气，"噗"一声把灯吹灭了。

赏析

这组《寿阳曲》一共有二十三首，都是写游子与思妇思念之情的曲子。此曲写的是旅居在外的丈夫思念远方妻子的情景。全篇以叙事为主，却以景物描写作为起笔，对情景的烘托作用显得尤为突出。云层遮住月亮，冷风将檐前的铁马吹得叮当作响，前者为视觉之见，后者为听觉之闻，两相结合，构造出昏暗凄凉的意境；同时，这样的事物最容易引起旅人的思绪。作者对景物的选取，在此颇见功力。在这样的情景之下，主人公孤独寂寞的心情自然更加深切了，所以作者接下来便说"两般儿助人凄切"了。一个"助"字，暗含深意，说明主人公的凄切之情其实早已有之，用于此处，可谓精妙。

后两句直接进行细节描写，看似思维跳转，实际上却并不突兀。"剔银灯"这一动作，意指灯影昏暗，需要将其剔亮，这就与前文"云

笼月"所构造出的黯淡之景相互映衬，结构仍然是缜密的。灯影昏暗，需要将其剔亮，又暗示主人公在孤灯之中已经愁苦多时，乃至灯草都快燃尽了。

末句可以说是全曲的神来之笔。剔灯的目的，是要使其变得明亮，这样才好借着灯光将自己的心思写在信笺上，却不料一声长叹，无意间竟把灯给吹灭了。这个片段，既出人意料，又在情理之中，足见主人公长吁的强烈。主人公的愁绪虽未能写出来，却用这样一个细节使之一清二楚地展现在读者眼前。

寿阳曲（二）

◎马致远

人初静，月正明，纱窗外玉梅斜映①。梅花笑人偏弄影②，月沉时一般孤零。

注 释

①玉梅：白梅。②弄影：化用宋代张先《天仙子》"云破月来花弄影"句意。

译 文

人声刚刚停息，四周渐渐寂静；月色正是明亮的时候；月光照耀着窗外的一树白梅，在纱窗上投下斜影。梅花偏要随风舞弄影子戏笑房中人；月亮沉落后，却与人一样无影相伴地孤零。

赏 析

《太和正音谱》中这样评价马致远的曲："如朝阳鸣凤，其词典雅清丽，可与灵光景福两相颉颃，有振鬣长鸣万马皆瘖之意。又若神凤飞于九霄，岂可与凡鸟共语哉！"此曲就体现了马致远"典雅清丽"

词的品赏知识

词韵和曲韵

戈载《词林正韵》将词韵分为十九部，李渔《词韵》有二十七部。吴梅氏有《词韵》二十二部。曲韵，北曲用周德清的《中原音韵》，南曲用范善臻的《中州音韵》，两书都分为十九韵。从分韵的角度来看，戈载论词韵与曲韵的差别："制曲用韵，可以平、上、去通叶，且无入声。"词韵规定比较严格，曲韵不能用为词韵。在用韵方面，词曲都有平仄间用、隔句换韵、隔片换韵等多种变化。然而曲以入配三声，用韵似乎较词为宽，但是曲韵必先辨别清浊阴阳以五声配五音。如喉声配宫音，颚声配商音，舌声配角音，齿声配徵音，唇声配羽音。用韵的原则，首须择其文意，否则便叫"落韵"，词曲一致。

的风格。

　　这是一首闺怨之曲，以景写情。作者一上来，就用初静的人、明朗的月，映在纱窗上的梅影，营造出清雅静谧的氛围。接下来的"梅花笑人偏弄影"，既和"人初静"呼应，又紧密承接"纱窗外玉梅斜映"，十分自然地将人的心绪、活动带入景中。在这里，作者还故意用"笑"赋予梅花人的情态，以此表现人的孤寂——曲中人孤身一人，只能把梅花想象成有情有感的交流对象，而梅花就好像看穿了自己的心思，嘲笑人为排遣寂寞孤单弄影。"月沉时一般孤零"与"月正明"相对，

写出了时间的变化，全曲的基调也由一开始的清丽变成凄清，月沉下去，夜色黯淡，人们完全可以想象曲中人那幽怨的心情。

　　此外，此曲对环境的塑造更足见作者构思的婉曲巧妙。梅花的开放，表明整个画面是以寒冬之夜为背景的，这样就为故事设置了一个凄冷寂静的环境，有力地映衬出主人公的寂寞之情。而刚刚静下来的人声，明亮的月光，更将环境的"冷感"渲染得淋漓尽致。作者下笔隐晦，不留痕迹，使得整篇文章既格调雅致又内蕴深厚。

天净沙 秋思

◎马致远

枯藤老树昏鸦，小桥流水人家，古道西风瘦马①。夕阳西下，断肠人在天涯②。

注释

①古道：古老的驿路。李白《忆秦娥》词："乐游原上清秋节，咸阳古道音尘绝。"张炎《念奴娇》词："老柳官河，斜阳古道，风定波犹直。"②断肠人：指漂泊天涯、百无聊赖的旅客。

译文

干枯的老藤缠绕着古树，栖息着黄昏归巢的乌鸦，一弯小桥跨着一道潺潺的流水，伴着几户人家。荒凉的古道上，一匹孤独的瘦马迎着萧瑟的秋风走来。夕阳自西边落下，漂泊未归柔肠寸断的游子还在天涯。

赏析

这是一首悲秋的作品。秋士易感，是中国文坛古老的传统，自屈原的《离骚》一直延续至今。作者以白描的手法进行景物描写；其景物的铺排、画面的布局，乃至用词都是极其考究和精巧的。

前面两句"枯藤老树昏鸦，小桥流水人家"，给人一种冷落黯淡的悲凉感觉，但同时又有一种清新幽静的境界。枯藤、老树，给人凄凉的感觉，同时，"昏"说明时间已是傍晚，也有一种悲凉之感。小桥、流水、人家却能给人幽雅闲致之感。区区12个字就把乡村深秋僻静苍凉的感觉勾勒得淋漓尽致。古道西风瘦马，描绘了一幅秋风萧瑟苍凉凄苦的村野场景，又增添了一层苍凉之感。夕阳西下，把画面的苍凉之感再度加强。"枯藤、老树、昏鸦、小桥、流水、人家、古道、西风、瘦马、夕阳"，这十种看似平常的景物，诗人用"枯、老、昏、古、西、瘦"

六个字巧妙地连结起来，将诗人的愁思尽情地寄寓于图景之中。最后一句"断肠人在天涯"是全诗的点睛之笔。在深秋的村野图中，一位漂泊的游子，牵着一匹骨瘦老马，走在残阳夕照的荒凉古道上，凄风萧萧，却不知自己的归宿在何方，映照了诗人怀才不遇的悲凉情怀，表现了漂泊天涯的游子的愁思。

"夕阳"一句，为所有的景物笼罩上一层淡淡的暖色。此处的微折更使最后一句的凄寒来了一次大的突转。而最后一句"断肠人"是点睛之笔，所有的秋景描写于此处凸显其意旨，如万流归宗，融归主旨。原来上述所绘之景均出自于马背上的游子，而所有的景物在此处均带上了游子的主观感受。也就是说，读者在初读此曲的过程中会产生一种情感回放的效应。依文字顺序读下来，先在脑海中构想出一幅凄冷的秋景图，到"夕阳"一句，初见暖色，而读完最后一句，"夕阳"一句在脑海中的意象马上转化，与"断肠人"的岁月之感产生情感关联，连最后一点暖色都没有了。

蟾宫曲 叹世

◎马致远

咸阳百二山河①，两字功名，几阵干戈。项废东吴②，刘兴西蜀③，梦说南柯④。韩信功兀的般证果⑤？蒯通言那里是风魔⑥？成也萧何，败也萧何⑦，醉了由他⑧。

注释

①百二山河：谓秦地形势险要，利于攻守，二万兵力可抵百万，或说百万可抵二百万。②项废东吴：指项羽在垓下兵败，被追至乌江自刎。乌江在今安徽和县东北，古属东吴地。③刘兴西蜀：指刘邦被封为汉王，利用汉中及蜀中的人力物力，战胜项羽。④梦说南柯：唐人李公佐传奇《南柯太守传》说：淳于棼昼梦入大槐安国，被招为驸马，在南柯郡做二十年的太守，备极荣宠。后因战败和公主死亡，被遣归。醒来才知道是南柯一梦。所谓大槐安国，原来是宅南槐树下的蚁穴。⑤韩信：汉高祖刘邦的开国功臣，辅佐高祖定天下，与张良、萧何并称汉兴三杰。后被吕后所害，诛夷三族。兀的般：如此，这般。证果：佛家语。谓经过修行证得果位。此指下场，结果。⑥蒯通：即蒯彻，因避讳汉武帝名而改。曾劝韩信谋反自立，韩信不听。他害怕事发被牵连，就假装疯。后韩信果被害。⑦"成也萧何"二句：韩信因萧何的推荐被刘邦重用，后来吕后杀韩信，用的又是萧何的计策。故云"成也萧何、败也萧何"。⑧他：读 tuō，协歌戈韵。

译文

咸阳那一川山河，因为功名二字，曾兴起过多少次战乱。项羽攻破东吴，刘邦在西蜀建国，最终烟消云散，都像南柯一梦。韩信劳苦功高哪里成了正果？蒯通的预言哪里是疯话？当初成功也是因为萧何，失败也是因为萧何；还不如喝醉了一切让它自己去吧！

赏析

在此曲中，作者借品评刘邦建立霸业的历史典故，发表对功名的看法。咸阳曾是刘邦和项羽倾力争夺的重要城市，曲子一开始作者就连用了三个和数字有关的短语"百二山河""两字功名""几阵干戈"来表现功名的危害：人们为了名利，无视生命，发起战事，造成无数生灵涂炭。接着，作者又用"南柯一梦"传达了自己对功名的看法，不管是在乌江畔自刎的项羽，还是功成名就的刘邦，其实都没有什么分别，他们都将自己的一生投入进追逐名利上，最终也都被无情的时间带走。

接下来，作者又将笔锋转到了为刘邦立下汗马功劳的韩信身上。传说韩信在临死之前大呼："吾悔不用蒯通之计"，其戎马一生却只换得死于非命的下场。"成也萧何，败也萧何"出自民间俚语，作者借此说明人心叵测，世事难料。被名利所摄的人，往往看不见名利背后的危险，后悔时已于事无补。

"醉了由他"反映了一种顺其自然的心态。人生难以预测，不妨看淡得失，反正无论结果如何，都将被历史的波涛淹没。

短短一首小令，包含了大量妇孺皆知的历史典故，给人留下了丰富的遐想空间，让人回味无穷。

夜行船 秋思［套数］

◎马致远

百岁光阴一梦蝶①，重回首往事堪嗟。昨日春来，今朝花谢，急罚盏夜阑灯灭②。［乔木查］想秦宫汉阙③，都做了蓑草牛羊野。不恁么渔樵无话说④。纵荒坟横断碑，不辨龙蛇⑤。［庆宣和］投至狐踪与兔穴⑥，多少豪杰。鼎足三分半腰折，魏耶？晋耶⑦？［落梅风］天教富，莫太奢。无多时好天良夜⑧。看钱奴硬将心似铁⑨，空辜负锦堂风月⑩。［风入松］眼前红日又西斜，疾似下坡车。晓来清镜添白雪⑪，上床与鞋履相别。莫笑鸠巢计拙⑫，葫芦提一向装呆⑬。［拨不断］利名竭，是非绝。红尘不向门前惹，绿树偏宜屋角遮，青山正补墙头缺，竹篱茅舍。［离亭宴煞］蛩吟一觉方宁贴，鸡鸣万事无休歇。争名利何年是彻⑭。密匝匝蚁排兵，乱纷纷蜂酿蜜，闹攘攘蝇争血。裴公绿野堂⑮，陶令白莲社⑯。爱秋来时那些：和露摘黄花，带霜烹紫蟹，煮酒烧红叶，人生有限杯，几个登高节。嘱咐俺顽童记者：便北海探吾来⑰，道东篱醉了也⑱。

注释

①梦蝶：《庄子·齐物论》，"昔者庄周梦为蝴蝶，栩栩然蝴蝶也。……俄然觉，则蘧蘧然周也。"这句话是说人生就像一场幻梦。

②"急罚盏"句：赶快行令罚酒，直到夜深灯熄。夜阑，夜深，夜残。

③秦宫汉阙：秦代的宫殿和汉代的陵阙。④不恁（nèn）：不如此，不这般。⑤龙蛇：这里指刻在碑上的文字。古人常以龙蛇喻笔势的飞动。李白《草书歌行》"时时只见龙蛇走，

左盘右蹙如惊电。"⑥投至：及至，等到。⑦"鼎足"句：言魏、蜀、吴三国鼎立的形势，到中途就夭折了。最后的胜利者到底是魏呢？还是晋呢？⑧好天良夜：好日子，好光景。⑨看钱奴：元代杂剧家郑廷玉根据神怪小说《搜神记》，关于一个姓周的贫民在天帝的恩赐下，以极其悭吝、极其刻薄的手段，变为百万富翁的故事，塑造了一个为富不仁，爱财如命的悭吝形象——看钱奴。⑩锦堂风月：富贵人家的美好景色。此句嘲守财奴情趣卑下，无福消受

荣华。⑪添白雪：添白发。⑫鸠巢计拙：指不善于经营生计。《诗经·召南·鹊巢》："维鹊有巢，维鸠居之。"朱熹注："鸠性拙不能为巢，或有居鹊之成巢者。"⑬葫芦提：糊糊涂涂。⑭彻：了结，到头。⑮裴公：唐代的裴度。他历事德宗、宪宗、穆宗、敬宗、文宗五朝，以一身系天下安危者二十年，眼见宦官当权，国事日非，便在洛阳修了一座别墅叫作"绿野堂"，和白居易、刘禹锡在那里饮酒赋诗。⑯陶令：陶潜。因为他曾经做过彭泽令，所以被称为

陶令。相传他曾经参加晋代的慧远法师在庐山虎溪东林寺组织的白莲社。⑰北海：指东汉的孔融。他曾出任过北海相，所以后世称为孔北海。他曾说："座上客常满，樽中酒不空，吾无忧矣。"⑱东篱：指马致远。他慕陶潜的隐逸生活，因陶潜《饮酒》诗有"采菊东篱下，悠然见南山"之句，乃自号为"东篱"。

译文

人的一生不过百岁，就像庄周梦蝶。再回头想想往事实在令人慨叹。昨天春天才来，今天早上春花就谢了。赶紧行令劝酒，夜还是很快来临，灯就要灭了！

想一想那些秦朝的宫殿和汉朝的城阙，现在无影无踪，只是生满了杂草，变成了放牧牛羊的荒野。不是如此的话，渔翁和樵翁倒没有聊天的话题了。那些断碑横七竖八地倒在荒坟堆上，原来上面龙飞凤舞般的文字也面目全非，分辨不清楚了。最终成了狐狸出没的地方和兔子的洞穴，多少英雄豪杰的坟地都是如此。三国鼎立中途便夭折，最后胜利的是魏呢？还是晋呢？即

便是上天让你富足，你也不要过于奢侈，并没有多少好日子良夜美时。看钱奴心肠硬得像铁，白白地辜负了华美的堂舍和那无边风月。眼前的红日，又要快速西沉了，快得像是急速滚落的下坡车。早上对着镜子发现头发又添了许多白色的，晚上一上床说不定就是和鞋袜永别，第二天就不用再穿它了。别嘲笑鸠鸟自己笨不会搭窝，哪里知道它其实稀里糊涂从来是装傻。不追求名利，也就没有是非缠身了。红尘中的烦心事也不会到自家门前，只要把绿树栽在屋角让它遮阴挡凉；院墙破损了，就让青山补上缺损之处吧，再加上竹子编插的篱墙，茅草铺顶的屋舍。静静的夜里听到蛐蛐儿的叫声，这时睡觉才觉得踏实宁帖；待到五更鸡鸣时，乱七八糟的事就又纷至沓来，没有时间休息。这人间争名争利的事，何年是个了结呢！密密麻麻的蚂蚁，又在排兵布阵了，乱纷纷的蜜蜂又在酿蜜了，闹闹嚷嚷的苍蝇又要去争抢污血了。裴度饮酒论诗的绿野堂，陶渊明雅聚的白莲社。我喜欢的是这些，到

秋天时：带着露水采摘菊花，带着白霜烹煮紫蟹，用红色的枫叶煮酒。人的一生只有那有限的几杯酒，还能过几个重阳登高节！我告诉孩子们哪，听好记住了：就是好客的孔北海来探望我，我也不见，你们就告诉他说，我马东篱喝醉了！

赏析

起首句感叹光阴如梭，人生如梦，慨叹往事之恍惚。接下来，作者又细数人事之沧桑："秦宫汉阙"都变做了"蓑草牛羊野"，英雄墓地上如今却布满了"狐踪与兔穴"，三国鼎立的局面并未维持太久，魏晋之际的风云往事早已被人们忘记。功名事业都如同过眼烟云，随历史的潮流而纷纷湮没，再多的钱财也抵消不了良辰好景的蹉跎。光阴似箭，人生无常，不如淡泊功名，远离是非。

看世间那"蚁排兵""蜂酿蜜""蝇争血"般的经营与纷争，到底最后都得到了什么呢？还是去过"摘黄花""烹紫蟹""烧红叶"般的归隐田园的悠然自得的生活吧！作者对王侯将相、功名富贵进行了嘲弄

和否定并进行了痛骂和讥讽，对名利场中的无耻争夺表达了厌恶和谴责。

最后作者喟叹人生有限、良辰无多，进而表明了心志——决意切断尘缘，杜门谢客，从此徜徉于酒乡梦境之中。

曲子豪辣奔放，明爽流畅，运用三组鼎足对和对偶句式，使曲子显得直言快语，似是一气呵成。此曲放逸宏丽，而又不离本色。

擅长押韵也是本曲的一大特色。

赏花时 掬水月在手① [套数]

◎马致远

古镜当天秋正磨，玉露瀼瀼寒渐多②。星斗灿银河。泉澄潦净③，仙桂影婆娑。

[幺]不觉楼头二鼓过，慢撒金莲鸣玉珂④。离香阁，近花科⑤。丫鬟唤我："渴睡也，去来呵。"

[赚煞]紧相催，闲笃磨⑥，快道与茶茶嬷嬷⑦："宝鉴妆奁准备着，就这月华明乘兴梳裹⑧。"喜无那⑨。非是咱风魔⑩，伸玉指盆池内蘸绿波。刚绰起半撮⑪，小梅香也歇和⑫，分明掌上见嫦娥。

注释

①掬水月在手：唐于良史《春山夜月》诗句。后人常作为赋得体咏作的题目。②瀼(róng)瀼：露水浓重的样子。③潦：沟洼的积水。④撒金莲：女子迈开脚步。金莲，指女子的纤足。玉珂：此指佩戴的饰物。⑤花科：成堆的花丛。科借作"窠"。⑥笃磨：宋元方言，徘徊，回旋。⑦茶茶：金元时对年轻使女的习称。嬷嬷：老年使女。⑧梳裹：梳妆。⑨无那：无奈。这里是"非常"的意思。⑩风魔：轻狂。⑪绰：抄。⑫梅香：

使女，丫鬟。歇和：同"邪许"，大声叫唤。

译文

月亮如古镜般悬挂着，在秋空中显得分外明妍。满地露水浓重，让人渐感清冷。银河中星光灿灿，地面上的清泉和积水异常澄净，桂树婆娑摇曳的影子映现其中。

不知不觉楼上传来了二更的鼓点，我款移莲步，身上的珠玉相碰，发出"珊珊"的鸣声。离开香闺，走近花丛。身旁的丫鬟叫着我说："瞌睡得睁不开眼，快些回去吧。"

她那里紧催紧唤，我这里慢吞吞地徘徊。快向使女们传话说："准备好镜子妆奁，乘着美好的月色，让我漂漂亮亮地梳妆打扮一番。"我欣喜无限。不是我轻狂，伸出玉指往小池里蘸些绿水。刚捧起一掬清波，小丫鬟也跟着惊喜地叫唤。手掌中分明映着我那美如嫦娥的容颜。

赏析

马致远的这套曲子，是取唐于良史《春山月夜》诗中"掬水月在手"句所作的赋得体咏作。所谓赋得体，即摘取古人成句为题所作诗歌，类似我们现在的命题作文。

曲题"掬水月在手"中，月是全句的中心。全曲开篇便围绕月亮，将景色渲染了一番。"古镜当天秋正磨"句，将月亮比作古镜，时值秋天，正是月明之季，而一个"磨"字，又将作为喻体的"古镜"加以限定，表示其为全新磨制出来的，极言月亮的明净。在如此月亮的光照之下，玉露增添了寒意，泉水变得澄澈了，积水显得清净了，树影也婆娑优美多了。一副清秋月夜的美景，立即呈现在我们眼前。

从[幺]篇开始，这套曲子的独特之处便开始显现了。短短一百多字的曲子，作者不仅生发、描绘了题中诗句所包含的意蕴，更别出机杼地设计了情节，为我们塑造了一个情窦初开的少女天真烂漫、率真洒脱的形象。

全曲以自白口吻进行抒写，少女满怀喜悦与激动的情感表现得极其生动。二鼓已过，时间已经不早了，

少女游兴顿起，不顾丫鬟疲困之下的叫唤，兀自出门游玩去了。"不觉"二字，既写时间流逝之快，也表现出少女兴致之高，全然忘了时间了。这正是青春期女孩活泼好动特征的鲜明写照。"慢撒金莲鸣玉珂"则让我们对少女曼妙的身影有了一个朦胧而美好的印象。慢慢挪动的"金

莲"美足颇有诗意；"玉珂"的鸣响，则以物之声写人之美，我们可以想象出一位精心打扮、插钗带佩的美少女在花间月下款款行走时，身上的配饰发出叮叮当当响声的可爱情景。少女离开了久居的闺阁，来到了花树丛中，在这一"离"一"近"中，其放任不羁的形象也明朗起来了。篇末所写丫鬟的叫唤，纯用白话，生活气息浓厚，妙趣横生。

[幺]篇中少女与丫鬟的主意不和，在[赚煞]篇中，通过一个细节得到了调和；同时，全曲的主题也得到了升华。少女从盆中掬起半撮洗脚水，水映月色，也映照出少女姣美的面容，月色与美人交相辉映，连丫鬟也禁不住叫出声来了。从闲庭信步到这个细节的出现，前文的铺垫做得充分而曲折。在丫鬟催促不动，主人依旧悠闲漫步的情形下，丫鬟吩咐起了仆人为其准备梳妆。

到此，曲子离题面似乎越来越远了，作者又出人意料地插入少女掬水自照这一动作，既引出了下文，转回了题面，这一动作本身，又将少女调皮洒脱的形象表露无遗了。

清江引 野兴

◎马致远

西村日长人事少①，一个新蝉噪。恰待葵花开，又早蜂儿闹。高枕上梦随蝶去了②。

①日长：指长长的夏日。②梦随蝶：《庄子·齐物论》说庄周梦见自己化成蝴蝶，翩翩而飞，竟然忘记了自己是庄周。此处作者引来形容自己进入梦乡。

译文

住在西边村庄，白天时间长，日常事务却很少；只听见一只新蝉在树上聒噪。恰好葵花正要开放，又早碰上蜜蜂出来喧闹。枕着高高的枕头入眠，在梦中随着蝴蝶飞去了。

赏析

此曲写隐居之乐，生动而富有情趣。作者以闹写静，用蝉的鸣叫、蜜蜂的活动，来表现隐居生活的静谧，而这种静不只是环境的安静，人的内心也一派恬静。"日长人事少"和曲末的"高枕上梦随蝶去了"对应，作者恬淡悠然的生活情景尽在其中。

~ 99 ~

后庭花

◎赵孟頫

清溪一叶舟，芙蓉两岸秋①。采菱谁家女，歌声起暮鸥②。乱云愁，满头风雨，戴荷叶归去休③。

注 释

①芙蓉：荷花。②鸥：水鸟。③休：语气助词。

译 文

清清溪水上飘荡着一叶小舟，荷花沿着溪水延伸至两岸，一派秋天风光。谁家采莲女，展歌喉，唱起歌谣，惊起一群栖息的鸥鸟。黑云猛然间狂乱聚集，令人发愁地在大风中夹带着雨点吹向人脸，采莲女不慌不忙地在头上顶着荷叶，划舟回家去了。

赏 析

这是一首描写水乡生活的曲子，是田园小令中的佳作。"清溪一叶舟，芙蓉两岸秋"，作者只是简单罗列了四个意象——溪、舟、芙蓉、秋——便让读者有了带入之感，不是远远地看着小舟穿梭于芙蓉花间，而是置身舟上，顺溪而下，观岸上风光。接着，"采菱谁家女，歌声起暮鸥"，作者笔锋一转，将视角拉近，用采菱女的歌声和惊起的鸥鹭凸显水乡的宁静，让景物活了起来。

清澈的溪水，唱着歌的采菱女，盛开的芙蓉，飞起的鸥鹭，动静相间，有声有色。正当人们沉浸于这明秀的景色中时，作者突然大笔一挥，

◎作者简介◎

赵孟頫（1254—1322），字子昂；号松雪道人，又号水晶宫道人、鸥波，中年曾作孟俯；吴兴（今浙江湖州）人。元代著名画家，楷书四大家之一。赵孟頫博学多才，能诗善文，懂经济，工书法，精绘艺，擅金石，通律吕，解鉴赏，被称为"元人冠冕"。

让愁云密布，风雨欲来。然而，曲中景陡然变化，景中人却毫不惊慌。采菱女顺手取了朵荷叶戴在头上，划舟归去。一个"休"字写出了她悠然的姿态，也令读者遐想万千。人间世事就如这水乡风景，也许前一分钟还风和日丽，后一分钟便风雨大作。而人是否能像采菱女这样，既能在风和日丽时欣然歌唱，也能在风雨大作时泰然戴荷，用平常心应对万千变化？

赵孟頫生活在宋末元初之际，历遍坎坷，因为以南宋遗逸的身份出仕元朝，饱受诟病。但事实上，他却是一个真率的人，他曾在诗中这样说："我性真且率，不知恒怒嗔。俯仰欲从俗，夏畦同苦辛。"他的作品始终散发着淡泊随意的气息，这种气息正是其清灵心性的写照。

十二月过尧民歌 别情

◎王实甫

自别后遥山隐隐，更那堪远水粼粼①。见杨柳飞绵滚滚②，对桃花醉脸醺醺③。透内阁香风阵阵④，掩重门暮雨纷纷。怕黄昏忽地又黄昏，不销魂怎地不销魂。新啼痕压旧啼痕，断肠人忆断肠人。今春，香肌瘦几分？缕带宽三寸⑤。

注 释

①粼粼（lín）：形容水明净清澈。②"见杨柳"句：形容柳絮不扬。③"对桃花"句：醺醺，形容醉态很浓。这是暗用崔护的"去年今日此门中，人面桃花相映红"的语意。④内阁：深闺，内室。⑤缕带：用丝纺织的衣带。

译 文

自分别后，望不尽隐隐约约的重峦叠嶂，更难忍受那波光粼粼的江水奔流而逝。只见柳絮纷纷扬扬漫天飘洒，面对娇艳的桃花如痴如醉脸色晕红。闺房楼阁透出一阵阵香风，掩闭了重门，到黄昏听着雨点声声敲打的声音。怕黄昏到来偏偏黄昏忽地来临，不想失魂落魄又怎不叫人落魄伤心？旧的泪痕盖着新的泪痕，断肠人想念着断肠人。今年春天，身上的香肌瘦减了多少？

◎作者简介◎

王实甫（1260—1336），字德信。大都（今河北定兴县）人。元代杂剧作家。《录鬼簿》列他入"前辈已死名公才人"。元末剧作家贾仲明在《凌波仙》悼词中说他"作词章，风韵美，士林中等辈伏低。新杂剧，旧传奇，《西厢记》，天下夺魁"。王实甫作杂剧十四种，今存《西厢记》等三种。散曲存世不多，出语俏丽，委婉含蓄。

看衣带宽出了三寸。

赏析

明代的朱权在《太和正音谱》中评价王实甫："王实甫之词如花间美人，铺叙委婉，深得骚人之趣，极有佳句，若玉环之出浴华清，绿珠之采莲洛浦。"此曲颇能体现王实甫的特点。

在这首曲子中，王实甫用了大量叠字。作为一种修辞方法，叠字的好处是"参差若沃，两字穷形，并以少总多，情貌无疑"（刘勰《文心雕龙》）。"隐隐"勾勒出远山的样貌，"粼粼"写出了水的晃动之姿，曲中人那绵绵长长的离愁自然而然蕴含其中——隔断曲中人与情人的不是一两座山，而是重重群山，不是一汪浅水，而是望不穿的河流。之后"见杨柳"和"对桃花"二句。古人取"柳"与"留"的谐音，临别之际，赠人予柳，以示不舍。"滚滚"写出飞絮之多，即便曲中没有明言，人们也一望便知，曲中人触景伤情。而桃花则常用来形容女子貌美，"醺醺"表现出令人迷醉的娇艳，同时也流露出"纵风情万种，与何人说"的自怜之意。最后的"透内阁"和"掩重门"，在意境上则形成对比，前者明快而后者阴郁。"香风阵阵"让曲中人联想起与情人缠绵的时光，"暮雨纷纷"则将他拉回形单影只的现实，还有什么比如泣如诉的纷纷暮雨更能体现离人愁绪的呢？一系列的叠字，让曲中之景都浸入了离愁。

普天乐（一）

◎滕宾

朔风寒，彤云密①。雪花飞处，落尽江梅。快意杯，蒙头被。一枕无何安然睡②，叹邙山坏墓折碑③。狐狼满眼④，英雄袖手，归去来兮。

飘散，枝头梅花抖落干净。此时豪饮，真是畅快愉悦，饮尽后，一头蒙着被子入睡。头靠在枕头上很快安心地熟睡；可叹邙山多少断折的石碑。那里入眼全是豺狼和狐狸，英雄只能袖手旁观，走上归隐的路途。

赏析

本曲前两句写景，中一句叙事，末两句感怀。

通常，人写文赋曲，都很注重上下文的承接，避免转折突兀。但

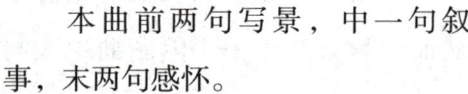

在此曲中，作者却反其道而行之。这边风吹彤云，红梅落雪，那边饮酒蒙被，酣然大睡。一眼看去，景是景，动作是动作，二者之间毫无关联。接下来，刚说完一夜安眠，马上又作英雄无用武之地的慨叹，跳跃性极大。似乎想到哪里便写到哪里，完全无布局谋篇的心思。但再一体会，就会发现这正是作者的巧妙之处，拿掉转折间的关联性并非单纯地求新求巧，而是为了制造大起大落的效果，更好地表现曲中人的复杂心绪——他之所以对外面的美景视若无睹，是因为完全沉浸在自己的世界中。他有志难抒，纵然饮酒助眠安然而睡，内心仍激荡难平。曲末的"归去来兮"化自晋陶渊明的《归去来兮辞》。陶渊明不愿与世俗同流合污，才辞去官职，归隐山林，作者显然是从陶渊明身上看到了自己。"狐狼满眼，英雄袖手"，既然无力改变现实，也只有选择做一名隐者，远离污浊的现实。不同的是，陶渊明的《归

去来兮辞》潇洒俊逸，作者词曲却萦绕着沉郁的气息。他的"快意杯"与其说是"快意"，不如说是借酒消愁愁更愁。

普天乐（二）

◎滕 宾

　　柳丝柔，莎茵细①。数枝红杏，闹出墙围。院宇深，秋千系。好雨初晴东郊媚②，看儿孙月下扶犁。黄尘意外③，青山眼里，归去来兮④。

注释

　　①莎茵：像毯子一样的草地。莎，即莎草。茵，垫子、席子、毯子之类的通称。②媚：娇美。③黄尘：暗用唐令狐楚《塞下曲》："黄尘满面长须战，白发生头未得归。"指官场上的风尘。④来兮：为语气助词，相当于"吧"。

译文

　　新发的柳丝柔软绵长，莎草如茵细密嫩绿。几枝红杏争春意，探出围墙。庭院深深，正好将秋千系。

词的品赏知识

北曲中的联章

　　"联章"指在北曲中把两首以上同调的散曲联结起来组成套曲的形式，可以换韵。因为用一首散曲无法将所描述的事件或景物完整地叙述或刻画出来，所以往往用数首同调的散曲描写同一件事或者叙述一个较长的故事，联章不能算一个套数。宋词中已出现这种情况，如欧阳修曾经写十首《采桑子》吟咏颍州瘦西湖。在散曲中联章这种形式才算真正得到了发展。联章可以分为普通联章、鼓子词、转踏等几种形式。从所吟题材的是否合一可分为一题联章和分题联章两种。比如汤式和张可久都写过《小梁州》的连章体，汤式写了两首，张可久写了三首。又如吕止庵描写西湖美景的散曲小令《后庭花》有连章体四首，分写春夏秋冬四景。滕宾有《普天乐》失题小令十一首，都是写隐逸之乐，作者通过描写山水田园的自然风光，表达出对名利官场的厌恶和批判，表现出一种恬淡和闲适的情致。

喜人的春雨刚停，初晴的阳光映照着东郊，一派明媚的春光；看看儿孙们在月亮的光辉中扶犁。不再想扬起奔赴官场的风尘，眼里心里就只有这青山，回乡啊，学陶渊明那样隐居。

 赏析

　　滕宾早年曾入朝为官，但后来却选择远离世俗，寄情山水。他的《普天乐》共有十一首，每首都流露出对田园生活的向往。在作者眼中，大自然散发着让人无法抵挡的魅力。

"柳丝、莎茵、红杏"构成了一副明艳柔媚又生机盎然的春之图。"看儿孙月下扶犁"旨在说明一种恬淡自适的生活，对作者来说，这样的生活无疑要比在"黄尘"中打滚惬意得多。"黄尘"与"青山"构成对比，前者象征官场，后者象征自然，前者尔虞我诈令人疲惫，后者开阔悠远令人舒畅。正是因为这个缘故，作者才推崇起隐者的生活。曲子的末尾，作者用陶渊明的《归去来兮辞》表明心志。

叨叨令 道情^①（一）

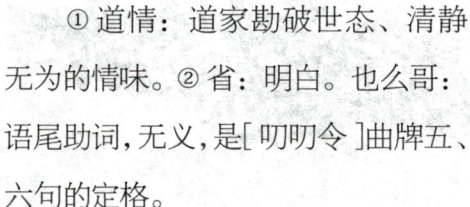

◎邓玉宾

想这堆金积玉平生害，男婚女嫁风流债。鬓边霜头上雪是阎王怪，求功名贪富贵今何在？您省的也么哥^②，您省的也么哥？寻个主人翁早把茅庵盖。

注释

①道情：道家勘破世态、清静无为的情味。②省：明白。也么哥：语尾助词，无义，是[叨叨令]曲牌五、六句的定格。

译文

想想这堆积钱财一生的祸害，男婚女嫁留下的风流债。鬓发出现斑白，容颜衰老，那是阎王爷在责怪，那些追求功名富贵的小人，现在到

哪里去了？您醒悟了么，您醒悟了么？找个贤主人，早点盖所茅草庵去修行吧。

赏析

元建朝前期，在长达数十年的时间里，科举取士都被废止。知识分子得不到晋身之路，建功立业的理想无以实现，在这种情况下，很多人开始寄情于推崇隐逸生活的道教。邓玉宾就是其中之一。这首小

◎作者简介◎

邓玉宾，是元代前期的散曲作家。生卒、字号、籍贯皆不详。《录鬼簿》中将其列为"前辈名公乐章传于世者"。曾官至同知，后远离尘俗，归隐山林，修心养性、学道求仙，自称"不如将万古烟霞赴一簪，俯仰无惭"。其散曲传世的作品非常少，大都是道家警世之语，但词曲格调却很高。明代朱权《太和正音谱》评其词为"如幽谷芳兰"。他的曲子格调清丽雅致，令人回味悠长。《太平乐府》《北词广正谱》都可见他的散曲。

曲处处可见道家的思想，譬如将堆金积玉当作人生之害，将男婚女嫁视作风流之债。

此曲为劝世之作，面对的是芸芸众生，所以语言非常平易通俗。一句"求功名富贵今何在"的反问犹如当头棒喝，警醒世人。叨叨令的曲牌规定曲的五六句应为"兀兀也么哥，兀兀也么哥"格式，"您省的也么哥"的反问和"今何在"的反问接在一起，本已有十分强大的警示力度，再经迭唱，力度更大。

曲的前四句是对世俗人生的否定，"您省的也么哥"旨在劝人抛弃为物所累的生活。那么，抛弃之后呢？作者在末尾为人指明了出路"寻个主人翁早把茅庵盖"。"茅庵"是道家修习的场所，此句点明了道情的主旨，即劝人归向大道，回归简朴自然。

叨叨令 道情（二）

◎邓玉宾

白云深处青山下，茅庵草舍无冬夏。闲来几句渔樵话，困来一枕葫芦架。您省的也么哥，您省的也么哥？煞强如风波千丈担惊怕①。

 注释

① 煞强如：全然胜过。

 译文

在幽深偏僻的青山下，白云缭绕的地方，盖几间茅草庵，真是冬暖夏凉的好住处。闲暇时同渔人樵夫聊几句话，困了，头枕着葫芦架安然入睡。您醒悟了么，您醒悟了么？同那些到名利场的风波中去担惊受怕的人相比，不知强多少。

 赏析

这首《道情》是前一曲的续篇。前篇呼吁"寻个主人翁早把茅庵盖"，这一首便是叙说茅庵里隐居乐道的生活了。

白云深处有茅庵一座，青山脚下有草屋数间，作者生活在这世外桃源，快乐悠闲，忘记了纷扰世情，忘记了春秋冬夏。感觉无聊的时候与渔父樵夫清谈数语，困意袭来时就在葫芦架下睡上一觉，一切都是那样的随心所欲，一切都是那样的恬淡和谐。作者说："你该醒悟了吧，你该醒悟了吧？比起那日夜担惊受怕的宦海沉浮来说，这样的生活难道不是更加的让人向往吗？"

作者将社会的黑暗、仕途的艰险比作"风波千丈"，警醒世人应退避到自在闲适的山林中，远离祸患，以便独善其身。

全曲旨在劝世，却能婉曲见意，决不勉强说理，这正是其成功之处。

一枝花 [套数]

◎邓玉宾

连云栈上马去了衔①，乱石滩里舟绝了缆。取骊龙颏下珠②，饮鸩鸟酒中酣③。阔论高谈，是一个无斤两的风月担④，蜦蛛虫般舍命的贪⑤。此事都谙，从今日为头罢参⑥。

[梁州第七] 俺只待学圣人问礼于老聃⑦，遇钟离度脱淮南⑧，就虚无养个真恬淡。一任教春花秋月，暮四朝三，蜂衙蚁阵⑨，虎窟龙潭⑩。阑纷纷的尽入包涵⑪，只是这个舞东风的宽袖蓝衫。两轮日月是俺这长明朗不灭的灯龛，万里山川是俺这无尽藏长生药篮，一合乾坤是俺这养全真的无漏仙庵⑫。可堪，这些儿钝憨，比英雄回首心无憾。没是待雷破柱落奸胆⑬，不如将万古烟霞付一簪⑭，俯仰无惭。

[随煞] 七颠八倒人谁敢，把这坎位离宫对勘的喦⑮。火候抽添有时暂⑯，修行的好味甘。更把这谈玄口缄，什么细雨斜风哨得着俺⑰！

注释

①连云栈：古栈道名，在陕西褒城与凤县之间，为历史上川陕之间的交通要道，依崖壁凿成，极其险峻。②骊龙：传说中的黑龙。据《庄子·列御寇》载，骊龙生活于九重之渊，颏下有珠，必须等它睡着时才能探取，否则就会遭到生命危险。③鸩鸟：一种有剧毒的鸟。以鸩羽浸酒，饮者会立刻死亡。④风月担：元曲中通常代指烟花生涯，这里指不正经、不务正业。⑤蜦蛛虫：据唐柳宗元《蜦蛛传》述，蜦蛛是一种性贪而拙的小甲虫，遇物则取之负于背上，

虽困剧犹不止。⑥罢参：不去谒见，也即不理睬。⑦"俺只待"句：孔子曾前往周国，问礼于老子，见《史记·孔子世家》。圣人，指孔子。老聃，即老子，春秋战国间大哲学家，为后世的道教尊为祖师。⑧钟离：钟离权，道教传说中的"八仙"之一。淮南：西汉淮南王刘安，因谋反罪

入狱自杀,《神仙传》等则传说他得道升天成仙。但钟离权实为唐人;据《神仙传》载,度化刘安的是汉代的八公。⑨蜂衙蚁阵:蜂房中群蜂簇拥蜂王如上衙参拜,称蜂衙;蚂蚁群聚如列战阵,称蚁阵。喻世俗的扰杂。⑩虎窟龙潭:喻境地的险危。⑪阑纷纷:乱纷纷。⑫全真:保全先天的本性。无漏:无孔隙,修行者则常指无烦恼欲望的杂念。⑬没是:与其。⑭簪:指道簪,道家束发所用。⑮坎位离宫:坎离的位置。在道家外丹术中,坎为铅为水、离为汞为火;内丹术中坎为肾为气、离为心为神。嵓:严实。⑯火候:道家借指修行时精、气、神在体内运行中意念的操纵程度。抽添:减少或增加。时暂:长久或暂时。⑰哨:同"潲",斜飘。

译文

悬在半空中的连云栈上,马儿脱去了缰绳正在狂奔;乱石滩里,断缆的孤舟飞速漂流着。为了得到利益不惜取下骊龙下巴上的珠子,为了满足欲求不惜喝掉鸩酒止渴。夸夸其谈,自吹自擂,在风月场中厮混,追求钱财就像蝤蛴虫那样贪婪。这一切我早已习以为常,从今天起彻底一刀两断。

我只想着学习孔子虔诚地向老子问礼,效法淮南王刘安寻访高人而成仙,参悟虚无大道,享受恬淡

词的品赏知识

博喻手法与刻意渲染

博喻又称连比,就是用三个以上的喻体从不同角度与侧面反复设喻去说明和描绘同一个本体。著名的例子如白居易《琵琶行》:"大弦嘈嘈如急雨,小弦切切如私语。嘈嘈切切错杂弹,大珠小珠落玉盘。间关莺语花底滑,幽咽泉流冰下难。"诗中用了大量的比喻构成一种奇特的艺术氛围。关汉卿《一枝花·不伏老》也是使用博喻手法的典型文学作品。邓玉宾的《一枝花 [套数]》中也采用了博喻手法,其中的比喻如:"蜂衙蚁阵,虎窟龙潭。阑纷纷的尽入包涵,只是这个舞东风的宽袖蓝衫。两轮日月是俺这长明朗不灭的灯龛,万里山川是俺这无尽藏长生药篮,一合乾坤是俺这养全真的无漏仙庵。"

过头来与世上的英雄相比，却也没留下过一点儿遗憾。与其作奸犯科遭受天谴，倒不如出家入道，寻访那千古存在的自然风光呢！俯仰之间就没有可愧疚的了。

我怎敢七颠八倒呵，对这坎、离的位置细细品对，一心炼丹。操纵意念，掌握着抽添的时间，修炼习得精髓要旨，真是很得意呵。还要处事谨慎，决不多说话，什么人世的斜风细雨，这些怎能吹打着我呢！

赏 析

元散曲中有一专门的品种，称为“道情”，也就是道家的歌唱。元代有很多文人有过辞官入道的经历，这也成为当时的时尚，邓玉宾便是这类文人中著名的一个。邓玉宾出仕元朝，曾出任同知一职，后来厌倦官场生活，弃官修道，远离尘世，畅游于林泉丘壑之间，修心养性，学道求仙。

邓玉宾的散曲流传下来的很少，大都是道家警世之语，但词格却很高。所以，明初人朱权在《太和正音谱》中评其曲如“幽谷芳兰”，

人生。任凭那时光流逝，人情翻覆，世俗扰杂，处境危险，这一切都与我没有任何干系。把那乱纷纷的世界尽数包涵，只用我身上的这个舞东风的宽袖蓝衫便足够了。两轮日月是我修道的长明灯盏；万里山川是我取之不尽的装药的筐篮，整个乾坤是我养全真去杂念的道观。怎能受得了呵，我本就愚钝傻憨，回

也是赞叹他的散曲意境的超脱与辞句的飘逸。

将官场的险恶与修道的愉悦作对照，警悟世人荡涤俗情。又描写修道人生活环境的宁静幽美与心境的怡然自得，启迪人一心向道。

这首套曲有三支曲子，［一枝花］写世途的艰险，主张看破红尘，皈依道家。［梁州第七］说世俗世界如"蜂衙蚁阵、虎窟龙潭"，因此呼吁人们"志在冲漠之上，寄傲宇宙之间"，脱离现实世界的困扰。［随煞］写的是道家的养真修炼。尽管这首曲子写修道乐道，但乐道是伤时的产物，避世为叹世的补充，

这与元曲愤世嫉俗的精神实质是一脉相通的。

这套曲子中运用了大量形象的比喻，如连云栈马、乱石滩舟、骊龙珠、鸩鸟酒、风月担、蝲蝲虫等，产生了蕴藉奇警的艺术效果。尤其是"两轮日月"等三句鼎足对，以日月、山川、乾坤的庞然大物与灯龛、药篮、仙庵的道家器具喻连在一起，令人回味无穷。

这套曲子格调清丽雅致，耐人咀嚼。此曲主旨虽是教人"乐道"，但通篇无说教口吻，明代朱权《太和正音谱》评这套曲"如幽谷芳兰"。

鹦鹉曲 赤壁怀古①

◎冯子振

茅庐诸葛亲曾住，早赚出抱膝梁父②。笑谈间汉鼎三分③，不记得南阳耕雨④。叹西风卷尽豪华，往事大江东去。彻如今话说渔樵⑤，算也是英雄了处。

注释

①赤壁：在今湖北蒲圻县长江南岸，汉末时孙权、刘备合兵在此大破曹操的军队。②赚出：骗了出来。抱膝梁父：指隐居的诸葛亮。抱膝，手抱住膝盖，安闲的样子。史书记诸葛亮隐居时，"每晨夜从容，常抱膝长啸"。梁父，本指《梁父吟》，相传为诸葛亮所作，这里代指诸葛亮。③汉鼎三分：将汉帝国一分为三。鼎，旧时视作国家的重器，比喻政权。④南阳：汉代郡名，包括今湖北襄樊及河南南阳一带。诸葛亮早年曾在南阳隐居耕作。⑤彻：直到。

译文

南阳那茅庐，诸葛亮曾亲自居住，他抱膝长吟，从容潇洒，可惜早早被刘备骗出山来经营天下。他

◎作者简介◎

冯子振（1251—1348），字海粟，自号瀛洲洲客、怪怪道人，元代散曲家、诗人、书法家。湘乡县人。至元中以荐入仕，官至承事郎集贤待制。他天资聪颖，才思敏捷，博闻强记，流传至今的书文有《居庸赋》《十八公赋》《华清古乐府》《海粟诗集》等，以散曲最著。

其散曲今存四十四首，内容多为对个人生活的描写，除一首《红绣鞋》和一首《沉醉东风》外，其余皆是《鹦鹉曲》。贯云石曾在《阳春白雪序》中称赞他的散曲"豪辣灏烂，不断古今"。

谈笑之间便奠定了鼎足三分的格局，早已不记得当初在南阳雨中耕作的旧日生活。那西风卷走了历史的风流繁华，往事像大江一样滚滚东去，怎不叫人感叹。一直到现在，诸葛亮在赤壁大战中的传说和佳话，已成了渔人樵夫的谈资，也算是英雄的一种结局吧。

赏 析

正是在赤壁之战之后，魏、蜀、吴的鼎立之势才形成。但凡到赤壁的人，都少不了要对这著名的战役追忆一番。作为主导这场战争的主要人物，诸葛亮不止一次地出现在和赤壁之战有关的文学作品中，被文人骚客评论。此曲也是如此。只是在此曲里，作者没有描写诸葛亮如何运筹帷幄夺取赤壁之战的胜利，而是从战争的结果入手，谈论战争对诸葛亮本身的影响。

人都道刘备三顾茅庐请出诸葛亮。此曲却特地将"请"说成"赚出"，仿佛诸葛亮中了刘备的圈套一般。作者站在道家的视角看待这一典故，认为放弃隐居生活，投身群雄逐鹿

的战场，颇不值得，令人惋惜。道家推崇无羁无绊、淡泊逍遥的生活，而一旦卷入世俗纷争，这样的生活就离人远去了。"笑谈间汉鼎三分，不记得南阳耕雨"传达的就是这种意蕴。

想到建功立业，人们就激情澎湃，却往往忽视了成就伟业不一定会给人带来美好的结局。诸葛亮鞠躬尽瘁为人称道，但他积劳成疾、英年早逝不说，至死还在忧心国家大事。作者冯子振自号怪怪道人，其思想受道家影响颇深。在他看来，人们苦苦建立的功业，到头来都免不了被时间吞没。英雄们的丰功伟绩即使被传为佳话，对英雄而言，也无非是一种安慰。或者说，被世俗价值观推崇的英雄，最终不过是在后人的谈论中找到理想的归宿。因此，他才会在曲的末尾不无同情地说"算也是英雄了处"。

此曲立足于英雄的个人命运，在立意上颇为新颖，引导读者从一个新的角度思考耳熟能详的历史典故。

鹦鹉曲 农夫渴雨

◎冯子振

年年牛背扶犁住①，近日最懊恼杀农夫②。稻苗肥恰待抽花③，渴煞青天雷雨④。恨残霞不近人情⑤，截断玉虹南去⑥。望人间三尺甘霖⑦，看一片闲云起处⑧。

注 释

①扶犁住：把犁为生。住，过活，过日子。此句是说年年都是在牛背后扶着犁杖，泛指干农活。②最：正。懊（ào）恼杀：心里十分烦恼。③恰待：正要，刚要。抽花：抽穗。④渴煞：十分渴望。⑤残霞：即晚霞。预示后几天为晴天。⑥玉虹：彩虹。虹为雨后天象。俗谚："晚霞日头朝霞雨。"截断玉虹，即谓残霞无情断雨。此句意思是说，由于彩霞满天，彩虹不可能出现，下雨没有指望。⑦三尺甘霖：指大雨。甘霖：好雨。⑧此句的意思是：由于盼雨心切，甚至对一片无用的闲云也抱着微茫的希望。

译 文

每年在牛背后扶犁耕作为生，

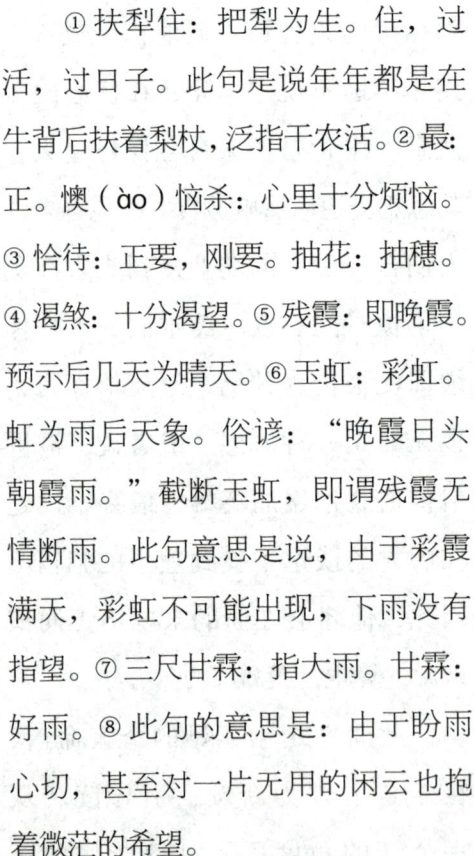

近日里这却成了农夫最懊恼的事。稻苗肥壮正等着抽穗呢，望眼欲穿那晴朗朗的天空快来一阵雷雨。可恨残霞不关心人们渴雨的急切心情，截断了玉虹裹挟着它向南飘去。农夫们注视着天边升起的一片白云，盼望人间能降下三尺好雨。

赏 析

整首曲子都采用了农夫的口吻，语言质朴，把农夫的渴望之情表现得淋漓尽致。起首句的"年年"二字体现了农夫务农的终身性和普遍性；"背扶犁住"四字则生动传神地表现出农夫耕种的姿态。第二句是在首句的铺垫下发出的，农夫长时间在田间耕种务农，对"天气"很是敏感，"懊恼杀"把他们在单一的务农生活里形成的朴实性格展露无遗。第三、四句则是对前文"懊恼杀"做出回答，原来是稻子到了抽穗的时节，偏又恰逢大旱天气，所以才有"农夫渴雨"，此处亦点题。

下面四句作者采用农夫仰望天空的视角，寄情于景中，展开了景物和人物的双重描写。以"恨"字总领，表现了农夫失望和愤怒的心情。残霞的逐渐消散，被作者用"不近人情，截断玉虹南去"描述而出，此处用了拟人的手法，把农夫的责怪意赋予其中，显得灵活生动。同时也暗示了农夫一直在残霞中寻找着彩虹的身影，"截断"二字映衬了上句的"不近人情"。"望人间三尺甘霖"一句中的"望"字，是渴望之意；"三尺甘霖"是虚指，但是又描写得如此具体，可见那三尺甘霖虽迟迟不来，却是农夫脑海中常有的画面，这时远处一片闲云初生，"闲"

字极言云出现得毫无规律，暗指天气的变化多端、人不可测，强调务农者对于天气的依赖性，时而悲愤，时而怀抱希望。

全曲多用白描手法，截取农家生活的一个侧面进行了描写，虚实结合，真实生动地表现了农夫的心理。作者能够设身处地地为农夫着想，理解他们的愿望，说明其十分关注百姓的处境。

鹦鹉曲 野渡新晴

◎冯子振

　　孤村三两人家住，终日对野叟田父。说今朝绿水平桥，昨日溪南新雨。碧天边云归岩穴，白鹭一行飞去。便芒鞋竹杖行春①，问底是青帘舞处②。

注释

　　①芒鞋竹杖：草鞋和竹手杖，为古人出行野外的装备。行春：古时地方官员春季时巡行乡间劝督耕作，称为行春。此处则为春日行游之意。②底是：哪里是。青帘舞处：酒旗招展的地方。

译文

　　在这偏僻的村落里，只住着两三户人家，人烟稀少。我整天价面对的，是淳朴的农村父老。他们说起今早上溪水猛涨，水面漫过了小桥，又说溪南昨天刚下了一场新雨。青湛湛的天边，云朵飘回了石缝里的旧巢。白鹭排成行，向天边飞去。我当即穿上草鞋，操起手杖，乘兴踏游春郊。就不知挂着青帘的歌舞酒乡，上哪儿可以找到？

赏析

　　曲名是一个倒装句，意为雨后天气放晴，作者乘兴踏春。"野"字有两层含义，第一体现了山水田园的自然之美，第二说明作者是乘兴而往。

　　起首句"孤村"的"孤"和"三两人家"呼应，写出了村落的荒凉和偏僻。村里都是田野老农。曲的前两句，作者除了描述自己与世隔绝的生活外，还营造出一种乡村山野的田园氛围，就像是欲作一幅田园水粉画，需要事先打底，烘托、渲染好气氛。

　　接着作者将话题转到了听老农们唠家常：今天溪水涨到了桥头，

昨天溪南的新雨下得真不小。迂回地点出了曲名的"新晴"。作者的踏春之心也油然而生，接下来的第五、六句便充实了"新晴"的内容，具体描写了新晴过后的景物：碧蓝的天空，云卷云舒，仿佛飘回了它悬崖边的洞穴里，一行白鹭扑翅而飞，消逝在天尽头。

最后两句终于道出了"野渡"这一主题，作者乘兴穿鞋拄杖，信步春游。"便芒鞋竹杖行春，问底是青帘舞处"中的"便"是当即的意思，体现了作者的随性潇洒。"青帘舞处"指酒家，表现出作者的隐者气质。

此曲用语清新，情感自然，颇有可玩味之处。

鹦鹉曲 夷门怀古①

◎冯子振

人生只合梁园住②，快活煞几个白头父。指他家五辈风流，睡足胭脂坡雨③。

[幺]说宣和锦片繁华④，辇路看元宵去⑤。马行街直转州桥⑥，相国寺灯楼几处⑦。

注释

①夷门：战国魏都大梁（今河南开封）的东城门，后成为开封城的别称。②梁园：西汉梁孝王刘武所建的园囿，位于今开封市东南。③胭脂坡：唐代长安地名。④宣和：宋徽宗年号（1119—1125）。⑤辇路：天子车驾常经之路。此指汴京御街。⑥马行街：宋代汴京（今河南开封）地名。孟元老《东京梦华录》："土市北去，乃马行街也，人烟浩闹。"州桥：又名汴桥、天汉桥，在汴京御街南，正对皇宫。⑦相国寺：本北齐建国寺，宋太宗朝重建，为汴京著名建筑，其中庭两庑可容万人。《东京梦华录》载其元宵灯市情形："竞陈灯烛，光彩争华，直至达旦。"

译文

人生就应该居住在开封古城，梁园佳处。你看那几位白头老汉，真快乐死了。他们中有的人好几代都在这享尽风流，在胭脂坡的雨中早就睡够了。

他们说起了宋徽宗宣和年间，汴京城那花团锦簇的繁华。人们都涌上御街，去看正月十五日元宵之夜的灯市。从马行街转来转去，直转到州桥。更有那著名的大相国寺里，坐落着几处张灯结彩的高楼。

赏析

开篇第一句化用的是唐代诗人张祜《纵游淮南》里的"人生只合扬州死"，然后提到在开封古城里生活得快活自在的几位白发老翁，接着便自然而然地说道那些白发老翁们，自上五代人开始就在这里生活，习惯了京城舒适的环境。这样写的作用一是在时间上感叹光阴似箭、日月如梭，第二个作用是引出下文老翁们谈论话题的内容和范围。

"胭脂坡"本来是唐代时长安都城的一处地名，作者把它用进了"夷门"，就是在暗说此地便是北宋时期的都城。因为在元代是很忌讳人们追悼前朝的，所以此处作者巧妙地运用了障眼法以掩盖本曲的情感意图。

"风流"二字更是言及了"他家五辈"在当时生活的舒适安稳，也暗示了宋代汴京时期的鼎盛繁荣。老翁们在追忆着前朝，祖辈们对于故国的爱国情感一代代地流传了下来，虽然他们不是遗民，但是作为元代的汉族百姓，对于故主的眷恋和神往是可以想见的。

接着老翁们说到了"宣和"，宣和年间，距北宋的灭亡已经很近了，然而他们丝毫不提及宋徽宗荒废朝政、丢失国家的罪过，只是不停地在缅怀北宋汴京"锦片繁华"的元宵佳节，汴京御街、"马行街"以及"相国寺"的灯火辉煌，这些都让老翁们如数家珍。但是现如今那些都成了历史尘埃、历史古迹了，怀古为了伤今，于此，作者又一次印证了开篇那句"人生只合梁园住"，作者的心思和用意也就不言而喻了。

小梁州 秋

◎贯云石

芙蓉映水菊花黄，满目秋光。枯荷叶底鹭鸶藏①。金风荡②，飘动桂枝香。雷峰塔畔登高望③，见钱塘一派长江。湖水清，江潮漾，天边斜月，新雁两三行。

注释

①鹭鸶：即白鹭，一种水鸟。②金风：即秋风。③雷峰塔：五代时吴越王钱俶妃黄氏建，遗址在西湖南夕照山上，于1924年9月倾塌。

译文

荷花的身影映照在水中，菊花也已经变得金黄。满眼都是秋天的风光。干枯的荷叶底下，有白鹭躲在那里。秋风荡漾，桂枝上桂花的幽香随风飘动起来。在雷峰塔边登上高处向远方望去，只看见那长长的钱塘江。湖水清澈，江潮涌起，一弯新月斜挂在天边，两三行大雁刚刚飞去。

赏析

此曲为贯云石所作的《小梁州》曲四首中的一首。

曲子一开始就以"菊花""秋光"两词将人的视角锁定在了秋景上。接下来，作者开始对秋光进行细致的描绘。"枯荷叶""金风""桂枝香"，这一个个标志着秋天的事物让人满目是秋景、秋情。"雷峰

⊙作者简介⊙

贯云石(1286—1324)，原名小云石海涯，号酸斋，又号芦花道人，维吾尔族人。师从著名古文学家姚燧。袭父亲官职，仁宗时，官至翰林侍读学士、中奉大夫、知制诰。后因向往恬淡生活，弃官南下归隐。曲风豪放清逸，明代朱权《太和正音谱》评他的散曲如"天马脱羁"。今存散曲小令七十九首，套数八首，风格豪放清逸。后人把他和徐再思的散曲合编为《酸甜乐府》。

塔"一词点出了地点。作者登高远眺，浩浩荡荡的钱塘江尽收眼底。此等美丽的景致，又有谁不留恋呢？此曲构图精致，用精湛的文字，描绘了秋日的特有景物，末四句以动衬静，反衬山居环境的幽静，表现了作者闲适的心情。

蟾宫曲 送春

◎贯云石

问东君何处天涯①？落日啼鹃②，流水落花。淡淡遥山，萋萋芳草③，隐隐残霞。随柳絮吹归那答④？趁游丝惹在谁家？倦理琵琶⑤，人倚秋千⑥，月照窗纱。

①"问东君"句：问春之神到何处去了。东君，春之神。②啼鹃：出自"望帝啼鹃"，相传战国时蜀王杜宇号望帝，为蜀治水有功，死后化为杜鹃鸟，啼声凄切，后常指悲哀凄惨的啼哭。③萋萋芳草：唐崔颢《黄鹤楼》中有"晴川历历汉阳树，芳草萋萋鹦鹉洲"之句。《楚辞·招隐士》曰："王孙游兮不归，春草生兮萋萋。"此处比喻游子久行于外，归思难禁。④"随柳絮"二句：这是化用秦观《望海潮》"正絮翻蝶舞，芳思交加，柳下桃蹊，乱分春色到人家"的意境。⑤琵琶：我国民族乐器。⑥秋千：我国古代贵族妇女的体育游戏。相传春秋时齐桓公打败北方的山戎后传入中原。

译文

问春之神到何处去了？夕阳落

词的品赏知识

元曲向往的艺术人生

有一个有趣的现象，元杂剧里青年书生们的小厮，都是"琴童"而不是后来通俗小说中的"书童"。这很形象地反映了元代的社会特征，大家把音乐歌舞放到了更重要的地位，比读书重要。也就是唱歌跳舞做浪子比寒窗苦读考功名重要。元代人向往的是艺术的人生、审美的人生，到了明清则是读书做官才是正途的人生。（引梁归智先生语）

下，杜鹃叫了起来，看落花于流水之中。远处的山峰颜色暗淡，芳草萋萋，晚霞若隐若现。是随着柳絮一道，被吹走了吗？还是跟游丝一样，不知飘到了谁家里去了？我心不在焉地调试着琵琶，倚靠着秋千架，月亮升起，月光照在窗纱。

赏析

此曲写暮春之景，傍晚斜阳残照，杜鹃鸟凄鸣不已，落花流水共添悲，远处重峦叠嶂，芳草萋萋，晚霞渐渐退却。此情此景，作者不禁一连问道：春神欲往何处去？那春意融融的柳絮游丝又去了哪里？末尾，用夜晚月色下一女子懒倚秋千、无意弹琴定格画面，极尽悲凉萧瑟。

殿前欢

◎贯云石

　　隔帘听，几番风送卖花声。夜来微雨天阶净^①。小院闲庭，轻寒翠袖生。穿芳径，十二阑干凭^②。杏花疏影，杨柳新晴。

注释

　　①天阶：原指宫殿的台阶，此处是泛指。②十二阑干：十二是虚指，意谓所有的阑干。古人好用十二地支的数目来组词，如"十二钗""十二楼"等。

译文

　　我隔着帘听，风儿一次又一次地吹来卖花人的叫卖声。时值夜晚，一场小雨之后，台阶被冲洗得干干净净。在安静清幽的庭院里，翠绿色的袖子中生出微微的寒意。我穿行在花间的小路中，或是倚靠着阑干来欣赏春日的美景。只见盛开着的杏花舞动着稀疏的倩影，杨柳沐浴着雨后的晴岚。

赏析

　　此曲描绘了清新秀丽的雨后春景。

　　明明要写雨后景色，但作者偏偏要从和景色完全无关的"卖花声"下笔，交代曲中人出外观景的因由，让读者跟着曲中人的视角欣赏雨后风光。从"隔帘听"到"天阶净"无一字写曲中人的动作变化，但"帘"到"阶"的场景转化却让人仿佛看到曲中人从屋中款款而出，站立在屋外的阶梯上，循着卖花人的声音远望。

　　此曲最大的特点就是委婉，作者似乎有意避免直接将其所要表现的事物传达给读者。譬如写雨后清新，不提雨后的空气，偏偏要着眼于被雨水冲刷得干干净净的台阶，用"净"字唤起读者对雨后那明净景象的回忆。"小院闲庭"映现出曲中人安闲自在的心情，而接下来的一个"轻寒"则将雨后的凉爽表现得恰到好处，但在这里，作者除了用它写雨后的舒爽外，还用它来勾画曲中人的样貌。这寒从"翠袖生"，说明曲中人的衣衫美丽单薄。不知不觉间，这穿着翠衣的曲中人也成了曲中一景。

　　接下来，曲中的场景又由"闲庭"转入"芳径"，"十二阑干凭"，说明曲中人已经完全沉浸在雨后的美景中，她将阑干倚遍，从不同角度欣赏大好风光。"杏花疏影，杨柳新晴"，正是她看到的美丽景象。值得一提的是，作者写杏花不写花之娇，而写花的影，写杨柳不写柳之色，而写"新晴"，并非是在单纯地追求新巧效果，而是为了更好地扣住"雨后"这一中心。相比艳丽的花朵，疏疏淡淡的花影更能表现雨后风景的清雅。"新晴"

也是一样，人人都知春天的杨柳青绿可人，但要突出雨后杨柳的样貌，与其将重点放在刻画杨柳的颜色上，不如直接强调"新晴"，让读者自行想象那湿润润、青绿绿、散发着清鲜气息的杨柳。

　　有人评价贯云石此曲"羚羊挂角，无迹可求"（严羽《沧浪诗话》）。全曲若自然天成，看不出任何刻意雕琢的痕迹，"净""轻寒""凭""新晴"等字的运用又极其精妙。作者造语的功力可见一斑。

塞鸿秋 代人作

◎贯云石

战西风几点宾鸿至①，感起我南朝千古伤心事②。展花笺欲写几句知心事③，空教我停霜毫半晌无才思④。往常得兴时，一扫无瑕疵⑤。今日个病恹恹刚写下两个相思字⑥。

注释

①战西风：迎着西风。宾鸿：即鸿雁、大雁。大雁秋则南来，春则北往，过往如宾，故曰"宾鸿"。《礼记·月令》："（季秋之月），鸿雁来宾。"②南朝：指我国历史上宋、齐、梁、陈四朝，它们都建都在南方的建康（今南京市）。吴激《人月圆》："南朝千古伤心事，还唱后庭花。"③花笺：精致华美的纸，多供题咏书札之用。徐陵《玉台新咏序》："五色花笺，河北胶东之纸。"④霜毫：白兔毛做的、色白如霜的毛笔。⑤一扫无瑕疵（xiá cī）：一挥而就，没有毛病。瑕疵：玉上的斑点。引申为缺点或毛病。⑥病恹恹：病得精神萎靡不振的样子。《世说

新语·品藻》："曹蜍、李志虽现在，恹恹如九泉下人。"

译文

迎着西风，几只大雁飞来，这让我回想起有关南朝兴亡的悠久往事。展开华美的信纸，想写几句心里话，却只是停住笔尖半天也没有什么奇思妙想。平常有兴致的时候，写文章都是一挥而就，找不到一点毛病，今天却病恹恹的，才刚写下"相思"两字。

赏析

"代人作"在元散曲中比较常见，多为文人代替女子写信，此曲亦然。开篇两句说明了写作缘由：秋季西风吹，大雁南飞，这悲凉萧索的气氛引起了女主人公对于南朝伤心事的回忆。但作者并没有具体

写是怎样的伤心事，此处运用了欲擒故纵的表达方式，只是说那女主人公展开花笺，因触景生情想写几句知心事，从而可以想见这"知心事"必定也在"伤心事"中。"停霜毫"这个动作造成了此曲的第一个波折；下文的"半晌无才思"与"往常得兴时"这一组对照形成第二个波折；"一扫无瑕疵"与末句的"病恹恹刚写下两个相思字"则形成第三个波折。女主人公的这种反常正是由于"大雁南飞引心伤"，可见其伤心的是深深的离别愁恨，知心的是绵绵的相思之苦。曲文跌宕起伏，衬字运用巧妙，处处曲笔，尽显女主人公相思成愁的心境。

　　全曲以起兴手法开篇，先点明时令，西风可谓肃杀凛冽，而秋之气象以反衬的方式渲染。首字描写"宾鸿"之态的"战"字，一是反衬秋风的狂暴，二是直接描写刻画出迎风搏击的"宾鸿"形象。此处的"鸿"，可能是象征游子离人的鸿雁，也可能是"燕雀安知鸿鹄之志"中的天鹅。作者一从其搏击之雄伟，二从"几点"二字的远观，给读者留出想象空间。因之才有了对王侯将相兴起沉沦、朝代更替的感叹。而眼前之景到底在心里泛起了什么样的情思，作者却也无从细究。但只知脑海中古往今来兴亡事，以及各种感想齐集，感慨颇深。如离人是抱着"鸿鹄之志"的宦游者，那么此处的女主人公该是"悔教夫婿觅封侯"的觉醒思妇了。但此处的女主人公似乎对于富贵功名还无法看透，因此一落笔却只留下相思二字，而其"闺怨"之情也已表达得非常清楚了。

清江引

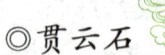
◎贯云石

狂风一春十占九，摇撼花枝瘦。沙摧杏脸愁，土蚀桃腮皱。阑珊了一株金线柳①。

注 释

①阑珊：空残稀疏的样子。金线柳：柳的美称。

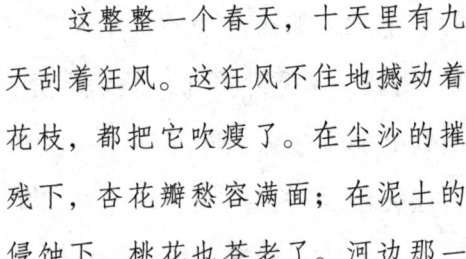
译 文

这整整一个春天，十天里有九天刮着狂风。这狂风不住地撼动着花枝，都把它吹瘦了。在尘沙的摧残下，杏花瓣愁容满面；在泥土的侵蚀下，桃花也苍老了。河边那一株柳树，枝条也变得稀疏了。

赏 析

"狂风一春十占九"是说在春季十天中有九天都狂风大作。作者故意用"十占九"这样夸张的说法表现狂风的肆虐猖狂。这狂风毫无怜香惜玉之意，让春花黯然凋零。古人经常用春花象征美好事物，用狂风象征无情的世事。一个"瘦"字表现出花在历经"摧残"后那憔悴可怜的样子，不由让人想起南宋词人李清照《如梦令》中的"知否，知否，应是绿肥红瘦"。

很多花朵被风吹落，侥幸留在枝头的也都遍体鳞伤。杏花一脸愁容，桃花容颜残破，拟人手法的使用赋予了花以人的情态，同时也反

词的品赏知识

物 感

《礼记》中有言："凡音之起，由人心生。人心之动，物使之然也。感于物而动，故形于声，声相应，故生变，变成方，谓之音。"同理，诗文之所以产生，是因为外在事物让人心有所感触。

映出作者的惜花之情。曲末，原本掩映花间的柳树因花的凋零突兀出来，柳树的寂寥更衬出花的凄零。

刘勰曾在《文心雕龙》中说："君子拟人必于其伦"，劫后余生的杏花、桃花、金线柳很容易让人想到刚刚经历不幸、伤痕累累又满心凄楚的人。此曲虽围绕花展开，用意却在花之外。花无力招架狂风，而在变幻莫测的世间，人也不知何时就会遭遇变故，每每社会发生大的动荡，都会有很多人像被狂风打落的花一样"香消玉殒"。此曲构思巧妙，感情真挚，生动蕴藉，虽无一字言作者所感，却处处可见作者的情思。

红绣鞋 痛饮

◎贯云石

东村醉西村依旧，今日醒来日扶头。直吃得海枯石烂恁时休①。将屠龙剑②、钓鳌钩③，遇知音都去做酒。

注释

①恁（nèn）时：那时。②屠龙剑：该典故出自《庄子》。传说，有个叫朱评漫的人花了三年时间学习屠龙之术，学成后却找不到可屠之龙。③钓鳌钩：《列子》中有龙伯国巨人将渤海负山巨鳌钓走的故事。后人常用此典比喻抱负远大。

译文

在东村喝醉了，跑到西村还喝。今天醒了，明天又醉得要扶住头。直到喝得海也枯了石也烂了才罢休。

若是遇到了知音，就是屠龙的宝剑，钓鳌的鱼钩，也都拿去换酒。

赏析

"痛饮"是一种排遣愁思的方法，这种整日买醉的行为，表明了作者心中有苦无处申，而只能寄托在诗酒之上的痛苦。"东村""西村"是言地，"今日""来日"是说时，无处不可以醉、无时不能够醉，并且还要喝到海枯石烂才罢休！作者的豪情万丈一览无余。"海枯石烂"暗含了作者对当时社会的不满，愤

词的品赏知识

元曲中的平仄

相较于诗、词，曲对平仄的要求要严格得多。大致说来，每一句的末字都有固定的声调要求，不但要分平仄，且仄声还要分上声和去声。规定用上声的便不能用去声，规定用去声的就不能用上声。尤其是韵脚，对平仄的要求更为严格，很少笼统地规定用仄声。还有些曲谱甚至会逐字规定最末一句的声调。不过，也有些曲子平声字和上声字可以互相替代。

恨到了极致便戏谑其能毁灭，只要世界存在的一天，狂饮的行为就不停止。曲子前三句便揭露出了作者"痛饮"背后的愁苦悲愤的心情。

"屠龙剑""钓鳌钩"不是实物，原比喻有高超的本领和远大的抱负，这里象征着功名利禄。作者说倘若遇见知音，建功立业统统可以不要，全部拿去换酒喝。作者把"酒"和酒外的功名对立了，这也是"出世"和"入仕"的对立，至此作者的价值观已显而易见。再者，"屠龙剑""钓鳌钩"只能换酒钱，也表明了作者怀才不遇、社会贤庸不分的事实。曲子末句的"知音"若与首句联系起来读的话，可知作者口中的知音都在"东村""西村"内，这又可

看出作者鄙视官场、痛饮遁世的生活状态。

全曲显现着疏狂恣意的特点，于豪放潇洒间暗含着对社会的不满和愤懑。

折桂令 中秋

◎张养浩

一轮飞镜谁磨①？照彻乾坤，印透山河。玉露泠泠②，洗秋空银汉无波③。比常夜清光更多，尽无碍桂影婆娑。老子高歌，为问嫦娥。良夜恹恹，不醉如何？

注 释

①飞镜：比喻中秋之月。②玉露泠泠：月光清凉、凄清的样子。③银汉：天河。

译 文

那一轮高飞在天空的明镜，是谁磨制出来的呀？它照遍了整个山河。秋天的露珠清凉凄清，洗过一般明净的秋夜天空里，银河平静地流淌，看不到波澜。这月亮比平时放射出更多的清辉，桂树的影子在舞动，人可以清晰无碍地看到。我不由得高声歌唱，问嫦娥仙子，在这美好的夜晚，怎能不图一醉呢？

赏 析

这是一首描写中秋圆月的曲子，作者为美景折服，对酒高歌，写下此曲。

⊙作者简介⊙

张养浩（1270—1329），字希孟，号云庄，济南人，元代著名散曲家。曾任监察御史，因批评时政而免官，复官至礼部尚书，后又辞官，居于济南云庄，度过了八年隐居岁月。在这段时间，他游山玩水，纵情诗酒，创作了大量文学作品。天历二年（1329），关中大旱，张养浩被任命为陕西行台中丞，由于积劳成疾，其到任四个月便因病去世。

张养浩聪颖好学，饱读诗书，诗赋文章无所不通，尤其擅长散曲，著有《归田类稿》。其散曲小令今存一百六十多首。朱权《太和正音谱》评其曲"如玉树临风"。

作者以一个极富想象力的比喻句领起全曲，将月亮比作"一轮飞镜"，成功地表现出月亮的圆润、明亮，而"谁磨"二字则里里外外透着对自然的敬仰、赞美。明亮的月色将整个山河都照亮了，"澈""透"极言月光之澄明，"乾坤"与"山河"则让曲子的格调开阔起来。只是单是一个"亮"还不足以显出月色之美，所以作者又用"玉露泠泠"

来强调月色的空灵。"比常夜清光更多"说明这样美好的月色并非夜夜都有，凸显了美景的珍贵、难得。也让后面的"老子高歌"顺理成章——正因为此等美景不常出现，所以身处其中，作者的感慨才格外地多。

作者由月亮联想到月宫中的嫦娥，又由嫦娥的孤寂想到自己的孤寂，"为问嫦娥"实乃孤单之人的寂寞之语。曲末的"不醉如何"正说明了作者心绪的复杂、怅惘。

折桂令

◎张养浩

　　功名百尺竿头①，自古及今，有几个干休②：一个悬首城门③；一个和衣东市④；一个抱恨湘流⑤。一个十大功亲戚不留⑥；一个万言策贬窜忠州⑦。一个无罪监收，一个自抹咽喉。仔细寻思，都不如一叶扁舟。

注释

　　①百尺竿头：喻已到极点。②干休：白白地结束。③悬首城门：指春秋时的伍子胥。他曾辅佐吴国打败楚、越二国，后受谗言而被吴王夫差迫令自杀。死前他痛心地要求把自己的头颅悬挂在京城东门之上，以亲睹日后越军入侵的惨象。④和衣东市：指西汉的晁错。他在汉景帝时官任御史大夫，上书请削诸侯封地以维护中央集权，后诸侯胁持景帝将他处死，"衣朝衣斩于东市"。东市，汉代长安的杀人刑场。⑤抱恨湘流：指战国时代楚国的屈原。他曾任左徒、三闾大夫，因力主抗秦，于怀王、顷襄王时两度遭到放逐。屈原苦于无力挽回楚国衰亡的命运，愤然投入湘水自杀。⑥一个十大功亲戚不留：指汉代开国功臣韩信，助汉高祖刘邦平定天下，却终为刘邦、吕后设计谋害，诛夷三族。十大功，韩信平生曾伐魏、徇赵、胁燕、定齐、破楚将龙且、围项羽于垓下，功高盖世，故后人有"韩信十大功劳"之说。⑦一个万言策贬窜忠州：指唐代的陆贽。他在德宗时任中书侍郎同门下平章事，上奏议数十篇，指陈时病，因而遭谗贬为忠州别驾。忠州，重庆忠县。

译文

　　尽管功业地位已高至极点，从古到今，还是有那么几个人结局悲惨：一个是伍子胥，头颅被高悬城门之上；一个是晁错，穿着朝服走上了刑场；一个是屈原，怀着深深的愤怨自投湘江；一个是韩信，立下十大功勋，却连亲戚都保不住命；一个是陆贽，上万言书直言，却被贬黜到忠州；还有人无罪入狱，或不得已自寻短见。仔细想想，他们都比不上隐士，驾着小船儿游荡。

赏析

在警世、叹世题材的曲子中，元代散曲家常常并排列出几个典故来充作论据，表现作者对现实生活的感受。作者张养浩在他的《沉醉东风》里的"班定远飘零玉关，楚灵均憔悴江干。李斯有黄犬悲，陆机有华亭叹。张柬之老来遭难。把个苏子瞻长流了四五番，因此上功名意懒"即与此曲相同。它们都是以一连串的史实作为引子，又于曲末很自然地得出结论。只是本首曲子中作者仅仅是将一个个史实列出，但没有完全点明，而应靠读者自己去对号入座，令人产生悬念。虽然未点明主人公，却都是些妇孺皆知的故事，也很容易找到典故的主角。

全曲用了七个"一个"形成排比，增强曲子的气势，使曲子显得井然有条。曲末"一叶扁舟"既是写实，又是用典，不但把作者自己的志趣写了出来，还将春秋时范蠡辅助勾践兴越灭吴后驾舟遨游五湖的悠然情态与自己对比，更刻画出作者超然的处世态度。

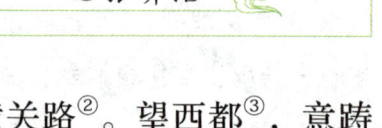

山坡羊 潼关怀古①

◎张养浩

峰峦如聚，波涛如怒，山河表里潼关路②。望西都③，意踌躇④。伤心秦汉经行处⑤，宫阙万间都做了土⑥。兴⑦，百姓苦！亡，百姓苦！

注 释

①潼关：古关口名，现属陕西省潼关县，关城建在华山山腰，下临黄河，非常险要。②山河表里：外面是山，里面是河，形容潼关一带地势险要。具体指潼关外有黄河，内有华山。③西都：指长安（今陕西西安）这是泛指秦汉以来在长安附近所建的都城。古称长安为西都，洛阳为东都。④踌躇：犹豫、徘徊不定，心事重重，此处形容思潮起伏，陷入沉思，表示心里不平静。⑤伤心：令人伤心的是，形容词作动词。秦汉经行处：秦朝（公元前221年—公元前206年）的都城咸阳和西汉（前202年—公元8年）的都城长安都在陕西省境内潼关的西面。经行处，经过的地方。指秦汉故都遗址。

⑥宫阙：宫殿。阙，皇门前面两边的楼观。⑦兴：指政权的统治稳固。

译 文

山峰从西面聚集到潼关来，黄河的波涛如同发怒一般吼叫着。内接着华山，外连着黄河的，就是这潼关古道。远望着西边的长安，我徘徊不定，思潮起伏。令人伤心的是秦宫汉阙里那些走过的地方，昔日的千万间宫阙，都只剩下一片黄土。国家兴起，黎民百姓也要受苦受难；国家灭亡，黎民百姓更是要受苦受难。

赏 析

潼关自古就是著名的关塞，扼山西、陕西、河南三省要冲，是秦、汉故都咸阳、长安的门户，历来为兵家必争之地。作者来到这里，感到的并非是雄关如铁、山河稳固。

　　作者遥望古都长安，心潮起伏，感慨万千。看到的是秦汉宫阙早已灰飞烟灭，代替它的却是赤地千里、饥民遍野，这种凄惨的令人触目惊心的景象令作者悲叹万分。他总结出了不变的历史规律：无论怎样改朝换代，无论处在谁的统治之下，罹难受苦的总是可怜的百姓。

　　此首小令遣词精辟，情感强烈，"兴，百姓苦！亡，百姓苦！"的呼号，无疑是元代散曲中人民呼声的最强音，强烈体现了作者关心民生的真挚情结。

朱履曲 警世

◎张养浩

　　才上马齐声儿喝道①，只这的便是送了人的根苗。直引到深坑里恰心焦②。祸来也何处躲？天怒也怎生饶？把旧来时威风不见了。

　　①喝道：旧时官吏出行，有仪仗或衙卒在队伍前吆喝清道，使行人回避，叫作喝道。②恰：才真正。

译文

　　刚刚才骑上宝马，就有衙役在前方一齐吆喝开道，这就已经埋下了别人害他的把柄。可他们还一意孤行，直到陷入深坑，心里才开始焦虑。灾祸来了，上哪躲？老天怒了，哪还会把你饶？这时候，往日的威风，早就没有了！

赏析

　　"才上马齐声儿喝道"，作者只用了一句话就将官员不可一世、耀武扬威的样子表现得惟妙惟肖。"才上马"有"刚刚做了高官"之意，人们常将当官赴职说成"走马上任"。

　　作者张养浩很年轻就进入仕途，对官场上的人情世故非常了解，所以他一口断定"只这的便是送了人的根苗"，旨在告诫人们，骄昂跋扈一定会为人招致祸患。"直引到深坑里恰心焦"的悲惨和前面呼来喝去的风光形成鲜明对比，世事莫测，祸福只在旦夕之间。这祸极有可能来自"龙颜大怒"，也有可能来自于做官者的为非作歹本身。通常越是喜欢摆官威的人，越有可能仗势欺人，为非作歹，如此下去，总有一天众叛亲离，自食其果。此句中，"恰"字的使用既承接前文的叙述，又暗示下文结果的出现，寓意颇丰。刚刚做官便耀武扬威，是因为不懂得官途的险恶，不能做到心系百姓，等招致祸患了，就只能"心焦"起来了。这也是其耀武扬威的必然结果。在招致祸患之后才"心焦"，到大难临头之时，再去找求生门路，追悔往昔，往往为时已晚，因此，在曲的后半部分，作者便写下了"祸来也何处躲？天怒也怎生饶？"作者连用了两个反问予人警醒，两个反问在句式上又整齐一致，读来颇有力度感。"把旧来时威风不见了"，

在冷峻的描述与分析之后，将语气变至轻松平易，以玩笑似的语句评价这些官员此时的状态，讽刺之意尽显。同时，这句话写的既是官员遭祸之后的窘态，也与开头衙役喝道的描写形成了鲜明的对比，既加强了讽刺效果，也使曲子的结构更加紧密了。

雁儿落兼得胜令 退隐

◎张养浩

云来山更佳，云去山如画。山因云晦明，云共山高下。倚杖立云沙①，回首见山家②。野鹿眠山草，山猿戏野花。云霞，我爱山无价。看时行踏③，云山也爱咱④。

注释

①云沙：犹言如海。②山家：山那边。家，同"价"。③行踏：走动、来往。④咱：自称之词。

译文

白云飘来，山上的景致更好；白云飘去，山上的景致也依然美如图画。山因为云的来去忽明忽暗，云随着山势的高低上下穿行。我倚着手杖站在云海之中，回头就看见了山中的美景。野鹿睡在草丛里，猿猴在玩弄着野花。因着这变幻迷人的云霞，我爱上了这山峰，它的美是无价的。我走走看看，那云雾

词的品赏知识

善人与天才张养浩

王国维在《人间词话》中说："社会上的习惯，杀许多之善人。文学上之习惯，杀许多之天才。"张养浩就是一个集善人与天才为一体的著名散曲家。张养浩从小就聪明过人，有义行，十九岁就被荐为东平学正。他为官清廉、疾恶如仇，任监察御史时弹劾了不少不法之徒，令官吏敬畏。元武宗至大三年，因上万言书《时政书》，言辞尖锐、切中时弊，几遭杀身之祸，只好逃隐，至元仁宗继位才又被起用。元文宗天历二年，张养浩官授陕西行台中丞之职，前去关中，赈灾救民。临行之时，他"散家之所有""遇饿者则赈之，死者则葬之"，到任后在公署内住了四个月，"夜则祷于天，昼则出赈饥民，终日无少息"。积劳成疾，于官所内逝世，年仅60岁。

缭绕的山峰，其实也是爱我的呀。

赏析

这是一幅生动逼真的山水图画，也是一首赞美自然风光的优美歌曲。作者以优美的文句形象地表现了人与自然紧密联系、契合无间的美好画面。

曾几何时，云山便成为隐者的象征，隐者的最爱，成为他们理想的归宿。时光悠悠，这大自然的惠赠不知抚慰了多少颗失望悲伤的心灵，为多少困于仕途的人展开了生活的另一面风景，让多少志趣高洁而又不谐于世的人找到了可以忘情的栖息之地。

饱览了宦海风云、人生艰难的张养浩回到了云山的怀抱。他喜欢观赏云与山互相映衬而又各具风致的美丽，喜欢伫立在云彩环绕的沙丘，回看山间的人家，看野鹿在山草丛中酣睡，看山猿嬉戏在山花之间。张养浩对云霞说："我喜爱这山色无价，会选择好时光来这里漫游行踏。"他也感到云山温柔的回应，感到云与山也深深地喜爱着自己。

这一篇作品，让我们感受到了

作者与云山共徘徊的悠然情致，了解到他满含童趣的细致观察。他把对大自然感情移为自然对自己感情，充分表现了他与大自然的契合无间和对大自然的无限热爱。

朝天子

◎张养浩

柳堤，竹溪，日影筛金翠。杖藜徐步近钓矶，看鸥鹭闲游戏。农父渔翁，贪营活计，不知他在图画里。对这般景致，坐的，便无酒也令人醉。

 译文

种着柳树的堤坝上，小溪流淌的竹林中，太阳穿过翠绿的树叶撒下金光。拄着拐杖缓缓地漫步走近垂钓的石头，看鸥鹭悠闲自在地游戏。农民和渔人为生计奔忙，却不知道自己处在这美丽的画图里。面对这样的景色，随处坐下，即使没有酒也会让人醉啊！

赏析

此曲充分体现了张养浩婉丽的曲风。"柳"和"竹"都是绿色的，绿色常给人以生机勃勃之感，作者将竹、柳这两个意象放在曲首，只用四个字就营造出一派清新又生意盎然的好风光。而之后的"日影筛金翠"更是用字少而意蕴丰富。"筛"字写出了日影晃动的样子，"金"

词的品赏知识

情景交融的写作手法

单纯地描摹景色并不会让曲子产生打动人心的力量，要打动人心必要将情注入景中。正如清代学者王夫之所说："情景名为二，而是不可离，神于诗者，妙合无垠，巧者则情中景，景中情。"作为一种意境的构成方式，情景交融是元曲中非常常见的写作手法。其中"情"指情感、情绪、思想，"景"则泛指人所见所遇的生活图景。情因景触发而生，景以情合，情为主，景为从。曲中之景无不为表达作者的情感而服务，读者只要把握住景的特点，就能抓住作者的情感脉络。

字表现出阳光的明媚，"翠"字则告诉读者树木繁茂葱郁。不仅如此，由于"金""翠"很容易让人联想到黄金美玉，这两个字的使用还为曲中景增添了富丽、明艳之感。

接着，作者使用了移步换景的手法，引导读者将视线转向他处。"杖藜"说明林中草木茂盛，路不好走。然而，结合前文，人们便可知道作者"徐步"不是因为行路困难，而是因为贪恋沿途的美好风光。他愉悦惬意，专心享受美丽的景色，这边看看，那边瞧瞧，脚步自然慢了下来。"看鸥鹭闲游戏"，"闲"的不是鸥鹭，而是作者，人们可以借此感受到作者对隐居生活的喜爱。

人有怎样的心情，就会看到怎样的景致。在汲汲于生存的人眼中，农夫渔父忙忙碌碌是在为生活操劳，看着就觉辛苦。而在沉醉于自然美景的隐者看来，这些纯朴勤劳的人也是美好自然的一部分，看着就觉恬适。更难能可贵的是，他们并不知道自己已"在图画里"。正因为"不知"，才不会有刻意表现之嫌，人身上的天然之美才得以充分展现，并与自然之美融为一体。

能让人沉醉的景色，往往并不在于一眼看去有多么美丽，而在于它刚好撩动了人的内心。隐者多钟爱清静朴实的自然风光，因为它能让人忘记俗事的烦恼，还心灵以宁静，帮助人修养心性。

蟾宫曲 梦中作

◎郑光祖

半窗幽梦微茫，歌罢钱塘①，赋罢高唐②。风入罗帏③，爽入疏棂④，月照纱窗。缥缈见梨花淡妆⑤，依稀闻兰麝余香⑥。唤起思量，待不思量，怎不思量？

①歌罢钱塘：用南齐钱塘名妓苏小小的故事。《春渚纪闻》记载她的《蝶恋花》词一首，词中有"妾本钱塘江上住，花落花开，不管流年度"之句。钱塘，即杭州，曾为南宋都城，古代歌舞繁华之地。②赋罢高唐：高唐，战国时楚国台馆名，在古云梦泽中。相传楚怀王游高唐，梦见巫山神女与其欢会，见宋玉《高唐赋》。③罗帏：用细纱做的帐子。④疏棂：稀疏的窗格。⑤缥缈：隐约、仿佛。梨花淡妆：

形容女子装束素雅，像梨花一样清淡。此句化用白居易《长恨歌》"玉容寂寞泪阑干，梨花一枝春带雨"诗意。⑥依稀：仿佛。兰麝：兰香与麝香，均为名贵的香料。

半掩的窗下朦胧的美梦，好像钱塘江边刚刚停息的歌声，又好像在高唐才和神女欢会完毕。风儿吹进罗帐里，轻爽地透过窗棂，月光照进了纱窗。我眼前隐约出现了她梨花一般淡雅的妆容，鼻息里仿佛还残留着她那兰花麝香般的香味儿。

⊙作者简介⊙

郑光祖，生卒年不详，字德辉，平阳襄陵(今山西襄汾县)人。他是元代著名的杂剧家和散曲家，"元曲四大家"之一。除杂剧外，郑光祖也写散曲，有小令六首、套数二套流传，此曲为其一。其善于言情，散曲以清丽缠绵著称，清新流畅。

这一切勾起了我的怀想,就是不愿怀想,又怎能做到?

赏析

此曲为以梦抒情之曲。

情至而生幻,幻生而梦成,梦境又似真似幻。这似真似幻的梦境就是作者描绘出来的朦胧意境。"风入罗帏,爽入疏棂,月照纱窗",在这清灵的氛围中,是梦境之中月下窗前的海誓山盟,还是梦醒之后独坐窗前时的无限回味呢?可那素洁衣裙的缥缈,那飘溢芳香的油脂依稀可见可闻。这一切难道是真的吗?可如今只剩下自己一人伫立于淡淡的月光下,踌躇于微微清风中。"唤起思量,待不思量,怎不思量?"曲末,作者以极其朴实的语言,将自己幽梦惊起之后思绪难平的心理,描摹得十分生动。

小令清丽芊绵,自成馨逸,将一场幽梦之后的绵绵思绪表现得细腻婉曲,动人心弦。

寄生草 色

◎范 康

花尚有重开日，人决无再少年。恰情欢春昼红妆面，正情浓夏日双飞燕，早情疏秋暮合欢扇。武陵溪引入鬼门关①，楚阳台驾到森罗殿②。

①武陵溪：陶渊明《桃花源记》述武陵人以捕鱼为业。缘溪行，终于进入桃花源。诗文中因以"武陵溪"喻真善美的理想境地，元曲中更作为男女情乡的代指。②楚阳台：宋玉《高唐赋》记楚顷襄王与巫山神女欢会，神女自言"朝朝暮暮，阳台之下"。后因以"楚阳台"指称男女合欢之所。森罗殿：传说中阎王的居殿。

译 文

花儿就算谢了，也还有重新开放的时候；人要是老了，就绝没有再回到青春年少时的可能了。当我在这在爱情的春天里，与红粉佳人尽情寻欢，当我对你情深意浓，像夏日一齐飞翔的燕子一般，我没有想到，我们之间早已冷漠疏远，我就像晚秋的团扇那样被你抛弃了。美好的境遇突然转向毁灭；如此的欢爱，到头竟也逝去了。

赏 析

此曲选自组曲《寄生草·酒色财气》，该组曲共有四首，分别以酒、色、财、气为名。对色，作者的态度非常鲜明。曲首两句化自俗谚"花有重开日，人无少年时"，

"尚"与"决"的运用增强了该句的感情色彩。此二句旨在强调时间宝贵。接着，作者又将情爱的过程——"情欢""情浓""情疏"和季节的变幻——"春昼""夏日""秋暮"，结合在一起，告诫人们切勿将大好光阴虚掷在男欢女爱上。曲末二句的基调尤为阴郁，很有警世色彩。惹人遐想的、象征情爱的"武陵溪""楚阳台"和令人恐惧的、象征死亡的"鬼门关""森罗殿"构成对比，暗示人们贪色亡身。而善用对比正是此曲最大的特

点。为了劝诫世人节制色欲，作者显然花了不少心思。

喜春来 未遂

◎曾 瑞

功名希望何时就？书剑飘零甚日休^①！算来着甚可消愁？除是酒。醉倚仲宣楼^②。

注释

①飘零：漂泊流落。唐杜甫《衡州送李大夫七丈赴广州》诗："王孙丈人行，垂老见飘零。"②仲宣楼：在湖北当阳东南麦城城楼上。汉末王粲依附刘表未得重用，曾登城楼作《登楼赋》，后人为纪念他而建此楼。仲宣，王粲字。

译文

求取功名的愿望什么时候才能实现？携书佩剑，四处漂泊的日子，哪天才能到头？有什么能消解我的愁绪？只有喝酒了！我就像当年王粲一样，醉靠在仲宣楼的栏杆上。

赏析

古代的读书人多把进入仕途当作读书的目标。曲中所讲的"功名"即指入仕。但在元代，由于统治者轻视知识分子，这一目标很难实现。即使成功入仕，谋得了一官半职，

⊙作者简介⊙

曾瑞，生卒不详，元代散曲作家。字瑞卿，自号褐夫，大兴（今属北京）人。因为喜爱江浙地区的人才风物而移家南方。《录鬼簿》记载他"临终之日，诣门吊者以千数"，可见他声名在外，很受时人尊敬。由于他生性耿直，不屈于物，亦不喜趋附奉承，所以终身不仕，常游于市井之间，依靠江淮一带熟人的馈赠为生。他善绘画，能作隐语小曲，且曲的内容相当丰富，从讥讽时事到闺怨离情，从借景咏志到以景抒怀，无一不涉及。其散曲集《诗酒馀音》在当时颇受好评，可惜今已不存。今存杂剧《才子佳人误元宵》，小令九十五首，套数十七首。

也很难施展抱负。这就难怪作者一上来便用三个问句抒发愤慨——他看不到成就功名的希望，空怀一身本领，郁愤迷茫，只能浪迹天涯，在酒中寻求安慰。

在曲的末尾，作者以王粲自比，"仲宣楼"让读者联想起王粲作《登楼赋》的典故。"醉倚"将作者的无奈、痛苦形象化了，虽然已喝得酩酊大醉，他却仍未得到解脱。酒终归不能帮助他改变"书剑飘零"的现实，联系元代的社会环境，怀才不遇的痛苦很可能会伴随他终生。这让人们很难不为他感到同情。

和以往朝代不同，元代散曲的作者大多是落魄文人，他们缺少入仕途径，社会地位也较过去时代低得多，这些都促使他们在道家思想中寻找慰藉，追求诗酒悠游、笑傲人生的生活。借助酒，他们的真我得到了展现，酒甚至成了他们张显洒脱个性的工具。因此在表达隐逸情怀、描绘田园风光以及抒发苦闷

情绪的元曲中，经常可以看到酒的身影。此散曲是抒写落魄情怀的典型作品，曲名为"未遂"，而词牌却选用"喜春来"，则作者对于"功名未遂"的痛苦之深到了何种程度，令人深思。曲中直言其"愁"，似乎作者对于功名非常看重，而明知借酒浇愁愁更愁，却反而让自己来个醉醺醺，在醺然中感受不出心中的喜忧来。

四块玉 述怀

◎曾 瑞

衣紫袍①，居黄阁②，九鼎沉如许由瓢③。调羹无味教人笑④。弃了官，辞了朝，归去好。

①紫袍：古代四五品以上官员的袍服。②黄阁：宰相厅署。古代丞相、三公官署厅门饰涂黄色，故称。③九鼎：喻国家重器。历史上最早由大禹铸九鼎，作为国家政权的象征。许由瓢：许由为上古高士，尧让其天下而其不受。他隐居箕山时，家产只有一只水瓢，挂在树上，风吹瓢鸣，许由嫌声烦就将瓢弃之水中。④调羹：《尚书》载商王武丁命傅说为相，说："若作和羹，尔惟盐梅。"意谓如调味作羹那样治理国家。后人以"调羹"喻宰相行职。

译 文

身穿着紫色的官袍，高居那宰相的厅堂，却把个国家搞得乱七八糟，像许由的水瓢那样惹人烦恼。治国无方，徒然让人耻笑。还不如把官职丢弃，远离朝廷，回老家去的好！

赏 析

这也是一首愤世嫉俗的劝世之作。

曲子以许由弃瓢的历史传说领起，用许由看淡名利的处世之道反讥当时视名利如生命的为官者。同时又以"九鼎沉"来写好名利的为官者治国无方，祸国殃民。这一传说，无论从正面还是反面都讽刺了现时那些"衣紫袍，居黄阁"者的昏庸无能。

后又以商王武丁举傅说的典故从正反两个方面嘲笑了那些把持国家大权却无力治理好国家的庸官们。

曲子的最后揭示了作者写此首曲子的目的——"弃了官，辞了朝，归去好"。作者在用例上列举了"衣紫袍""居黄阁""调羹"这些巨臣，并对他们进行了否定，更不用说其他的小官了。再联系到作者连小官也未曾做过，可见作者写此曲时的自我嘲讽和愤世嫉俗的心情。

值得一提的是，作者另有一首"述怀"站在"衣紫袍"和"居黄阁"者的角度写，和此曲相应，也颇为巧妙："雪满簪，霜垂颔，老拙随缘苦无贪。狂图多被风波淹。享大财，得重衔，休笑俺。"

小桃红

◎周文质

当时罗帕写宫商①，曾寄风流况②。今日尊前且休唱。断人肠，有花有酒应难忘。香消夜凉，月明枕上，不信不思量。

注释

①宫商：中国古代五声音阶中的第一、第二两个音阶，常用以代指音乐。此指歌词。②风流况：指男女之间的情意。

译文

当时我们曾用罗帕写下歌词，寄送着绵绵情意。现在面对着杯中美酒你还是别再唱了。这歌声能唱断肝肠，有鲜花有美酒，这样的情景本应是难忘的。香气渐渐消散，夜晚慢慢地变得阴凉，枕头上洒着明亮的月光，我就不信那远方的人儿不会把我思量。

赏析

周文质的曲子，多写男女的相思缱绻，语句秀雅别致，此曲亦然。

作者开篇运用蒙太奇手法，呈现了新旧两幅画面，昔日罗帕寄送情话，现如今，只能空视罗帕思念旧人。以往日的缠绵反衬当下的分离，就算是情歌也不愿听，愁思百结，

◎作者简介◎

周文质（？—1334），元代文学家。字仲彬，建德（今属浙江）人，后居杭州。与钟嗣成相交二十余年，两人情深意笃，形影不离，故《录鬼簿》对他有详细的记载："体貌清癯，学问渊博，资性工巧，文笔新奇。家世儒业，俯就路吏。善丹青，能歌舞，明曲调，谐音律。性尚豪侠，好事敬客。"其所作杂剧今知有四种。现仅《苏武还乡》（或称《苏武还朝》）存有残曲。散曲存有小令四十三首，套数五套，多为男女相思之作，曲风清新。朱权评价其为"如平原孤隼"。

主人公心想或许可寄愁思在赏花饮酒中，然而，事与愿违，触景的结果是生情，进而更添凄怆！

夜凉如水，独枕月色，主人公在心里默默念叨：我不信，你会不想我。"月明枕上，不信不思量"很容易让人想起宋代词人顾夏的《诉衷情》："换我心，为你心，始知相忆深。"这些细腻的心理描写，不同程度的刻画渲染，活脱脱展现了主人公的真挚多情，很具有表现力。

叨叨令 悲秋

◎周文质

叮叮当当铁马儿乞留玎琅闹①，啾啾唧唧促织儿依柔依然叫②。滴滴点点细雨儿淅零淅留哨③，潇潇洒洒梧叶儿失流疏刺落④。睡不着也末哥，睡不自也末哥，孤孤另另单枕上迷彪模登靠⑤。

①铁马：即檐马，屋檐下的风铃。乞留玎琅：象声词，铁马摇动的响声。②促织：蟋蟀的别称，夏末秋初最盛。它的鸣声报凉秋已至，催促妇女速织布以制寒衣，故称"促织"。依柔依然：象声词，促织的叫声。③淅零淅留：状滴滴点点的细雨之声。哨，应为"潲"，雨经风而斜扫。

④失流疏刺：树叶一片一片下落的声音。⑤迷彪模登：形容迷惘困倦的神态。

译文

屋檐上的风铃叮叮当当地响，乞留玎琅的，煞是吵闹；墙外的蟋蟀叽叽喳喳，依柔依然地叫。点点滴滴的细雨在风里淅零淅留地飘落下来，梧桐叶儿也失流疏刺地潇潇

词的品赏知识

衬字

曲可短到只有一两个字，也可以长到有几十个字。按照曲律应填的字为正字，曲律以外的字叫作衬字。曲可以不受限制加上许多衬字，所以相比于词，更加活泼生动，更擅长绘影绘声。因为加入衬字的缘故，大量地方俗语皆可入曲，使曲模拟人物，接近口语，能够表达出多种不同的情态。风格通俗明快，大方肆意。衬字通常加在句首或句中，不能加于句末，通常为虚字或修饰性的词语，不能破坏原有的句式。

洒洒往地上落。睡不着啊，睡不着啊，我一个人孤孤零零的，迷惘困倦地靠在枕头上。

赏 析

这首曲子很有意思，是以一系列象声词和叠词充当定语和状语而成的，构思奇巧。曲写"秋声"，通过对秋雨、秋风的摹状，把秋的凄清和作者的孤寂烦闷传神地表现了出来，似让人联想到咏唱之人那铿锵有力、节奏明快之声。

风铃、虫叫、细雨、落叶，这种秋天的典型事物，在情感层面上，与作者内心的百无聊赖、心烦意乱是吻合的。这种强烈的共振足以使作者"孤孤另另单枕上迷飚模登靠"，道出了全曲的主旨，"孤孤另另""单枕"也显示出作者内心凄切的缘由。这秋天的阴郁之气引起了作者对恋人的思念之情，或许，也正是由于这思念之切，才让这"秋声"被作者主观地抹了一层悲凉意味。此曲情景交融、声情并茂，又不失含蓄内敛。

作者这种独具匠心的写作手法，使得在抒怀的同时，又在"秋声"与"秋愁"间平添了许多生动诙谐味儿。

满庭芳 渔父词

◎乔 吉

沙堤缆船，樵夫问讯，溪友留连。笑谈便是编修院①，谁贵谁贤？不应举江湖状元，不思凡蓑笠神仙。鱼成串，垂杨岸边，还却酒家钱。

注 释

① 编修院：翰林院。翰林院职任之一为编修国史。

译 文

我在沙堤上系住游船，打柴人同我问候致意，溪边那一群朋友，都不舍得离去。我们言笑中谈论的是古往今来的历史，争辩着谁是真的富贵者，谁又是真的贤人。虽然不参加应试，却也称得上江湖上的状元；不去想凡俗事物，就可以算是戴笠帽、披蓑衣的神仙了。把捞回来的鱼儿串成一串，提到那长满绿杨柳的岸边，去偿还日前欠着酒店的饭钱。

赏 析

这是作者二十首《渔父词》中的一首。

元代，蒙古贵族统治之下的汉族文人大都处在仕途被压抑的状态

⊙作者简介⊙

乔吉（1280—1345），一作乔吉甫，字梦符，号笙鹤翁、惺惺道人，太原（今山西太原市）人。寓居杭州。落魄江湖四十年，至正五年（1345）病卒于家。著杂剧十一种，现存《杜牧之诗酒扬州梦》《玉箫女两世姻缘》《李太白匹配金钱记》三种。散曲有《梦符小令》一卷，收小令十百零九首，套数十一篇。散曲多啸傲山水，风格清丽，朴质通俗，兼有典雅。其杂剧、散曲在元曲作家中皆居前列，与张可久齐名。人们对他散曲的评价很高。刘熙载在《艺概》称他为"曲中翘楚"。

之中，许多文人隐居借以逃避现实。这首曲子就表达了作者憧憬闲适自由的愿望，起到了吐抒抑塞的作用。

全首曲子写了渔父"缆船"上岸的情景。上岸后欢迎作者的都是些"樵夫""溪友"等不求闻达的平民百姓。他们畅所欲言，褒抑古今人物，评点今古世事，对"谁贵谁贤"却毫不在意。"笑谈便是编修院"句，既表现了渔人樵夫自由自在的意趣，同时也显示出他们那种蔑视官场的傲岸疏狂。"不应举江湖状元，不思凡蓑笠神仙"中，"不应举"是表现渔父对朝廷官场名利的不合作，"不思凡"是渔父对尘世习俗不感兴趣。这两句

是对元代渔父形象的最典型的描写。最后的结尾句，作者以卖鱼还酒钱这一行为又一次展示了渔父的闲适和豪放。

全曲自然流畅，于清丽中隐现几分豪辣之气，足见作者性情之豪爽。

惜芳春 秋望

◎乔 吉

千山落叶岩岩瘦①，百尺危阑寸寸愁②。有人独倚晚妆楼。楼外柳，眉叶不禁秋。

 注释

①岩岩：劲瘦的样子。②危阑：高高的栏杆。

 译文

数不尽的山峰里，木叶飘落，那山峰也变得劲瘦了；在高楼的栏杆上倚着，我被一丝丝愁绪烦扰。有人在傍晚独自倚着梳妆的小楼。楼外的秋柳，叶子像那女子的眉毛一样，禁不住这秋光的消磨。

赏析

"千山落叶"和"百尺危阑"分别交代了曲中人所处的时间和地点。秋天，曲中人在高楼上看山，发现山中树木落叶纷纷，萧瑟之感油然而生。但单靠"千山""落叶""危阑"还不足以表现曲中人的心绪。所以作者又通过拟人的手法，用"岩岩瘦"和"寸寸愁"赋予这秋之景以浓重的凄清色彩。岩石本无所谓瘦，栏杆也不存在哀愁，然而由于曲中人心事重重，所以见嶙峋的岩石，便怜其"瘦"，见高高的栏杆，便想到"愁"，"瘦""愁"实是曲中人自身心境的写照。

"有人独倚晚妆楼"，将人物引入景中，惹人联想。这人为何只身一人来到这里？她在想什么？有什么心事吗？"晚"修饰的虽然是"妆楼"，但在这里也有暗示读者天色已晚之意。天色渐晚，楼上的人仍没有打算离开的迹象，说明其完全沉浸在思绪中，忘记了时间。该句乃全曲的点睛，透着浓浓的哀愁。很容易让人联想起李白《菩萨蛮》中的"暝色入高楼，有人愁上愁"。

"楼外柳，眉叶不禁秋"，柳有"留"之意。至此，读者可知，曲中人望柳伤怀，并非在为阴郁凄清的秋之景悲哀，而是在为心上人的迟迟不归难过。她虽立在高高的楼上，视线却被"千山"阻断，看不到心上人的身影。"眉叶"指形如柳叶的双眉，用在这里，既和前面"柳"的意象紧密相连，又写出了曲中人的愁苦。

中国古代诗词写思妇登楼，远望心上人的作品中有不少佳作。此曲中的情境，与王昌龄的《闺怨》所描绘的情境略为一致。而《闺怨》中的少妇正处于美好的春天季节，本是不知愁，所以是"闺中少妇不知愁，春日凝妆上翠楼"。当她看到花红柳绿的美丽景色，才想起夫婿远地求富贵，白白地浪费了美好的时光，这才引起思愁。本曲中的思妇，走过了春天的美好时光，已是几度望春风。这时入眼就是肃杀的秋天气象。她的愁绪是由来已久，而到了挥之不去的地步，所以是"寸寸愁"，一步一愁绪。而这时的装扮，用了一个"晚妆"二字，暗示思妇的青春年华已消逝。所以她的愁已到了不堪的地步，末句用"不禁"

二字表明思妇愁绪之浓之深。此曲用字凝练，清逸疏俊，让人回味悠远。

水仙子 怨风情

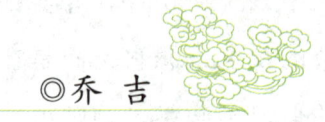◎乔 吉

眼前花怎得接连枝①？眉上锁新教配钥匙②，描笔儿勾销了伤春事③。闷葫芦铰断线儿，锦鸳鸯别对了个雄雌。野蜂儿难寻觅，蝎虎儿干害死④，蚕蛹儿毕罢了相思。

注 释

①连枝：连理枝。②眉上锁：喻双眉紧皱如锁难开。③描笔：画笔。④蝎虎：即壁虎，又名守宫。传说用朱砂喂养壁虎，使其全身赤红，然后捣烂，涂在女子身上，如不与男人交接，则终身不灭。古代用以表示守贞。见张华《博物志》。

译 文

眼前这些花儿怎么才能接上连理枝？这眉头的锁，要想将它打开要重新配把钥匙才行。画几笔画就勾销了伤春的心事。我像个闷葫芦被铰断了线，多漂亮的鸳鸯啊，却另配了雄雌。他就像野外的蜜蜂一般难以寻找，我则像蝎虎一般被活活害死，我们俩就像蚕蛹一般停止了相思。

赏 析

这首曲子描写的是一个失恋的女子，怨的是风情，也饱含了对爱情的绝望心情。

全曲多处使用博喻和双关的修辞手法，侧面烘托和渲染了女主人公的思想感情。作者用一个反问开篇，"眼中花"明显是主人公幻想出来的，不能"接连枝"就成了必然，此处比喻主人公那不可实现的爱情以及她对于爱情的绝望。进而整日眉头紧锁，作者用解开眉锁的钥匙比喻主人公开怀的方法，"新教"即表明了主人公尚未找到开怀之法，也表明其失恋不久。深深的绝望让女子想方设法试图完结这种愁绪，于是便付之于笔，用哀怨的文字勾销那相思的感情债。

"闷葫芦铰断线儿"一句,用"闷葫芦儿"比喻主人公内心对这爱情的千万疑问和不解,"铰断"是暗喻对方已经和她失去了联络,这时不免胡乱猜想,"他"是否已移情别恋,和别人卿卿我我呢？那一边是音信全无。

女主人公将原先的意中男子比作"野蜂儿",既然"野",就会心思向外,踪影难寻；又将自己比作"蝎虎儿",暗喻自己就像壁虎一样守在楼中,终日苦苦相待。这里把薄情人的放浪和女主人公为其坚守节操的行为进行对比。"干害死"点明女主人公意识到了自己这样的相思只会白白地害死自己。最后一句,作者运用了谐音假借"思"为"丝",用歇后语将词义进行转换,一语双关,表明主人公痛定思痛,进而决定"毕罢了相思"。

整首曲子所借用的事物都是民间最常见的,使整首曲子带上了浓郁的民歌色彩,语言运用上又推陈出新,可以称作元散曲的代表。

水仙子 寻梅

◎乔 吉

　　冬前冬后几村庄，溪北溪南两屦霜①，树头树底孤山上②。冷风来何处香？忽相逢缟袂绡裳③。酒醒寒惊梦④，笛凄春断肠，淡月昏黄⑤。

了霜；我又爬上孤山，在一棵棵树中上下寻觅（都没有找到梅花的踪迹）。忽然一阵冷风风袭来，那是从什么地方吹来的一缕清香？蓦地看见它，像一位美妙的少女，穿着素绢的衣服，薄绸的下衣（站在那儿）。寒气袭来，酒也醒了，梦也被惊醒了。凄怨的笛声传来，便想到到了春天梅花会片片凋落，于是我愁肠寸断，淡淡的月色也变得昏黄了。

赏 析

　　作者的寻梅进行得并不顺利。"冬前冬后"说明他寻梅时间之长，"溪北溪南"则表明他行路之远，"树头树底"则表现出他的认真仔细。而"几村庄""两屦霜""孤山上"又点出其寻梅的艰辛。梅花是岁寒三友之一，古人常用它来象征高洁、顽强。因此，"寻梅"不只意味着"寻找梅花"。作者无疑想用此曲表达拒与世俗污浊为伍的心志。

"冷风来何处香？忽相逢缟袂绡裳"告诉读者，作者历经艰难，终于寻到梅花，如愿以偿。在这里，作者引用唐代文人柳宗元《龙城录》中"赵师雄醉憩梅花下"的故事，着重表现梅花的芳与洁。赵师雄在松林间的酒舍中，遇到一"淡妆素服，芳香袭人"的女子，并和其一起饮酒谈笑，直至大醉。第二天，赵师雄被冷风吹醒，才发现哪里有什么酒舍，自己原来醉倒在一棵梅花树下。

"酒醒寒惊梦"讲的依旧是赵师雄的故事，放在这里似乎喻示着如梅花般美好的人现实中并不存在。该句的出现让全曲的气氛发生了变化，将作者寻到梅花的喜悦一扫而空。紧接着的"笛凄春断肠，淡月昏黄"虚中见实，既写出了梅花的美态，又写出了作者那失落的心情。从中可以看出作者对现实的不满。

折桂令 寄远

◎乔吉

怎生来宽掩了裙儿①？为玉削肌肤②，香褪腰肢③。饭不沾匙，睡如翻饼，气若游丝④。得受用遮莫害死⑤，果实诚有甚推辞。干闹了多时，本是结发的欢娱，倒做了彻骨儿相思。

注 释

①怎生：为什么。②为玉削肌肤：因为玉体减少了肌肤，即人消瘦了。③香褪腰肢：腰肢瘦了。④游丝：空中飘飞的细蛛丝，比喻气息微弱。⑤遮莫：即使。

译 文

这裙子怎么变宽了？是因为玉体消瘦，肌肤憔悴，腰肢也变瘦小了。饭也不想吃，睡觉像烙饼一样翻腾，气息细得像游丝。就算被这忧愁害死也要挨着，若真是真心诚意，那还有什么好推辞的？只是白闹了这么久，本该是喜结连理的欢乐，却成了深入骨髓的相思。

赏 析

乔吉的散曲与张可久齐名，二者被奉为曲中李、杜。明代著名曲作家李开先评价其作品："蕴藉包含，风流调笑，种种出奇而不失之怪，多多益善而不失之烦，句句用俗而不失其为文。"乔吉的曲子多描写男女之情，此曲就是如此。

这是一首表现相思之情的曲子，以一个设问开头，引出"宽掩了裙儿"的缘由——身体的消瘦。"为玉削肌肤，香褪腰肢"是在强调女主人公的憔悴，"玉"和"香"旨在表现女主人公的美丽动人。作者只用寥寥数笔，就勾勒出一个娇弱而又惹人爱怜的女子形象。

接下来，作者用吃不下饭、睡不着觉、整日无精打采来渲染女主人公的魂不守舍，从一个侧面表现出其对丈夫的一往情深。而"饭不沾匙，睡如翻饼"皆是俗语，这体现了元曲"俗"的特点。
再之后曲子由描摹女主人
公的外貌、形态转入刻画
女主人公的内心世界，"得
受用遮莫害死，果实诚有
甚推辞"为女主人公自陈
心迹，直白传神，"受用"
与"实诚"暗含了爱情的
精粹——真诚、坚贞。

　　曲的最后三句依然是
女主人公内心独白，体现
了女主人公浪漫多情的个
性特征，同时又反映了女
主人公和爱人两情相悦缱
绻缠绵的生活，字里行间
洋溢着娇嗔之情。"本是
结发的欢娱，倒做了彻骨
儿的相思"，与夫君两相
分离的现实让主人公不满，
但她却无一点懊悔之意，
情愿这样相思下去。作者
精准地把握了闺中怨妇的
心理活动，将外表含怨，
实则忠贞的小女儿态表现
得惟妙惟肖，情味十足，不能不让
人赞叹。

山坡羊 冬日写怀

◎乔 吉

朝三暮四①，昨非今是，痴儿不解荣枯事②。攒家私③，宠花枝④，黄金壮起荒淫志⑤。千百锭买张招状纸⑥。身，已至此；心，犹未死。

注释

①朝三暮四：本指名改实不改，后引申为反复无常。②痴儿：指傻子、呆子。指贪财恋色的富而痴之人。荣枯：此处指世事的兴盛和衰败。事：道理。③攒（zǎn）家私：积存家私。④宠花枝：宠爱女子。⑤黄金壮起荒淫志：有了金钱便生出荒淫的心思。⑥锭：金银的量词。招状纸：指犯人招供认罪的供状文书。此句意为：贪官污吏搜刮钱财，到头来不过等于买到一张招供认罪的状纸。

译文

朝三暮四，昨天还说是这样，今天就说不是了。这帮愚蠢的人根本不懂得荣枯变化的道理。整天积攒家财，宠幸美媛，是金钱壮大了他们荒淫的情志。千百锭金银买来张供状文书。人都这样了，也还不死心。

赏析

"朝三暮四，昨非今是，痴儿不解荣枯事"说的是官吏们醉心于荣华富贵，早已忘记了世情无常、宦海险恶。这三句写了官吏们的心理状态，也是生活状态。"攒家私，宠花枝"，开始具体写官吏们的生活内容。他们每天所做的，只有两件事——吸食民脂民膏和宠幸烟花女子。接下来这句"黄金壮起荒淫志"是对他们这种荒淫生活的鞭笞，也直白地点破了其之所以荒淫，是因为金钱的腐蚀。在这里，作者从对官吏生活的感性描写，开始转向对其内里的理性分析。既然其腐化是因金钱而起，其自身自然也会被金

钱所捆绑，于是，接下来这句"千百锭买张招状纸"就顺理成章了：骄横无忌，肆意挥霍，最后终将落得个天怒人怨，镣铐加身，那些通过横征暴敛聚集起来的巨额财富，也成了让自己无法脱身的凿凿罪证。这句话在理性分析之中，加入了作者个人的情感，对官吏骄奢淫逸的结局指为"以钱买罪"，带有一种诅咒意味。然而处于如此境地，他们仍然贪心不死，那颗充满贪欲的心，已经容不下丝毫悔过自省成分

的存在了。"身，已至此；心，犹未死"，对比鲜明，再加上整齐的句式，句子在表达上更有力度了。这句话也是对前面"痴儿不解荣枯事"一句的照应。正是因为"痴"，才"见了黄河也不死心"，反过来对"不解荣枯事"这一论断的内涵，也是一种深化。

小曲语言犀利，是对贪官污吏无耻行径的揭露和抨击，对其骄奢淫逸生活的深深诅咒，具有很强的警世意义。

折桂令 荆溪即事

◎乔 吉

问荆溪溪上人家①：为甚人家②，不种梅花？老树支门③，荒蒲绕岸，苦竹圈笆④。庙不灵狐狸漾瓦⑤，官无事乌鼠当衙⑥。白水黄沙，倚遍阑干，数尽啼鸦。

注 释

①荆溪：水名，在江苏省宜兴县，因靠近荆南山而得名。②为甚人家：是什么样的人家。③老树支门：用枯树支撑门，化用陆游诗："空房终夜无灯下，断木支门睡到明。"④圈笆：圈起的篱笆。⑤漾瓦：戏耍瓦块。⑥乌鼠当衙：乌鸦和老鼠坐了衙门。

译 文

问荆溪岸边的人家：你们是什么人家，怎么不种植梅花呢？他们用老树支撑着大门，荒芜的蒲草长满了水岸。他们用细瘦的竹棍圈出了篱笆。小庙的神明不灵验，狐狸在瓦上跳腾；当官的不管事，让乌鸦和老鼠满衙门跑。溪水白茫茫的，岸上满是黄沙。我倚遍一处处栏杆，

词的品赏知识

乔吉的作曲心得

乔吉继承了元代前期散曲家的俚俗直率，他非常注重求新。他自己曾这样说："作乐府亦有法，曰'凤头，猪肚，豹尾'六字是也。大概起要美丽，中要浩荡，结要响亮；尤贵在首尾贯穿，意思清新。苟能若是，斯可以言乐府矣。"

他在一定程度上继承了前期散曲家俚俗直率的传统，因此有些人认为他的散曲比张可久更为当行。不过他写情必极貌以写意，用辞必穷力而追新，有过于纵情的毛病，有的还带有某种俳优习气，不免失之浅俗。

一只只数尽了那乱叫的乌
鸦。

赏析

　　荆溪自古便有种梅花
的习俗，作者慕名而来却
连梅花的影子都没看到，
本已有些失望。偏偏其所
到之处还"老树支门，荒
蒲绕岸，苦竹圈笆"，
"老""荒""苦"一方
面极言村中之景的惨淡，
一方面也透露村中杳无人
烟。对着这与想象之中截
然不同的景致，作者的心
情可想而知。

　　"庙不灵狐狸漾瓦，
官无事乌鼠当衙"则是双
关之句，既是在描绘寺庙

与府衙的萧瑟破败，又是在讽刺治
理此地的官员。他们要么奸佞狡诈
宛若庙中之狐，倚仗权势作恶害人，
要么昏庸无能好似府衙之鼠，专营
私利难以驱逐。在作者看来，这些
官员正是村子荒败的原因。

　　"倚遍阑干"说明作者登高望
远，想找到一处能让人宽慰的景色。
但他最终没能如愿，映入他眼中的
只有"白水黄沙"和飞来飞去的啼鸦。
水与沙都看不出什么生气，让人倍
觉荒凉；鸦的叫声粗劣嘶哑，又让
人愈发落寞。曲末的三句寓情于景，
极言作者的怅惘。

折桂令 客窗清明

◎乔 吉

　　风风雨雨梨花，窄索帘栊①，巧小窗纱。甚情绪灯前②，客怀枕畔，心事天涯。三千丈清愁鬓发，五十年春梦繁华。蓦见人家，杨柳分烟，扶上檐牙③。

注 释

　　①窄索：紧窄。②甚：甚是，正是。③檐牙：檐角上翘起的部位。

译 文

　　风儿一阵阵，雨儿一阵阵，吹打着梨花；客馆里，窗帘和窗牖又窄又小，窗纱也小巧玲珑。我面对着孤灯，满心愁绪；在枕头边上，也满是羁旅之思。远在天边，想着自己的心事。阵阵清愁染白了我的三千丈发丝，五十年来的繁华，就像一场春梦一样。我忽然看到一处人家，在那里，杨柳被烟雾缭绕，柳条掩映着屋子的檐角。

赏 析

　　清明节祭祖、扫墓、踏青的活动历代沿袭，清明主题在中国古典诗词中也不断再现。在生机盎然的艳丽春光中，人们举办着各种迎春的欢庆活动；而在同时，人们也在挥发情思，沉浸在哀亡悼逝的忧伤悲痛之中。这个节日的特殊性使得文人争相吟咏。如唐代诗人杜牧的"清明时节雨纷纷"之句家喻户晓，又如唐宋之问《途中寒食》中的"故园肠断处，日夜柳条新"之句，将清明时节赏春的欢乐情绪与愁绪完美地糅合在一起。

　　清明节的垂悼主题便于文人抒写爱恨情愁，在元代特殊的社会背景下，更便于无处抒发国仇家恨的文人借题发挥。乔吉的《折桂令·客窗清明》是其中的代表作。他将羁旅客子的思乡愁怀、年华逝去的感伤、江湖流落的艰辛与清明悼忘怀人的悲痛情怀融合在一起，其末笔以"杨柳分烟"轻扶之上的飘扬之态将所有的愁恨一股脑儿抖现，愁绪不断，充盈时空，意境深远。

全曲紧扣题目遣词用句。作者客居他乡，一个"甚"字写出了他内心的波动，结合前文，读者不难理解，正是在风雨中飘摇的梨花引起了作者的"心事天涯"。"三千丈清愁鬓发"化用李白的《秋浦歌》，极言客愁茫茫，与下句"五十年春梦繁华"相对应，表现了作者对年华老去、漂泊无依的怅惘。"分烟"指当时以新火互赠亲邻习俗，作者作为"客"却无亲邻可赠，个中落寞溢于言表。

天净沙 即事

◎乔吉

　　莺莺燕燕春春，花花柳柳真真①，事事风风韵韵②。娇娇嫩嫩，停停当当人人③。

注释

　　①真真：暗用杜荀鹤《松窗杂记》故事：唐进士赵颜得到一位美人图，画家说画上美人名真真，为神女，只要呼其名，一百天就会应声，并

可复活。后以"真真"代指美女。

②风风韵韵：指美女富于风韵。

③停停当当：指完美妥帖，恰到好处。

译文

　　莺儿啊莺儿，燕子啊燕子，看

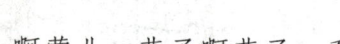

词的品赏知识

元曲中的叠字

　　乔吉的《天净沙·即事》通篇使用叠字。叠字又叫重言，有狭义和广义之分，狭义的叠字是指将完全相同的汉字放在一起重叠使用，广义的叠字则是指两个音节相同的字重复使用。叠字最早出现在古典诗歌中，《诗经》中就有大量诗作使用叠字，但以叠字作文最多的却要属元曲作家。甚至可以说，元曲中叠字的运用已经达到了中国古代文学作品运用叠字的高峰。

　　元曲作家之所以喜用叠字有以下一些原因。在元代，曲要付诸歌咏，运用叠字可以大大增强作品的音乐性，使其声调更加和谐悦耳。有叠字的句子节奏明快，抑扬顿挫，朗朗上口，给人以韵律之美。同时这些曲子一眼看去清晰明了，干净利落，自然而富有情致。一如刘勰在《文心雕龙》中所言，叠字可以让"诗人感物，联袂不穷。流连万象之际，沉吟视听之区。写气图貌既随物以婉转；属采附声，亦与心而徘徊"。当一个字不足以表现景物的情态时，使用叠字便能让神与情一起涌现。

这一派春光！一朵朵花儿，一棵棵柳树，实在迷人。每一件事都显得别有风韵。娇嫩多情，真是美得恰到好处的佳人。

赏析

此曲描写春暖花开时燕飞莺啼、柳绿花红的明丽春景，以及那极具风韵、袅娜娉婷的佳人。此曲最突出的特点是全篇使用叠字，颇具重叠复沓的音韵之美，将人之美与景之美交融在一起，互相映衬。柳绿花红、燕飞莺啼、美人如云，使人产生目不暇接的感觉，作者以语言音韵来表情达意，颇有情致。

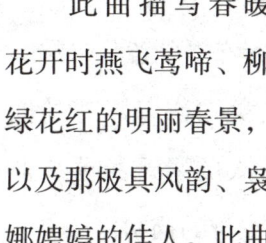

水仙子 重观瀑布

◎乔 吉

天机织罢月梭闲①，石壁高垂雪练寒，冰丝带雨悬霄汉。几千年晒未干，露华凉人怯衣单②。似白虹饮涧，玉龙下山，晴雪飞滩。

注 释

①天机：天上的织布机。月梭：以月牙儿作为天机的梭子。②露华：晶莹的露珠。

译 文

天上的织机已经停止了编织，月梭儿闲在一旁。石壁上高高地垂下一条如雪的白练，闪着寒光。冰丝带着雨水，挂在天空中，晒了几千年了，都还没有晒干。晶莹的露珠冰凉冰凉的，人忽然觉得身上的衣服有些单薄。这瀑布啊，如白虹一头扎进涧中饮吸一般，像玉龙扑下山冈一样，又像晴天里的雪片在沙滩上飞舞。

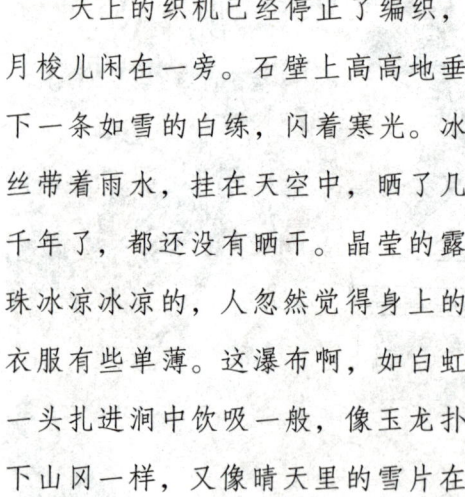

赏 析

此曲题为"重观瀑布"，是游览浙江乐清白鹤寺之后，继《水仙子·乐清白鹤寺瀑布》，意犹未尽，再写出的一首赞美白鹤寺瀑布的曲子。前曲重在游人的主观感受，此曲则重在对瀑布本身的描写。

前四句写的是远观瀑布给人的印象。作者想象奇绝，在首句中构想出以天为织机，以月为梭子的奇境，并将这一组比喻藏于"织罢""梭闲"的情景中，仿佛瀑布这条"雪练"不是本来就有的，而是在作者前来游览时，正值织造完毕，从石壁上忽地垂落下来的。形象既恢宏壮阔，又有动感，先声夺人，使我们对瀑布的气势有了直观的感受。

至于"冰丝"这一比喻，元人伊世珍《琅嬛记》中载有一位奇异女子，能以雨丝缫丝织布，称为"冰丝"。"冰丝带雨"这一想象，既形象地表现了瀑布的白净之美，又合乎传说中冰——雨的关系，与"雪练"相照应，共同表现了远观瀑布给人的特殊印象。"悬霄汉"一语，使人想起李白"飞流直下三千尺，疑是银河落九天"的诗句，瀑布高大雄伟的姿态，与雪练般的白净，给人的震撼效果在此更加生动了。

"几千年晒未干"，不仅以"晒"承接前面"冰丝"这一想象，又通过晾晒几千年这样的奇妙想象，使得对瀑布空间上的壮观的描写，转入时间的壮观，思接千载，气势磅礴。

后四句，作者已行至瀑布脚下。"人怯衣单"映衬出瀑布的"凉"，与前文"雪练寒"遥相呼应。一写远观瀑布的视觉感受，一写走近瀑布，沐浴露水的触觉感受。由远至近，瀑布的全貌逐渐明晰。"白虹饮涧，玉龙下山，晴雪飞滩"，连用三个比喻，且均极具动感，抑扬顿挫，色彩鲜明，画面感极强。"白虹饮涧"语出宋沈括《梦溪笔谈》："世传虹能入溪涧饮水。""玉龙下山"句，苏轼有诗云："擘开青玉峡，飞出两白龙。"

此曲想象奇崛，形象夸张，颇具雄奇怪诞之美，在最大限度地渲染瀑布的雄伟壮丽的同时，亦使景物的壮观与人的博大情怀相得益彰，读之酣畅痛快，如入其境。

作者对典故的使用也比较巧妙，没有堆砌感，并且隐于词句之中，不着痕迹，在奇伟雄健的行文之中，暗含神奇色彩，耐人寻味。

四块玉 嘲乌衣巷

◎刘 致

　　禄万钟^①，家千口。父子为官弟封侯，画堂不管铜壶漏^②。休费心，休过求，撷破头^③。

注释

　　①禄万钟：优厚的俸禄。禄，俸钱，薪金。钟，古代以六斛四斗为一钟。②画堂：华丽的房子。铜壶滴漏：古代的计时器。此句言时光过得快，岁月不饶人。③撷（diān）破头：碰破头。撷，跌倒、碰着。

译文

　　俸禄多至万钟，家中养着上千口人。父子都当着官，兄弟也都封侯拜相。房子华美，也不管时光飞逝。不要浪费心思，也不要过分追求，免得到头来抢破了头。

赏析

　　这是一首借古讽今之作。

　　题目中的"嘲"已经表明了作者对豪门大户的态度。东晋时期，重臣王导、谢安曾将府邸安在乌衣巷中。他们享受着高官厚禄，家中人丁兴旺。曲的前三句正是他们荣华富贵不可一世的写照。其中"父子为官弟封侯"则暗示他们权力极大，家族中人互相提携把持朝政。"画堂不管铜壶漏"，是说他们待在华

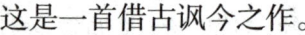

⊙作者简介⊙

　　刘致，大约卒于1335年至1338年间，元代散曲家。字时中，号逋斋。石州宁乡（今山西中阳）人。为姚燧赏识，并被引荐为湖南宪府史，后任永新州判、河南行省掾、翰林待制、浙江行省都事等职。其晚年家贫，无钱置办葬礼，最后由王眉叟将其遗体收葬于德清。其散曲清逸宏丽，推崇隐逸思想，散见于《阳春白雪》《太平乐府》《乐府群玉》，今存散曲小令七十四首，套曲四套。也有说元代有两个刘时中，一为古洪刘时中，一为石州刘时中。

美的屋子中，纵情享乐忘记了时间。至此作者没有对他们的生活做什么评价，但读者仍不难发现作者对穷奢极欲的反感。权贵们沉浸享乐，连时间都"不管"了，哪还会管百姓的生活。在无休无止追求享乐的背后，是对百姓的极度冷漠。而权贵们用来享乐的金钱，又有多少不是从百姓身上搜刮的呢？如此，必然引起百姓的不满，当这不满淤积到一定程度。权贵们"撅破头"的日子也就到了。

没有家族能永远显赫下去，世事变迁，乌衣巷一度荒凉一片。"休费心，休过求，撅破头"是全曲的主旨，既是对王、谢"费心""过求"的嘲讽，又是对后人的告诫。提醒人们不要将太多心思放在名利、享乐上。

就连那些豪门大户，都会因沉溺享乐而衰败，更何况平民百姓小门小户。元人的散曲有不少感

慨官场黑暗之作，其语言大多直白浅显，辛辣精辟，要么为抒满腹怨气，要么为警醒他人、警醒自己。作者刘致在朝为官，对官场的奢侈风气十分不满，写就了不少指斥官场丑恶现象的作品。

山坡羊 侍牧庵先生西湖夜饮①

◎刘 致

微风不定，幽香成径，红云十里波千顷②。绮罗馨③，管弦清，兰舟直入空明镜。碧天夜凉秋月冷。天，湖外影④；湖，天上景。

注释

①牧庵先生：指姚燧。②红云：形容盛开的荷花。③绮罗馨：仕女们身着绫罗，幽香扑鼻。④湖外：犹言湖中。

译文

微风不停地吹着，幽幽的香气萦绕在小路上，十里芙蓉宛若红云，千顷湖面，微波荡漾。绮罗衣馨香扑鼻，管弦乐声是那么清新。小船

词的品赏知识

元曲的用韵特点

元曲的用韵特点可以概括成十六个字：平仄通押，一韵到底，密韵为主，不忌重韵。

所谓平仄通押是说很少有只押一种声调的曲子，绝大部分曲子都是四声通押。一韵到底是指不管小令还是套曲，不管曲的篇幅有多长，都要一个韵押到底，中间不能换韵。至于押韵的位置，每支曲调都有自己的规定。以密韵为主则是说，曲子使用密韵已成为一种惯例，一些文人甚至连曲谱中不要求用韵的地方也押上韵（这种情况被称作"赘韵"），在元曲中句句押韵的情况非常常见，隔句用韵的情况就很少，唐诗宋词都不如元曲这般用韵密集。与此同时，诗词都忌讳同一个字反复入韵，曲却不忌重韵，越是篇幅长的曲子，重复使用同一个字入韵的情况就越多。

儿直驶入那明镜般的湖中。碧蓝的天空中，在这清凉的夜色里，秋天的月色凉凉的。天是湖的影子；湖是天上的景致。

"牧庵"是元代著名文人姚燧的号。姚燧是刘致的老师，对刘致有知遇之恩，所以题目中会有一个"侍"字。此曲写的就是姚、刘二人秋夜泛舟对饮的情形。曲子的前三句分别从触觉、嗅觉、视觉，描绘美好的秋夜，通过"微""幽"营造出静谧的氛围。但"红云十里波千顷"，西湖之美并未被深沉的夜色隐藏，相反还在夜色的映衬下显现出一种朦胧娇柔的美。"云"轻且缥缈，用"红云"喻夜色下的荷花，十分巧妙。

"绮罗馨，管弦清"写出了曲中人闲逸悠然的心情，他们泛舟观景，不知不觉中也成了景的一部分。"兰舟直入空明镜"，曲中人恍若进入如梦似幻之境，深深地沉醉在西湖之景中。而从"空明镜"开始，曲子发生了变化，其中的景物由密转疏，意境也由实转虚。后三句总共只写了天、月、湖，碧天冷月的疏淡清远和"红云十里波千顷"的温柔妩媚截然不同。

在清冷的月光下，水与天互为镜子，彼此映照，人分不清哪是天之景，哪是湖之景，这不能不让读者浮想联翩。整首曲子清幽空灵，意趣盎然，作者成功地表现出夜中西湖安静柔媚、宛若幻境的特点。

朝天子 邸万户席上①

◎刘 致

柳营②，月明，听传过将军令。高楼鼓角戒严更③，卧护得边声静④。横槊吟情⑤，投壶歌兴⑥，有前人旧典型⑦。战争，惯经，草木也知名姓⑧。

注 释

①邸（dǐ）万户：邸万户是作者的好朋友邸元谦，万户是元代三品世袭军职。②柳营：细柳营之省。《史记·绛侯世家》："文帝后六年，匈奴大入边。乃以宗正刘礼为将军，军霸上；祝兹侯徐厉为将军，军棘门；以河内守（周）亚夫为将军，军细柳，以备胡。上自劳军，至霸上及棘门军，直驰入，将以下骑送迎。已而至细柳军，军士吏被甲，锐兵刃，彀弓弩，持满，天子先驱至，不得入。……文帝曰：'嗟乎！此真将军矣！曩者霸上、棘门军，若儿戏耳。'"后因以"细柳营"为军纪严明、战斗力强的代称。③严更：警戒夜行的更鼓。④边声静：边塞上的各种声音，如风声、马鸣声、笳鼓声之

类都静悄悄的，表示边境很宁静，没有战事。⑤横槊吟情：形容文武双全的大将风度。苏轼《前赤壁赋》："方其（指曹操）破荆州，下江陵，顺流而东也，舳舻千里，旌旗蔽空，酾酒临江，横槊赋诗，固一世之雄也。"⑥投壶歌兴：投壶是我国古代宴会时的一种娱乐。《礼记·投壶》篇说，以壶口为目标，用矢投入，以投中多少决胜负，负者要罚酒。⑦典型：模范，样板。⑧"草木"句：极言将军的声誉。黄庭坚《送范德孺知庆州》："乃翁知国如知兵，塞垣草木识威名。"此用其意。

译 文

军营纪律严明，月光明亮，军帐中依次传过了将军的命令。高楼上响起更鼓和号角，半夜还在戒严。

在将军的守护下，边塞上一片宁静。将军文武双全，扔开酒壶就唱歌，真有古人的风采。战争，经历惯了，就连花草树木都知道了将军的名字。

赏析

此曲反映了刘致豪放的一面。大约在1131年，刘致的好友邸元谦驻军杭州。刘致遂写此曲赠予友人。在此曲中，刘致着重表现友人治军有方。"卧护得边声静"既表现友人治军之严——无人敢违背戒严号令制造声响，又表现出友人治军之功——边境万无一失，一片安宁。"横槊吟情"是赞友人文武双全，"投壶歌兴"则尽显友人豪放之姿。曲末的"草木也知名姓"则出自成语"草木知威"，作者借此强调友人功勋赫赫，威名远扬。

全曲虽洋溢着对友人的称赞，但由于节奏明快，曲风俊朗，未有丝毫谄媚造作之嫌。

塞鸿秋

◎薛昂夫

功名万里忙如燕①，斯文一脉微如线②。光阴寸隙流如电③，风霜两鬓白如练。尽道便休官，林下何曾见④？至今寂寞彭泽县⑤。

①功名万里：《后汉书·班超传》："大丈夫无他志略，犹当效傅介子、张骞立功异域，以取封侯，安能久事笔砚间乎？"②斯文：指旧时代的礼乐制度。《论语·子罕》："天之将丧斯文也，后死者不得与于斯文与。"③光阴寸隙：形容光阴过得飞快。《庄子·知北游》："人生天地之间，若白驹之过隙。"④"尽道"二句：灵彻《东林寺酬韦丹刺史》："相逢尽道休官好，林下何曾见一人？"此用其意。林下，指山林隐逸的地方。⑤寂寞彭泽县：言隐居的人很少。

译文

为了功名，像燕子一样千里奔忙。那一脉文雅脱俗的传统，已微

⊙作者简介⊙

薛昂夫（1267—1359），回鹘（即今维吾尔族）人。原名薛超吾，以第一字为姓。祖父、父皆封覃国公。汉姓为马，又字九皋，故又称马昂夫、马九皋。曾任江西省令史、金典瑞院事、太平路总管、衢州路总管等职。据赵孟頫《薛昂夫诗集序》（《松雪斋文集》）载，他曾师从刘辰翁。

薛昂夫善篆书，喜作诗，诗集已佚，《皇元风雅后集》《元诗选》可见其诗作。散曲今存小令六十余首，套数三首，收录于《阳春白雪》《太平乐府》《乐府群珠》等集中，其曲用词华美，风格豪放。

弱如同丝线。时间像白
驹过隙，又如闪电奔
驰。饱经风霜的两鬓忽
然间已经像素练一样雪
白。都说马上就不再做
官了，可在山林里哪里
曾见到过？直到现在，
彭泽县令陶渊明那样的
归隐者，也还是寂寞无
朋的。

赏析

　　此曲为愤世、讥世
之作。隐逸是元代盛行
的风气，也是元曲中最
常见的主题。起四句作
者以多句对伏构成"联
珠对"的形式。"功名万里忙如燕"
领起全篇，揭露许多身居官场、内
心迷恋富贵功名的人也来附庸风雅。
实为名利而整日奔波，却要高弹归
隐之调，以标榜自己志趣高洁。只
是光阴如电般逝去，作者从黑头人
变成了白头人，却并不曾看到他们

中有哪个人真正抛却了功名富贵归
隐山林；他想，那为无数人所追慕
的陶渊明，过了悠悠千载，却仍然
还是一如既往的寂寞。

　　此曲针对那些名为隐士，实际
是对附庸风雅的口是心非者给以揭
露和讽刺。

朝天曲

◎薛昂夫

　　丙吉①，宰执②，燮理阴阳气③。有司不问尔相推，人命关天地。牛喘非时，何须留意？原来养得肥。早知，好吃，杀了供堂食④。

注释

　　①丙吉：字少卿，鲁国人，西汉大臣。其眼见百姓斗殴，死伤者众，不闻不问。见有人追牛，却停下车询问情况。有人因此讥他"问牛不问人"。②宰执：宰相与执政的简称。③燮理阴阳：燮，调和。指大臣辅佐君王治理政事。④堂食：泛指公署膳食。

译文

　　丙吉，当宰相，辅佐君王治理国家。当官的不管事，相互推让，哪里想过人命关乎天地？牛喘得不是时候，又有什么好留心的？原来他早知道，养牛养得肥了，才会好吃。这是要杀掉它供公家吃啊！

赏析

　　姚守中《粉蝶儿·牛诉冤》中

词的品赏知识

透过现象看本质

　　罗丹《艺术论》中有这样的话："能够发现在外形下透露出内在的真理，而这个真理就是美的本身。"历代文学作品中有不少佳作继承了评判精神，以揭露黑暗现实为题旨，向人们展示了一种特殊的艺术氛围。在这种艺术氛围中，人们从对"丑"的贬抑体会到了艺术的美。元人散曲中有不少作品重点描摹社会中的丑恶现象，而透过这种现象，人们体会到作者的批判精神，感受到的是作者高尚的精神和勇敢的气概。

有"见一个宰辅，借问农夫，气喘因何故，听说罢感叹长吁"句，李宽甫也有杂剧《汉丞相丙吉问牛》，均对丙吉问牛之事加以赞许。可见，丙吉"燮理阴阳"，在历史上是受人肯定的。薛昂夫在此剑走偏

锋，反其道而行之，认为丙吉"问牛不问人"的行为是应该加以非议的，对其极尽挖苦，措辞严厉，似乎不免失于偏激；但从文中内容上看，其实他是另有机杼的。丙吉"问牛不问人"的原意，在于"宰相不亲小事"（《汉书·丙吉传》），并不是作者在曲中所说的"早知，好吃，杀了供堂食"。对于这一点，作者显然不会不知道。可见作者的目的不在于臧否褒贬历史人物，而是借古讽今，通过幽默诙谐的奇思妙想，讽刺的是现实中的官员尸位素餐，视生民如草芥的现象。这样来看，全曲的妙味便呈现在眼前了。

"燮理阴阳"这样的语句，显得郑重其事，把这类官员形象写得冠冕堂皇，与下文写其只关心肉味可口与否形成强烈反差，全曲的荒谬感顿时散发出来了。如"养得肥""早知，好吃"之类语句，直白而接近口语，更增几分诙谐滑稽之味。

讽刺的意义在于批判，若专事滑稽、幽默，文章未免哗众取宠；而"人命关天地"则以义正词严的口吻作论，使文章在诙谐之后，亦不乏严肃的思辨。"牛喘非时，何须留意"则以一句反问，增强了这一效果。

阅金经 伤春

◎吴弘道

落花风飞去，故枝依旧鲜，月缺终须有再圆。圆，月圆人未圆；朱颜变①，几时得重少年？

**注 释**

①朱颜变：朱颜指青春的容貌。朱颜变，青春不再之意。

译 文

飘落的花儿随风飞走了，老树枝照样是鲜美的，月亮缺了也总会有再圆的时候。可是说到"圆"啊，月已经重圆而人却还没有团圆。美好的容颜衰老了，什么时候才能重返少年呢？

赏 析

此曲是对美景不常，青春易逝，老而不能重返年少的感叹。

据曲子中描写的"落花""月缺"，可推知此曲约作于暮春农历三月的下旬。

古往今来，有多少文人墨客与仕女常在暮春之时惜春、叹春、伤春，又在既望之后因月缺而悲伤，忧伤于花残月缺。此曲开始就以豁达的心胸勇于接纳"落花"与"月缺"，说虽然花已飞落，但是树枝却依然新鲜，枝上绿叶茂盛，刚刚发出的嫩绿的叶子仍然挂满枝头；月虽暂时缺了，但是再过不久就终会有再圆的时候。这让读者从中找到新的

⊙作者简介⊙

吴弘道，生卒年不详。字仁卿（也有人认为其名仁卿，字弘道），号克斋先生，蒲阴（今河北安国）人。曾任江西省检校掾史，汇编中州古书《中州启札》，著《金缕新声》，已佚。其杂剧《楚大夫屈原投江》亦未能保留至今。《全元散曲》中有其小令三十四首，套数四套，风格疏俊清新。贾仲明补《录鬼簿》悼词赞其"锦乐府天下盛行"。

希望，以慰藉人心。这是大自然的规律。可是对人来说，纵然月儿已圆，但像作者一样浪迹天涯的游子，客居异乡，何时才能跟家人团聚呢？至此，作者不禁发出了"月圆人未圆"的感叹。月亮一次又一次地缺了又圆，而作者却只见月圆月缺而不能团圆。可是，韶华易逝，青春不再。

作者眼见自己原先红润的面庞渐渐苍老，那美丽的容颜何时才再能回来呢？那美好的少年时光又何时才再能拥有呢？想到这些，作者不禁感慨万分。

全曲简明朴素，后半首更是直抒胸臆，让人读后不禁浮想联翩。

金字经 咏樵

◎吴弘道

这家村醪尽①，那家醅瓮开②。卖了肩头一担柴。咳，酒钱怀内揣。葫芦在，大家提去来。

注释

①村醪（láo）：农村中自酿的酒。醪，浊酒。②醅（pēi）瓮：酒瓮。醅，未滤去酒糟的酒。

译文

这家人的农家酒啊，刚刚喝完，那家人又打开了酒坛盖。樵夫刚卖掉了肩上一担柴。哈，把酒钱揣在怀里。他招呼左邻右舍："酒打来了，大家快带葫芦来提些回去啊！"

赏析

这是一首描写百姓生活之乐的曲子。曲中人的生活简单纯朴，"这家村醪尽，那家醅瓮开"将他们爱酒的样子描绘得活灵活现，同时也暗示读者，村中之人相处和乐，关系融洽。樵夫卖了柴火就去买酒，无忧无虑，说明村子里的生活虽不富裕，却也不用为生存担心。"葫芦在，大家提去来"绝好地刻画出

词的品赏知识

元曲风格的变化

元曲的发展可以分成三个时期。第一个时期是从元朝建立到南宋灭亡。这一时期的元曲还有着浓厚的民间文学特征，语言通俗，情感直接，风格爽朗质朴。第二个时期从元世祖至元年间开始到元顺帝后至元年间。此时的元曲用词愈发典雅，情感愈发含蓄，相较前期的更注重写作技巧。第三个时期从元顺帝至正年间到元末。很多作家都把元曲的写作当成一门专业，他们苦心钻研写作方法，极其重视词藻格律。因此，这一时期的元曲呈现出曲风婉丽，用词秀雅的特点。

樵夫的喜悦心情，他大方地招呼大家一起喝酒，与己同乐。曲子到这里戛然而止，读者却已经开始想象村民们开怀畅饮的样子。

作者用樵夫的口吻，以"酒"为线索，写出了一个宛若桃花源的美好世界。作者的观察力非常敏锐，他笔下的樵夫个性鲜明，栩栩如生，而他之所以能够刻画人物惟妙惟肖，和他深厚的文字功底有关。譬如那个"咳"字，只一字便写出樵夫的不拘小节，轻松随意。曲末出现的盛酒器具"葫芦"，不仅十分符合樵夫的身份，还表现出村民们的自然简朴。他们并不介意酒器的粗陋，只单纯享受饮酒的乐趣。

此曲语言直白自然，风格活泼，极富生活气息。作者曾做过一段时间官，也许正因为深谙官场人际关系的复杂，见惯险恶的人心，才会如此喜爱恬淡宁和的乡间生活和乐观憨厚的乡民。

此曲描绘的山居景象很有些理想色彩，作者截取山村生活的一二片断进行润色，将自己的理想投射其中，使之成为自己理想世界的投影。真实的山村生活未必如作者描绘的那般美好，不过这也并不妨碍人们从中窥得元代乡村的情味。

拨不断 闲乐

◎吴弘道

泛浮槎^①，寄生涯，长江万里秋风驾。稚子和烟煮嫩茶，老妻带月包新鲊。醉时闲话。

注释

①浮槎（chá）：指小木船。

译文

划着小木船，将我这一生都寄托在这小舟之上。万里长河里，秋风吹动着它。年幼的孩子正在炊烟里烹煮嫩茶。相伴多年的妻子在月色里煮起了新捕来的鱼儿。我喝醉了，和他们谈起了闲话。

赏析

《太和正音谱》评吴弘道的曲"如山间明月"。此曲就反映了他的这一特点。"浮槎"指小舟，将"生涯"寄托在这一叶扁舟上，表现了作者无牵无挂、顺任自然的人生态度。"长江万里秋风驾"，则极力

词的品赏知识

散曲之由雅趋俗

元代文人特别是书会才人中有大部分人混迹于勾栏瓦肆，与勾栏中的乐师、歌伎等为伍，并且与下层劳动人民结成了深厚的友谊。勾栏瓦肆在元代社会是老百姓最重要的娱乐场所之一。勾栏瓦肆主要是以演唱杂剧为主，也有讲史、诸宫调、傀儡戏、影戏、杂技等。勾栏瓦肆中的表演，其形式多至数十种，其中歌唱形式就有唱赚、陶真、鼓板、小唱、弹唱因缘、唱京词、诸宫调、唱耍令、唱《拨不断》等。人们总结元代文人，向来以"七娼八医九儒十丐"为概括。元代文人由于统治压迫下入仕无门，或混迹于江湖，或隐迹于躬耕，或寄迹于勾栏，在散曲中对于种种情况均有表述。而在这种由文人士大夫阶层融入老百姓阶层的生活过程中，元代散曲也随之从诗词的典雅逐渐向通俗转化。

写眼前之景的壮
阔，而一如《文
心雕龙》所言"寂
然凝虑，思接千
载；悄然动容，
视通万里"，景
是作者情感的载
体，同时也牵动
着作者的思绪。
小舟在苍茫的江

水上漂浮，一眼看去让人很是担心，
但长江虽长，却有秋风助舟而行。
此句不仅写出了作者凭舟眺江时的
开阔心境，又写出了作者对未来的
乐观。

　　"稚子和烟煮嫩茶，老妻带月
包新鲊"则引导读者将目光从舟外
转向舟内，和舟外的波澜壮阔相反，
舟内是一派安闲宁和的生活景象。
作者的家人也和作者一样，寄生涯
于浮槎，恬淡自适，一个"醉时闲话"
表明，作者一家对这样的生活心满
意足。

　　从意象特征来看，长江万里、
秋风吹拂的壮阔图景与稚子煮茶、

老妻做鱼的生活琐屑之间反差甚大，
中间也并没有起承接作用的内容，
文章前后部分看起来显得突兀；然
而细细一想，这正是此曲构思上的
出色之处。前半曲虽有意构造出宏
大的气势，但就其目的来说，作者
并非在抒发壮怀，而是意在表达一
种简单恬淡的生活态度。这样，它
与后半曲便由内涵的统一而达至协
调了。而将前半曲的图景视为后半
曲安宁生活景象的背景，更有悠远
静谧之绵味。作者有意用气势宏大
的自然之景衬托简单平淡的生活之
美，让曲子散发出一种超然旷达的
气息。

水仙子 渡瓜洲①

◎赵善庆

渚莲花脱锦衣收，风蓼青凋红穗秋②，堤柳绿减长条瘦。系行人来去愁，别离情今古悠悠。南徐城下③，西津渡口④，北固山头⑤。

注释

①瓜洲：在江苏邗江区南之运河入长江处，与镇江隔岸相对，为著名的古渡口。②蓼：植物名，生水边，开鞭穗状小花。③南徐：今江苏镇江市丹徒区。④西津渡：一名金陵渡，在镇江城西蒜山下的长江边。⑤北固：山名，在镇江市内长江岸上，为著名的古要塞与名胜地。

译文

小洲边的荷花，花瓣已经脱落，就像一件锦衣从人身上脱下。风中的蓼花，它的青色也已暗淡，暗红色的穗花点染着秋色，堤上的杨柳翠色已减，只留下长长的柳条，显得那么消瘦。这一切勾起了渡江行人的旅愁。古往今来，离情别恨从来都是无比绵长的。我站在南徐城外，面对着西津渡口，远处是那沉默的北固山。

赏析

渡口，是古代充满离情别绪的伤心之所，历来为文人墨客抛洒热

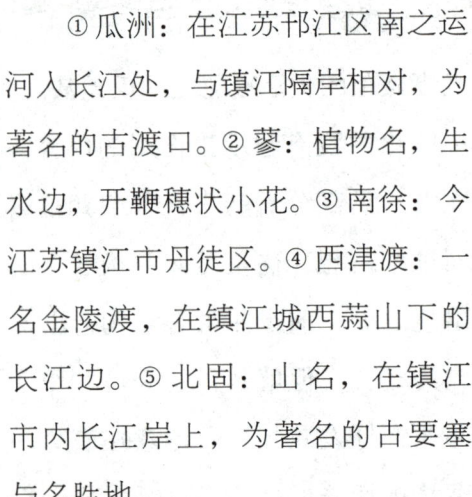

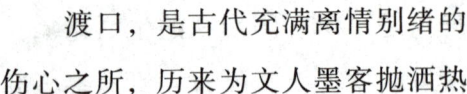

○作者简介○

赵善庆，生卒年不详，生活于1345年左右。其名、字有争议。一作赵孟庆，字文贤，一作文宝，饶州乐平（今江西乐平市）人。《录鬼簿》说他"善卜术，任阴阳学正"。著杂剧《教女兵》《村学堂》八种，均佚。今存散曲小令二十九首。《太和正音谱》评价其曲"如蓝田美玉"。

泪的地方。作者选择了瓜洲古渡这一特定的场所，将时间设定为秋天，全曲充满离别的伤感。以景叙情，是这首曲子的突出特征。野莲、蓼花、柳树，从江心到岸边，再到堤坝之上。在写作者的视野从远到近，渐次落到自己身边的同时，也暗示着作者的愁绪因对景物的观察，而逐渐生起，萦绕于心间。同时，通过对这些景物的不同描述，这样的愁绪，也一步步变得细致起来：莲花的"锦衣收"，写的是总体的外观，这时作者的情感刚刚生起而未浓；蓼花的"红穗秋"写的虽是花穗这一细节，

但"秋"这一形容词所表示的形象并不十分明晰，这时作者的情感开始变得浓郁，只是尚显朦胧；最后写到柳树，"长条瘦"对柳树的描写贴切真实，此时作者的情感已经历历在目了。紧接着，作者便写下了直接抒发情感的句子："系行人来去愁，别离情今古悠悠。"末三句，只点出人物所处位置，却包含人物情感。试想，处在草木摇落肃杀的秋天，看着静默的城池，流水潺潺的渡口，不动的北固山，那是一种怎样的孤独凄凉之感啊！

凭阑人 春日怀古

◎赵善庆

铜雀台空锁暮云①，金谷园荒成路尘②。转头千载春，断肠几辈人。

注释

①"铜雀台"句：言铜雀台已经荒废。铜雀台：在今河北省的漳县，曹操所建。《三国志·魏武帝纪》："建安十五年冬，作铜雀台。"②金谷园：故址在今洛阳市西，晋石崇所建。石崇以豪富著称，经常在金谷园中招待宾客。

译文

铜雀台徒然地被暮云萦绕，金谷园也早已荒芜，只剩下一路红尘。一转身已经过去千年，让多少代人肝肠寸断啊！

赏析

"铜雀台"是三国时期曹操战败袁氏兄弟后，在河北邺城漳水之上建的，时有铜雀、金虎、冰井三台，均以彰显其平定四海之功绩。东汉末年，北方的大批文学家时常聚集在铜雀台前抒写其壮志情怀，这也就带起了一批文人创作的高峰，那个年代正是汉献帝建安年

词的品赏知识

浅显与文雅兼顾

中国古代的戏曲理论中有这样一个观点：曲的语言一定要浅显易懂。但浅显不同于浅薄，更何况曲非常注重押韵，和日常口语并不一样。因此，曲作者无需为了追求"浅显易懂"而拒绝使用成语典故。恰恰相反，一个优秀的曲作者必须是个文学通才，他除了要熟谙诗词歌赋外，还要熟读经史子集。不仅要学习儒家思想，还要了解佛家和道家的思想。只有这样，其所作之曲，才能浅显与文雅兼得，其在使用旧事时，才能自然天成，不着痕迹。

间，后世便称其为建安文学。作者此处借用来除表现历史沧桑、云谲波诡之外，也是象征着建功立业。

"金谷园"是西晋富豪石崇的别墅，在今洛阳老城内。石崇在自己的别墅里过着纸醉金迷、荒淫糜烂、挥霍无度的生活，后因政治靠山垮台，被人陷害致死，其华丽堂皇的别墅也日渐衰败下来。这里作者将之作为富贵的象征。

春日里，作者凭栏而生发感慨，沧海桑田，时光易逝，建功如曹操，富有如石崇，终究是历史长河中的一瞬。"锁暮云"三字在意境上把"铜雀台"的衰败荒废形容得惟妙惟肖，"成路尘"更是把"金谷园"的破败凌乱表现得淋漓尽致。高台名园也逃不脱荒破的命运，留给后人的不过是凭吊时候的叹惋。时光匆匆易逝，似水流年留给人的又有什么呢？功名富贵不过是过眼云烟，然而又有多少为之付出的代代"断肠人"。

前两句写景，后两句生情，作者借用两处历史遗迹，来表现对历史沧桑之变的感慨。吊古伤今的诗曲不在少数，但此曲却有别于一般的作品。它用字凝练，意象丰富，且作者巧妙地使用了极具对比性的意象来突出主旨，自成一格，给人留下了深刻的印象。

山坡羊 燕子

◎赵善庆

来时春社①，去时秋社②，年年来去搬寒热。语喃喃，忙劫劫，春风堂上寻王谢，巷陌乌衣夕照斜。兴，多见些；亡，都尽说。

注释

①春社：古代立春后第五个戊日。②秋社：古代立秋后第五个戊日。

译文

你飞来时正值春社，你飞去时已是秋社，年年一来一去地把秋寒夏暑衔来搬去。你喃喃低语，忙个不停，在春风吹过的过堂中寻找王导、谢安那样的贵族，却只看到乌衣巷口夕阳西下那样的情景。兴，你见多了；亡，都被你说了。

赏析

在此曲中，作者托情于燕，抒历史兴亡之叹。

燕子有飞迁的习性，秋天飞往南方，春暖花开时再返回北方。作者用燕子的来去喻示时间的流逝，又赋予燕子以人的视角。"语喃喃，忙劫劫"的燕子自不会有"春风堂上寻王谢"之意，会去"寻王谢"只能是人。"王谢"指的是王导、谢安，二者都是东晋时期烜赫一时

词的品赏知识

移情

赵善庆的《山坡羊·燕子》采用了移情的修辞手法。所谓移情就是作者有意识地赋予客观事物一些该事物本不具有的特性，使事物和自己的情感相一致，再用该事物来衬托自己情感的修辞方法。这种方法可以帮助作者表达复杂的思想感情，使物我一体。同时，元曲强调新颖奇巧，该手法若运用巧妙便可以制造出让读者耳目一新的效果。

的名士，都曾将府邸安于乌衣巷中。南宋时，人们在王谢故居的废墟上建起"来燕堂"，而燕子年年归来，王谢却早已不在，人们只能对着乌衣巷的斜阳感慨岁月的变迁。

"兴，多见些；亡，都尽说"是一个对偶句，依旧借助燕子的视角慨叹历史，文学上将这种手法称作"移情"，即将人的主观感受转移到某样事物上，使物人合一，强化情感的表达。不管历史如何变迁，兴亡往事最终都付与评说，人世喧嚣也都归于"喃喃"之语。曲的结尾很有一种看淡世事的超然之感。

阅金经 胡琴

◎张可久

雨漱窗前竹，涧流冰上泉。一线清风动二弦。联，小山秋水篇①。昭君怨②，塞云黄暮天。

注释

①小山：西汉淮南王刘安手下的文学侍从，有大山、小山之分，淮南小山存世的著名作品是《招隐士赋》，俗称"小山赋"。又北宋词人晏几道号小山，有《小山词》，风格婉丽。又张可久，字小山。这里具有多义性。秋水篇：《庄子》篇名，述恬淡无争的原理。这里泛指清空高妙的乐声。②昭君：王昭君，汉元帝时宫人，因和亲远嫁匈奴。昭君怨，乐府名，又琴曲名。但此处也可按字面理解为"昭君怨恨"。

译文

像大雨冲洗着窗前的翠竹，又像涧中的泉水在冰上流淌。琴弦声响，仿佛有一丝清风吹过一般。他把《小山赋》和《秋水篇》的意境联结在曲子里。有时又激起人们像昭君出塞那样的幽怨。边塞的黄昏天里，布满彤云。

赏析

此曲的起首两句，运用比拟的手法，十分生动形象。作者用雨点

⊙作者简介⊙

张可久（约1270—1348以后），字小山，一说名伯远，字可久，号小山；一说名可久，字伯远，号小山；又一说字仲远，号小山。庆元（治所在今浙江宁波鄞州区）人，散曲家，剧作家，与乔吉并称"双璧"，与张养浩合为"二张"。今存小令855首，套曲9首，数量为元之冠，散曲集有《小山乐府》《张小山小令》《张小山北曲联乐府》等，《太和正音谱》中称其为"词林之宗匠"，并认为"其词清而且丽，华而不艳"。

冲刷竹叶沙沙作响，写琴声之朴实沉厚；用涧泉迸流于冰上，写琴声之铿锵有力，清脆悦耳。这不由得让人们回想起了唐代诗人白居易的《琵琶行》中"大弦嘈嘈如急雨，小弦切切如私语"之句。"一线"二字点明了这两种声音的来源。古人常把琴弦上流出的声音与风联系起来，而"一线清风"将琴声的缕缕不绝以及指法、弓法的柔和、娴熟，

表现得形象贴切，使曲子充满了诗意和美感。"联"是一字句。散曲中的一字句除能表达自己独立的意思外，还能与上下文联结表意。这里的"联"字，既可以理解为琴声翩翩相连，又可理解为所弹奏的内容连续不断，表现了琴声的圆润悠扬或内容的丰富。

曲子描写琴声，出现了两个不同的感情阶段，由起初的清旷空湛如秋之泠水，转为曲末的哀怨凄切如昭君出塞。寥寥数笔，便将琴声中所含感情的变化描摹而出，令人心驰神往。

塞鸿秋 道情①

◎张可久

雪毛马响狻猊鞐②，神光龙吼昆吾剑③。冰坚夜半逾天堑④，月寒晓起离村店。一身行路难，两鬓秋霜染。老来莫起功名念。

注释

①道情：道家看破红尘的情味。②狻猊鞐（suān ní zhàn）：饰绘着狮子（狻猊）图案的马鞍。③昆吾剑：产于昆吾的宝剑，能切玉如泥。昆吾，《山海经》中神山名。④天堑：难以逾越的天然坑沟，多指大江大河。

译文

马儿鬃毛上凝结着雪粒，饰绘着狮子图案的马鞍沙沙作响。宝剑怒吼着发出冷光。河水冻结，我半夜里走过这天险；月色清冷，大清早便起身离开了野店。我独自一身上路，旅途艰难，两鬓长出了皑皑白发。人已经老了，就别再生出什么求取功名的念想了！

赏析

此曲以劝世篇名描写作者自身的仕途生涯。表面上是劝人莫如作者一般至老辛劳，而其对恶劣自然环境所作的雄奇瑰丽的描写摄人心愧，使人对他肃然起敬。

全曲结构工整严谨。全篇七个句子，前六个句子两两对仗，只最后一个句子单句作结。

第一组对仗描写行装。首字"雪"点明时令，而其奇特之处在于不浪费笔墨作更多描绘，只以其作衬字来描写行马之难。其中"马"是实指，而"龙"是比喻义。骏马宝剑，指明主人的尊贵。"响"对应"吼"，特殊的天气中奇特的声音伴随，人马俱至。此处极力渲染天气的恶劣。"雪毛马响""神光龙吼"两句，描写了游骑雪中艰难独行的困苦，表达了作者青年时期豪气干云、极想有所作为的心情。第二组对仗进一步描写戎马倥偬、人马劳顿的艰辛。"冰坚夜半""月寒晓起"旅途中可谓长路漫漫。"夜半"和"晓起"，点明起居无时。"天堑"是旅途中难以逾越的困难，"村店"是指行至人迹罕至、荒芜凄凉之地。旅途中的孤独、悲惨以至于恐慌也时常侵蚀着游子的心怀。最后一组对仗句直抒"一身行路难，两鬓秋霜染"的慨叹，对自己的宦游生涯作结。"行路难"既是总结上文的实写，又是对官场险恶的总括。正如李白《行路难》中所感慨的："行路难！行路难！多歧路，今安在？

长风破浪会有时，直挂云帆济沧海。"而作者没有李白此时的豪情，因为他已经白发苍苍。

最后作者纯为应题略提一句"老来莫起功名念"。联系作者身世——以路吏转首领官，年七十尤为昆山幕僚，一生也未能如意，至老还是忧怀困顿，其积极入世的奋斗精神令人可叹。而为应题提出此句，以其身世为据，却也令人可信。

全曲语言奇丽工整，对仗起势使整首曲子显得很有气势。

卖花声 客况

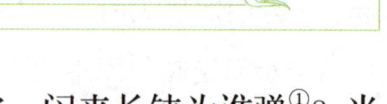

◎张可久

登楼北望思王粲，高卧东山忆谢安，闷来长铗为谁弹①？当年射虎②，将军何在？冷凄凄灞陵古岸。

注释

①长铗：剑的一种，指长剑。刀身剑锋长者称"长铗"，短者称"短铗"。铗，剑柄。②射虎：此为飞将军李广月夜射虎的典故。

译文

我登上高楼，想起了王粲，卧在高高的东山里，又回忆起了谢安。心情郁闷的时候，我的长剑应该为谁而弹？当年月夜射虎的李广将军，现在在哪里？灞陵古岸上，多么凄凉。

赏析

作者虽出仕多年，却依旧蹀躞于小吏幕僚之间，此时又客居途中，心中的忧郁之情便油然而生了。在此曲中，作者用了一连串的典故诉说不得志的心情。"登楼北望思王粲"，曾经是建安七子之一的王粲

词的品赏知识

文学中的想象

想象指想出不在眼前的具体形象或情景，为了艺术的或知识的创造的目的，而形成有意识的观念或心理意象的能力。想象是一种有目的、创造性的思维活动。想象是古代文学中最经常运用的表现手法。想象手法的运用在古典诗词中也比比皆是，如三国时期曹植《洛神赋》通篇运用想象，极力描写洛神之美："其形也，翩若惊鸿，婉若游龙，荣曜秋菊，华茂春松。"在散曲中想象这种手法也是一种比较常用的手法，比如张可久《卖花声·客况》中对李广在灞陵凄凉受辱的情景进行描写："将军何在？冷凄凄灞陵古岸。"

投奔刘表不受重用，便登上高楼作《登楼赋》抒发抑郁之情，作者登楼想起王粲，正是因为自己与他一样怀才不遇，羁旅之中感慨万千，借古人之杯，浇心中块垒，开篇一句，便将心中愁绪展现在我们眼前了。

"高卧东山忆谢安"，说的是东晋名士谢安在出仕之前曾隐逸深山。而谢安最终得以大展宏图，作者却不知自己能否有建功立业的一天；而且，谢安在隐居时，虽未能致仕，却能享山水之乐，作者自己却正值客愁之苦：两相比照，作者心中的酸楚便又加深了一层。如此，接下来的一句以"闷"为开头便理所当然了。"长铗为谁弹"是说战国时冯谖因怀才不遇弹长剑作歌，而此时此刻，写景述怀的作者不也如冯谖一样吗？在这一句中，作者又将自己与古人一样的怀才不遇之感加深了一层。冯谖虽未遇，但最终受到了孟尝君这样的贤主的礼遇，而作者自己的"遇"则始终遥遥无期。作者以疑问的语气，更进一步地表达了这种落魄感。

"当年射虎，将军何在"讲的是西汉大将李广。李广有射虎之力，功勋赫赫，却老来失意，在灞陵受辱，被人奚落，并最终因为小事被降为庶人。"冷凄凄灞陵古岸"，显然不是作者所见的实景，而灞陵正是当年李广落魄之地，作者以"冷凄凄"对其进行描述，是为古人的境遇鸣不平，也是为自己的命运哀叹。

全曲虽由典故组成，却无丝毫掉书袋之感。这是因为作者用清晰且自然的情感逻辑将这些典故有机地组织到了一起——因登楼想起王粲，也和王粲一样以文抒志，希望能如谢安一样终得赏识，想到自己怀才不遇不由联想起冯谖的故事，不知有多少英雄如李广那样被白白埋没，真让人感叹命运不平——典故与典故的承接非常自然，而且也与自身遭遇和情感联系紧密。

落梅风 春情

◎张可久

秋千院，拜扫天①，柳荫中躲莺藏燕。掩霜纨递将诗半篇②，怕帘外卖花人见。

注释

①拜扫天：即寒食、清明的几天，《东京梦华录·清明节》载："凡新坟皆用此日拜扫……自此三日，皆出城上坟。"②霜纨（wán）：指白色的衣袖。

译文

在那竖着秋千架的小院里，祭坟扫墓的日子里，柳树荫里，躲藏着莺儿燕子。她抬起白色的衣袖，半遮半掩地递出写着半首情诗的帕子，害怕被珠帘外卖花的人看见。

赏析

此曲是描写古代青年男女幽会之作。

此曲选取清明佳日、秋千院落、柳荫深处为描写的时空环境，刻画了青年男女藏身柳下，绣帕传诗的情节，演绎了一段古代市民的爱情生活。

架设着秋千的庭院，人们都外出拜扫祭奠的寒食天，对于幽会的男女来说，地点是极好的，因为有秋千这样浪漫的道具，时间是难得的，因为只有"拜扫天"才有机会互相见面。柳荫下，两人互诉情话，树上的莺儿和燕子都躲进树叶丛中了，或是被两人的激烈嬉戏惊吓，或是偷偷窥视两人谈笑。无论是哪一种情形，作者均以鸟儿的娇羞可爱，陪衬出了幽会情人的浓情蜜意。

后两句描写两人幽会的情景。她用白丝手帕遮掩着递给他情诗半篇，只怕帘儿外卖花人瞧见。绣帕传诗，表现的是女子对男子的热恋。"诗半篇"之语，是说绣帕上的情诗只写了一半，姑娘却把它匆匆地递给了心上人，她急切地想要向自己心爱的才郎传达自己的爱意，这一细节描写，展现了两人之间的情意绵绵。诗未写完却急于递给对方，还因为害怕家人祭扫归来得早，两人不能尽诉情缘，幽会的仓促和时间的紧迫，又给故事增添了几分浪漫气息。"掩霜纨"这一动作的刻画可谓极其生动传神，少女虽然心情激动，却又满怀羞涩，"怕帘外卖花人见"，爱情特有的美感，由这样一个以动作描写心理的细节，表现得活灵活现。此曲展现人物的情态和心理巧妙而生动，简单几笔，情窦初开的少女的娇怯之态便跃然纸上，而她对爱情的渴望也真切可感，是一篇构思不凡、用墨独到的写情小品。整首曲子虽用字简练，但写得波澜起伏，细微传神。

水仙子 归兴①

◎张可久

淡文章不到紫薇郎②，小根脚难登白玉堂③，远功名却怕黄茅瘴④。老来也思故乡，想途中梦感魂伤。云莽莽冯公岭，浪淘淘扬子江，水远山长。

注释

①归兴：归乡后的感触。②淡文章：平淡浅薄的文章。紫薇郎：唐代对中书郎的别称，在此泛指文职高官。③小根脚：犹言根底浅，指出身平寒微贱，门第不高。白玉堂：即玉堂，唐宋以后对翰林院的别称。④黄茅：茅草中的一种，多生长在无人居住的荒僻之地。瘴：瘴气，指热带森林中的湿热之气，从前被认为是恶性疟疾等传染病的病源，古人对此畏如狼虎。

译文

文章浅薄无味，当不上高官；出身卑微，所以很难登上翰林院；想远离功名又怕黄茅和瘴气。人已经老了，我思念起了故乡。在归途里，怀乡之梦让我心暗伤。冯公岭上云雾莽莽，扬子江中白浪淘淘，水又远山又长。

赏析

此为宦游者思乡之曲。

作者一生奔波辗转，多年羁旅他乡，年龄越长，乡思愈切。

"归兴"用现在的话说就是回家的心情。说起回家，人们多充满期待。但作者却正好相反。作者写此曲时正处在失意之中，他展望未来，只见前途一片渺茫。"淡文章不到紫薇郎"实为愤懑之语。元代文人大多要靠引荐入仕，即使再有才华，若无人引荐，也难以得到朝廷赏识，更不要说大展宏图。相较其他朝代的统治者，元人较轻视文章学问，作者只能无奈长叹"小根脚难登白玉堂"。残酷的现实摆在作者眼前，没有靠山便不可能在仕途上有大的发展。

在朝为官心中抑郁，辞去官职又生活不下去。作者坦陈没有勇气辞官回乡，"远功名却怕黄茅瘴"。他在官场已生活太久了，没有什么其他的谋生技能，辞了官就意味着丧失生活来源。虽厌倦官场，又不得不在官场中挣扎。看着自己一天天地衰老，作者怎能不黯然神伤。人失意时，思乡之情便格外浓重。作者也不例外，他早已过了野心勃勃、志在四方的年纪，十分向往安宁的生活。

然而事事总是不尽如人意。"云莽莽冯公岭，浪淘淘扬子江"说明他的家乡在遥远的彼方，他不可能在不辞官的情况下返回家乡，所以也只能在梦中一偿归乡之愿，而这又是何等可怜。

全曲感情真挚深沉，对仗用得极有特色，如象征权位的"紫"与"白"两两呼应，"冯公岭"和"扬子江"相互映衬。这些都从一个侧面告诉读者，作者的文章并非"淡文章"。

塞鸿秋　湖上即事

◎张可久

断桥流水西林渡①，暗香疏影梅花路②。蹇驴破帽登山去，夕阳古寺题诗处。树头啼翠禽，水面飞白鹭。伤心和靖先生墓③。

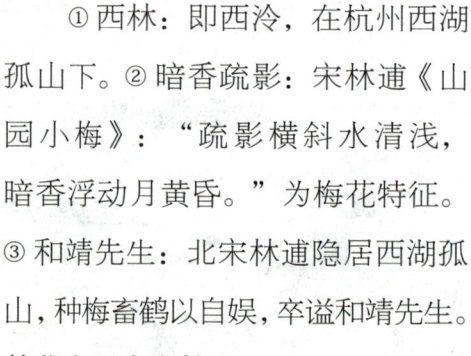

注释

①西林：即西泠，在杭州西湖孤山下。②暗香疏影：宋林逋《山园小梅》："疏影横斜水清浅，暗香浮动月黄昏。"为梅花特征。③和靖先生：北宋林逋隐居西湖孤山，种梅畜鹤以自娱，卒谥和靖先生。其墓在孤山东麓。

译文

西泠渡口那座断桥下，流水潺潺。栽满梅花的小路上，清香飘拂，树影稀疏。我骑着头笨驴，戴一顶破帽，登上了小山，停留在夕阳下的古寺中，我题写过诗儿的地方。树梢上鸟儿欢叫着，水面上飞起了几只白鹭。站在林逋先生的墓前，我心里满是忧伤。

赏析

"即事"意谓眼前的事物，对于游览题材的作品来说，多是即景写作。张可久住杭州最久，其集中所简称的"湖"均指杭州西湖。他用各种曲牌写的"湖上即事""西湖即事"也真是不少，自然是受惠于西湖的"淡妆浓抹总相宜"。

首二句交代了"湖上即事"的范围，在本曲是偏重于白堤、西泠、孤山一带。"断桥流水""暗香疏影"，隐示出环境的清僻幽雅。三、四句叙述了自己的活动：着一头跛驴，破帽遮颜，独个儿登上孤山；直到太阳西下，还进入古寺逗留一番，看看日前自己题咏诗作的地方。宋元时游西湖除了骑马外还有跨驴的，如《宋史·韩世忠传》载韩世忠解职后，"时跨驴携酒，从一二奚童，纵游西湖"。这种情景，连同本曲所透露出的湖岸的清寂幽静，在今人是无法想象的了。宋人有"蹇驴破帽随金鞍"的句子，"蹇驴破帽"同金鞍出游相比，固然失于寒酸，但也是一种疏狂自得的表现。作者显然以自适为第一追求，他盘桓于"夕阳古寺"，也明显带有避人喧嚣的意味。而西湖确实清幽极了："树头啼翠禽，水面飞白鹭"，连禽鸟也无虞受什么人为的干扰。这一切，均为末句张本："伤心和靖先生墓。"好端端的，为什么突然要为古人伤心呢？原来是世上再无像林逋这样的高士，也难以找到希踪前贤高风的知音了。这就使我们领悟到，作者这一番出游的心情并不好，也许他就是为了排遣孤独的愁闷才来到湖上的，可到头来也未能够驱去心头的沉重感。

这首小令通篇平叙，不露声色地沉着走笔，至篇末才异峰突起，露现出感情的波澜。当然，如果他一味地即景记录，那么即使西湖再美，也是会令读者乏味的。游览的兴味要么是物我两忘，彻底忽略眼前的存在，要么就是在品味江山的美景之后，突然迸生出几星伤感的火花，这真是人类奇怪的天性。

醉太平 湖上

◎张可久

洗荷花过雨，浴明月平湖。暮云楼观景模糊①，兰舟棹举。溯凉波似泛银河去，对清风不放金杯住，上雕鞍谁记玉人扶。听新声乐府。

译 文

雨水清洗过荷花，明月的倒影在平静的湖面摇荡。在傍晚的云烟里，湖边的楼台看上去已经是一片模糊的景致，我们在小船上划起了船桨。逆迎着那散发着凉爽气息的粼粼波光，像是泛舟向银河驶去一样。面对如此清风，我不停地畅饮着杯中美酒，谁还记得我翻身上马的时候是哪位美人扶持着我啊？这时我正听着一曲人家新制的乐府歌词呢。

赏 析

此曲可用一句话来概括：清风明月，兰舟听曲。而前半曲写明月，后半曲写清风，层次清楚，结构分明。

上半阕描写月下湖中泛舟时的景色。这时是夜晚，当明月升起，湖中如昼。放眼望去，湖中的荷花在月光下就像是被雨洗过一样。第一句说："洗荷花过雨。"一种说法认为此时为雨后。下一句进一步交代，这是因为月亮正照耀着湖面。"荷花"向来象征"出淤泥而不染"的高洁情怀，此曲以之开篇，既点明夏季的时令，而作者的高洁之志也于此烛明。"暮"字点明此时刚进入夜晚，高耸入云的楼阁在月色下只朦胧一片。而就在这月色笼罩的美丽景色中，作者坐在雅致的兰舟上轻轻划动着船桨。则上阕的景物如此写来：月照下的荷花、湖水、暮云、楼阁、兰舟。最后出现的是人物，以一个动词"举"让人物出场。

下半阕写清风中听曲的乐趣，而一切又都处于月光的明照中。"凉波"使人初初感到清风吹起，溯波行驶的作者此时感觉就像在银河中一样。杜甫《小寒食舟中坐》云："春水船如天上坐，老年花似雾中看。"此诗写老年眼花看景如梦的情景，本曲化其意描写行船时的想象。"清风"一词使人想起"我欲乘风归去"的感慨。而这时忽然一阵清风吹来，耳边隐隐约约地传来音乐声，歌女的声音令人想起在岸边上船之前那位扶人上马的美丽姑娘来，于是作者在月色下静神凝听，在清风中辨认出乐府新制歌曲。此情此景，正同唐吕岩《题黄鹤楼石照》诗中所述："衷情欲诉谁能会，惟有清风明月知。"

全曲结构严谨，从意境上前后互相照应。如"暮云楼"对照古诗"西北有高楼，上与浮云齐"，"上有弦歌声，音响一何悲"，"不惜歌者苦，但伤知音稀"，本曲后文中的听曲就与之取得了联系。一位美丽的歌女在若隐若现的高楼中弹唱，歌声随清风飞到湖面上，作者在月下独酌，闻之怀念着旧交，这也算得一个知音了。全曲意境略与王勃《相和歌辞·江南弄》相似："瑶轩金谷上春时，玉童仙女无见期。紫露香烟渺难托，清风明月遥相思。遥相思，草徒绿，为听双飞凤凰曲。"

全曲寓情于景，情景交融。写景之笔独到而用词奇丽，想象奇特，使散曲异彩纷呈，令人耳目一新。

醉太平 春情

◎张可久

乌云髻松，金凤钗横。伯劳飞燕自西东①，恼离愁万种。碧溶溶满溪绿水桃源洞②，淡濛濛半窗白月梨云梦，恨匆匆一帘红雨杏花风③。把青春断送。

注释

①"伯劳"句：古乐府《东飞伯劳歌》："东飞伯劳西飞燕。"伯劳，鸟名。②桃源洞：仙洞。陶渊明《桃花源记》谓"山有小口，仿佛若有光"；但元曲则多指刘阮入天台故事。今浙江天台亦有桃源洞，传为汉人刘晨、阮肇遇仙处。③红雨：桃花花瓣坠落如雨。

译文

髻子蓬蓬松松，像乌黑的云朵。金凤钗横插她的头上。伯劳鸟兀自向西飞去，燕子却飞往了东边，惹起了离人的无限哀愁。一溪绿水缓缓流淌，流向那桃源仙洞。我在梦里看见雪白的明月在半掩的窗外，照映着云彩般的梨花。帘外的风雨把桃花杏花都弄得凋落了，这一切竟如此匆匆！春天的芳华就这样一下子没了。

赏析

一位美丽的女子在春天的时候感念远离的爱人，思绪万千，从春天的美好时光想起自身的不幸遭遇，哀怨难禁。

全曲以女子内心独白的方式描述。首句以惯常的手法描写思妇心绪全无的情状。曹植《洛神赋》中有"云髻峨峨，修眉联娟"之句描写绝世佳人的美态。从本曲女子的装扮可以想见女主人非同一般的美丽。白居易《长恨歌》中有"云鬓半偏新睡觉，花冠不整下堂来"之句，描写思念之人因相思不思装扮、服饰凌乱不堪的悲惨情状。而本曲中的女子相思之深似有过之而无不及。"金凤钗横",既是实写,又使人联想起陆游在《钗头凤》中所表达出的夫妻被迫分离的深重哀愁,如其下片以春尽的哀愁表达至深情愁:"桃花落,闲池阁。山盟虽在,锦书难托。"而本曲下句随即表达这种主旨:"伯劳飞燕自西东。"《玉台新咏·古词〈东飞伯劳歌〉》有这样的诗句:"东飞伯劳西飞燕,黄姑织女时相见。"从其中提及"织女"可以知道,此句主要是对"织女"这种夫妻被迫分离的悲惨情况进行控诉。而此曲中的女子与丈夫的分离大概也有人为的因素在其中了,所以女子的愁可以上升至怨以至于恨。"恼"字表达了恨意。此恨"绵绵无绝期","万种"离愁齐上心头。

女子恨到极处,对离人并未作一丝猜疑,而是转而想象选择青灯古佛的生活。"绿水桃源洞"念及"刘阮入天台"的求仙故事和陶渊明的世外桃源,"白月梨云"使人联想起刘长卿《游休禅师双峰寺》中寻找禅师的诗句:"寒潭映白月,秋雨上青苔。相送东郊外,羞看骢马回。"而女子的思绪自然也回到了现

实。明高启《题》诗曰:"晓院鹿卢鸣露井,玉人梦断梨云冷。"本曲化其诗句把女子对现实感到极端无奈,希望逃离残酷的现实,追求自由美好生活的向往之情表达得真实贴切。而女子愁绪万端,心念由现实转向理想生活又回到现实的过程,则用一窗"梦"来揭示。

女子的青春就这样在孤独的等待中消逝,而她到此时恰好发现春色将尽,承接上文的"恼"字,最后用一个"恨"字表明伤春之情。于帘内观望室外之景,正是唐戴叔伦《苏溪亭》中"燕子不归春事晚,一汀烟雨杏花寒"的悲凉。

人月圆 中秋书事

◎张可久

西风吹得闲云去，飞出烂银盘①。桐阴淡淡，荷香冉冉，桂影团团。鸿都人远②，霓裳露冷③，鹤羽天宽④。文生何处，琼台夜永，谁驾青鸾⑤？

①烂银盘：喻明月。卢仝《月蚀》："烂银盘从海底出。"烂银，灿灿发亮的银。②"鸿都"句：出自《长恨歌》"临邛道士鸿都客，能以精诚致魂魄"典。鸿都，洛阳宫门名，汉灵帝曾在此延招术士。③霓裳露冷：《逸史》载术士罗公远曾于中秋之夕带领唐玄宗游月宫，见数百名仙女穿着宽大的衣裙在宫前舞，玄宗默记舞曲，依谱而成《霓裳羽衣曲》。霓裳，轻薄的舞衣。④"鹤羽"句：苏轼《后赤壁赋》述夜半有孤鹤横江东来，在苏轼梦中化作一羽衣蹁跹的道士，此处暗用这一境界，鹤羽，指鹤。⑤"文生"三句：唐太和间书生文箫家贫，于中秋节遇仙女吴彩鸾而结为夫妇，以彩鸾抄写《唐韵》卖钱度日，后列仙班升天而去，见《历世真仙体道通鉴》。琼台，即瑶台，仙人居住之所。

译 文

西风把闲云吹走了，天空中飞出一轮灿烂的银盘似的月亮。桐荫淡淡的，荷花散发出冉冉清香，桂树的影子在地上一团一团的。京都是那么遥远，清冷的露水沾湿了轻薄的舞衣，白鹤舞动着翅膀，天空变得更宽广了。那书生文箫现在在什么地方啊？瑶台的夜晚是那么的漫长，还有谁会骑着那青色的凤凰来给我传信呢？

赏 析

起首两句说西风吹走了"闲云"，玉宇一清，顿时现出一轮皓月。"飞出"二字，神清气爽，颇能让人心旷神怡。这两句用了烘云托月的写作手法，以背景烘托主景，使明月的形象更加迷人。

三、四、五句分别以桐、荷、桂来反映月色辉映下的不同效果。"淡淡""冉冉""团团"等叠词的运用，表现出月夜的朦胧意境。

下片运用了一系列典故。"鸿都"三句颇有凌虚欲仙的韵味，这三句从高处落笔，体现出作者举头望月的感受。末尾三句以"文生"自况，表达了欲在美景中寻觅知音美人的美好愿望。然而，"瑶台夜永，谁驾青鸾"，尽管作者一直在憧憬，但美人终究未能出现。这一结尾也隐隐流露出作者的寂寞与惆怅之感。

这支曲子前面写景，后面暗合中秋的主题，浑然天成。前人赞誉张可久"笔落龙蛇走，才展风云秀"，确实有一定道理。

普天乐 湖上废圃

◎张可久

古苔苍，题痕旧。疏花照水，老叶沉沟。蜂黄点绣屏①，蝶粉沾罗袖。困倚东风垂杨瘦，翠眉攒似带春愁。寻村问酒，无人倚楼，有树维舟②。

注释

①蜂黄：蜜蜂分泌的黄色汁液。

②维：系。

译文

古老的苔藓成了苍黑色，昔日题诗的痕迹也已陈旧模糊。稀疏的野花，倒映在水中，枯黄的树叶沉入了水沟里。蜜蜂分泌的黄色汁液点缀在彩绣的屏风上，蝴蝶粉屑沾满了罗布衣袖。在东风里，垂着长条的杨柳显得那么消瘦，我疲倦地倚靠着它，它那翠绿色的叶子攒聚着，像紧蹙的眉头，带着无限春愁。我寻找村庄，借问买酒的地方。没有人倚着高楼，树桩上系着只小舟。

赏析

此曲通过描写废园荒凉残败的气象，抒发了作者对事物盛衰无常的感慨。

这首小令题为"湖上废圃"，作者在"废"字上费尽了心思。起首两句，作者以断语来描绘景色：那地上苍黑色的苔藓，在地上铺了厚厚一层；而壁上的题诗，墨迹隐约可辨，这说明"废圃"历经了不少岁月。"苔"上着一"古"字，"题"上重在表现"痕"，一苍一旧，遂把荒凉残败的气象渲染出来。"古苔苍"反映自然，"题痕旧"关合人事，这一起笔，就为全曲定下了感情基调。

三、四两句用字传神，花谓之"疏花"，叶称作"老叶"，这就生动形象地烘托出"废"的意境。"照水""沉沟"虽是动词与名词的复合，到头来却仍归于静止。这又在荒败的景象上增添了几分沉寂。

下面的五、六两句对仗，作者特意用了"蜂黄"和"蝶粉"来穿针引线，自然而然地导出了"罗袖"和"绣屏"。"罗袖"一般代指女性的服饰，不过这里指的是绣屏上残存的仕女图像。"绣屏"是室内的布置，而蜂蝶竟纷纷登堂入室，"废圃"的残破不堪，就成了顺理成章的事情了。

七、八两句用了拟人化的移情手法，对垂杨进行了一番写照。如果说前面几句重在写景的话，这两句则侧重写情，"困""倚""攒""带"等字把作者当时的无限愁怨表现得淋漓尽致。这就是王国维在《人间词话》中所谓的"有我之境，以我观物，故物皆着我之色彩"。七、八两句亦为下面诗人的直接出场做好铺垫。

末尾的"寻村问酒"三句，作者正式出场，但"湖上"竟呈现出死寂一片，想问哪里有酒家却无人回应。这一结笔更加重了废圃的悲凉气氛。

这首小令意境凄清隽永，语言含蓄委婉，尽管作者并未揭示废圃变化衰残的成因，但作品感慨盛衰无常的主题，却在字里行间中表现了出来。

水仙子 次韵

◎张可久

　　蝇头《老子》五千言①，鹤背扬州十万钱②。白云两袖吟魂健，赋庄生《秋水》篇③。布袍宽风月无边④。名不上琼林殿⑤，梦不到金谷园⑥，海上神仙。

注释

　　①《老子》五千言：《老子》即《道德经》，战国老聃著，五千余字，宣扬清静无为，为后世道家尊奉的经典。②"鹤背"句：《殷芸小说》载一群人各言其志，有的愿做扬州刺史，有的愿多拥钱财，有的愿骑鹤升仙。最后一人统而兼之，想"腰缠十万贯，骑鹤下扬州"。③庄生：庄周，战国时楚国的大哲学家。《秋水》篇：《庄子》篇名，述是非合一、恬淡无争的至理。④布袍宽：指道家穿着的宽大道袍。⑤琼林殿：在北宋汴京（今河南开封）禁城内，为皇帝赐宴新科进士的场所。⑥金谷园：西晋富豪、荆州刺史石崇的私人园苑，在洛阳西北金谷涧边。

译文

　　老子用蝇头小字书写的五千字的《道德经》我已经参透了。"腰缠十万钱，骑鹤下扬州"愿望也已实现。两袖间生了白云，我诗兴豪迈，写出了庄子《秋水》那样的佳作。宽大的青布道袍里，包藏了无边的清风明月。我不求名字出现在琼林殿，做梦也没想过去什么金谷园，我是个遨游于东海的神仙啊。

赏析

　　张可久对道家生活十分向往，他曾在《朱履曲·游仙》篇中说道："题姓字《列仙后传》，寄情怀《秋水》全篇。玲珑花月小壶天。煮黄金还酒债，种白玉结仙缘，袖青蛇醉阆苑。"

　　起首两句用了对仗的手法。前

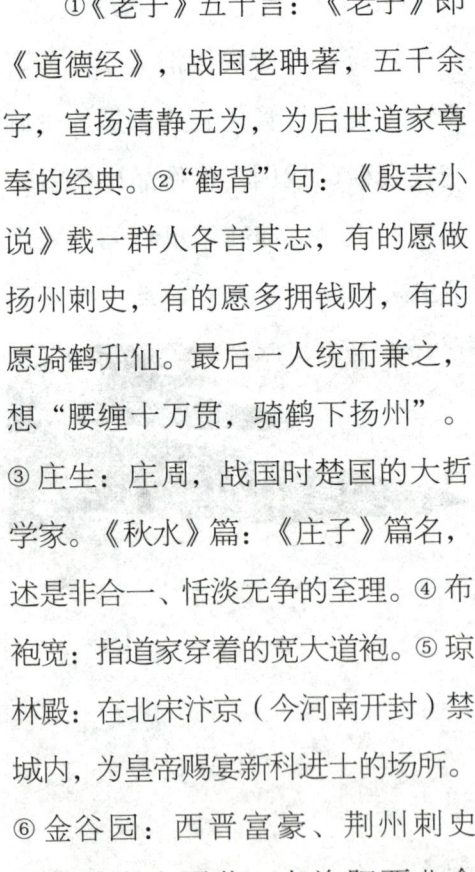

句不直接说自己细读老子《道德经》，而以"《老子》五千言"的蝇头小楷代指。这种方式被称为借意手法。下面的"鹤背"句则高度概括了"腰缠十万贯，骑鹤下扬州"的典故，"鹤背"揭示的是成仙得道所拥有的极度快意。前两句意境奇兀，起笔不凡，充分体现了作者意兴豪迈的情怀。

接下来的三句刻画出一个超凡脱俗的雅士形象。"白云两袖"有一个典故。相传南朝陶弘景隐居于句曲山，与白云为伴。齐武帝听说后，询问他在山中的生活，陶弘景回答说："山中何所有？岭上多白云。只可自怡悦，不堪持寄君。"而后人的笔记里也载有陶弘景的事迹，说他能振袖放出云气（见《古今怪异集成》）。作者于此借用陶弘景的典故，使自己更富于高士的韵味。

最后三句点明了

全曲的题旨。"名不上琼林殿"是对功名的藐视，"梦不到金谷园"是对富贵荣华的鄙弃。"海上神仙"既是对前两句的诠释，又是对全曲的归纳总结。不过，正是因为有了"琼林殿""金谷园"作陪衬，作者所塑造的"海上神仙"，便富于了避世抗俗的意味，这与传统意义上的求道成仙是完全不同的。

朝天子 闺中

◎张可久

与谁、画眉，猜破风流谜。铜驼巷里玉骢嘶，夜半归来醉。小意收拾，怪胆矜持，不知羞谁似你！自知、理亏，灯下和衣睡。

译文

与谁共画眉之情，总算猜破这风流谜。铜驼巷里骏马嘶叫着，骑马夜半归来的丈夫一副醉醺醺的样子。他殷勤小心地服侍，借酒劲纠缠个不停，而妻子放胆矜持：不知羞，谁似你！他自己也知道理亏，只好在灯下和衣躺下。

赏析

中国古人对妻子有三纲五常的要求，以举案齐眉为理想的夫妻关系。在夫妇的感情方面也只能含蓄，如汉代的张敞因为喜欢为妻子画眉而得不到朝廷重用。而本曲以夫妻关系为题材，在文人作品中确实别具一格。

首先描写妻子的心理，久候至半夜而忧喜参半的妻子，对丈夫行踪的猜测占据了整个脑海，因此丈夫一回家迎面一句"与谁画眉？"脱口而出，此问话必伴随一种猜破丈夫风流事的狡黠之态。试用另一句来代替："与谁瞎混？""瞎混"之词必与怒吼之态齐发，而"画眉"一词则把妻子猜疑未定、佯装生怒、语稍带怨恨的轻斥之态描绘得绘声绘色。而由其词之雅也可想见其人之纯雅。

接下来才描写事由。以"铜驼巷"点明事件发生的地点。俗语有"铜锣陌上集少年"之说，取汉代典故，"铜锣巷"一般指富家公子居住的街道。首句如果当作妻子的内心独白，则妻子完全相信丈夫有风流韵事，此则故事就纯粹是一出夫妻纠纷。如果将之处理为语言，则为倒叙手法。晚归的丈夫在轻斥中羞愧难当，连忙小心地服侍，并借着酒意纠缠妻子。妻子怕丈夫过于辛劳，放胆矜持，佯怒轻喝："不知羞谁似你！"于是劳累已极的丈夫借势假装理亏和衣睡下。

如果把第一句当作语言描写，那么此则故事还可以当作一种隔墙所闻的短剧。在半夜，疾驰而回的马蹄声与喧哗声吵醒了一条街道的邻居。听到有酒醉之人被人扶回，然后听到女主人一句轻喝，或者是先听到轻喝，才意识到有酒醉之人夜归。然后是夫妻间的小争斗声，最后听到妻子的一声"不知羞谁似你！"然后整条街又恢复了夜的宁静，于是所有的人猜测丈夫理亏和衣睡下了。最后一句"灯下"可以为读者画出一幅剪影。

将第一句当作一问一答，那么女主人的角色就要进行转换。女主人轻声短问："与谁？"因夜静突兀，省略问在生活中很常见，其他的猜测之态全可由动作表情补足。而男人答曰："画眉！"意指回家陪妻子去了。那么此女主人为其外室。而最后的一句也可以看作两句，男人纠缠女人，女人醋味极浓，骂道："不知羞！"男人回嘴道："谁似你！"意思是妻子与她完全不是一类人，也可当作对这个女子的一种轻蔑之情。不加标点更能体现其语句衔接之快。最后男人发现自己得罪了女人，感到理亏，于是和衣睡下。

张可久的散曲读来五味俱全，由此则散曲可见其艺术手段之高明。

普天乐 秋怀

◎张可久

为谁忙？莫非命。西风驿马，落月书灯。青天蜀道难，红叶吴江冷。两字功名频看镜，不饶人白发星星。钓鱼子陵①，思莼季鹰②，笑我飘零。

 注释

① 子陵：指东汉隐士严子陵。他与东汉光武帝刘秀是故交，刘秀登帝位后多次召他出仕辅政，他皆不受命，甘居山林，以耕钓为乐。

② 季鹰：指西晋的张翰（字季鹰）。他见秋风起而思吴中的莼羹、鲈鱼脍，于是弃官还乡。

译 文

为谁忙碌呢？无非生计罢了。驿马在西风中奔驰，月儿落下，还在点灯念书。走蜀道比登天还难。到处是红叶，吴江显得那么凄冷。为了"功名"俩字，镜中的自己已长出星星点点的白发了。当年，严子陵在江边钓鱼，张翰因思念莼羹、

词的品赏知识

元代散曲中的渔父形象

渔父自《庄子》和《楚辞》开始就作为隐逸的象征性形象。唐人张志和的"西塞山前白鹭飞"传诵千古，元代画家吴镇曾"笔之成图"，并写下八首《酒泉子》。元代特殊的社会背景下，渔父形象深受散曲作家的喜爱。比如白朴的《沉醉东风·渔夫》："点秋江白鹭沙鸥。傲杀人间万户侯，不识字烟波钓叟。"又如卢挚的《蟾宫曲》："碧波中范蠡乘舟。殢酒簪花，乐以忘忧。"等等。这些作品以渔父形象来刻画不羁文人的铮铮傲骨，表达不同流合污的高尚情怀。而张可久《普天乐·秋怀》中的"钓鱼子陵，思莼季鹰"则以名士严子陵、张翰的典故更是明确地表达了归隐主题。

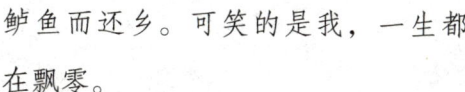

鲈鱼而还乡。可笑的是我，一生都在飘零。

　　张可久一生怀才不遇、落魄伤怀，在时官时隐的生涯中遍游了江南的名胜古迹。其散曲多有自感身世、抒发时世感慨的作品。

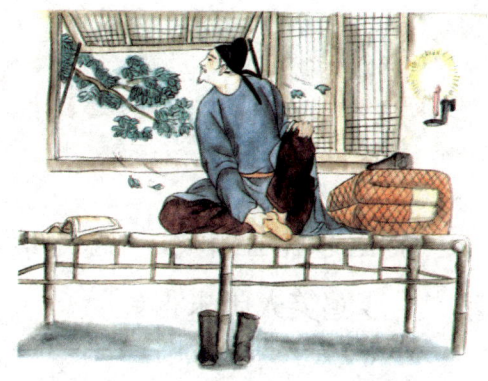

　　本曲以设问起头，将一切归于命运。此处既表达出作者的无奈，又有宿命论的消极意义。接下来，一生无所遇合、抱负无处施展的作者于秋日回顾了自己从前潜心苦读、四处求仕的辛劳岁月，感到无限惆怅。"西风驿马"，自然使人想起马致远《天净沙·秋思》中"断肠人在天涯"的典故，游子跋涉的艰辛、旅途的孤寂无依、思念亲人的乡愁、功名的无成等等尽在不言中。而"青天蜀道难"极力渲染旅途的艰难，此处化自李白的《蜀道难》，诗曰："危乎高哉！蜀道之难，难于上青天。"此句与对句"红叶吴江冷"，一写高危的山势点明旅途中不可逾越的险阻，一写严寒的天气点明环境的恶劣。此处以自然环境造成的障碍为功名无成找出客观原因。而作者

已经度过了青春时期，理想抱负都随流水远去，即使追求功名的心念尚还未老，但岁数不饶人，看着镜中星星点点的白发，他凄凉而无奈。

　　继而想起对近在咫尺的功名视而不见的严子陵，想起为了舒心地吃上一口家乡菜便抛弃了簪笏的张翰，不由得自感惭愧，因为命运并没有逼迫他一定要在功名路上奔波劳碌。他因而发出了曲首的感叹："为了谁这样奔波劳碌一生？且莫责怪命运。"

　　曲子语言清丽，感人肺腑。"青天蜀道难，红叶吴江冷"两句色彩对映鲜明，意象开阔，"难""冷"二字却透露出无限凄凉，一唱三叹，令人玩味不尽。句尾联系前贤高士，对比自身，对于超脱世俗生活的向往和入世之情的难以割舍相互纠缠，令人叹惋。

清江引 钱塘怀古

◎任昱

吴山越山山下水，总是凄凉意。江流今古愁，山雨兴亡泪①。沙鸥笑人闲未得②。

注 释

①兴亡：复词偏义，偏指"亡"。②闲未得：即不得闲。

译 文

吴山、越山下的这片江水，总是满含着凄凉之意。江水流淌，古今往事，勾起了我的忧愁；山上的雨点像为兴亡交替而流的眼泪。那沙鸥嘲笑着我从来没有过闲心。

⊙作者简介⊙

任昱，生卒年不详，字则明，四明（今浙江宁波市）人。与张可久、曹明善交好。曾一度流连青楼歌馆，晚年发奋读书。善七言诗，工于曲作。曲子多以宴游、送别、怀古、男女恋情为题材，感情真挚、用语清丽、情质深婉。《太和正音谱》将其列于"词林英杰"一百五十人中。

赏析

钱塘江以澎湃大潮著称于世，杭州则是曾经的南宋都城。作者于钱塘怀古，由滚滚江潮、蒙蒙山雨牵起兴亡悲叹，牵动故国情愁。作者面对满目清丽的山水，想到江山未改而朝代频迭，借古思今，不由觉得奔流的钱塘江水就像千载愁恨悠悠不绝，山中飘洒的雨丝如同是对兴亡无常的朝代抛洒的悲悯的泪滴，绵绵无期。末句"沙鸥笑人闲未得"笔锋一转，既是对自己在现实中为生计奔波、不能归隐的自嘲，也是自笑多情、多感，同时也是宽解之语。

词的品赏知识

元代怀古曲

所谓怀古就是以历史为吟咏对象，通过回顾历史人物、历史事件，或借古讽今，或思古述怀。怀古之作中最常见的表现手法就是将历史与现实进行对照，借对照的结果构建意境，打动读者。因此，怀古作中有相当一部分都是登临某名胜之地，触景生情所作。

早期的元曲作者大多经历了由宋、金入元的历史动荡，所以他们的怀古曲多带有遗民色彩，要么追思故国，要么慨叹世事易变，风格多趋于沧桑悲凉。同时，怀古类的元曲中也有不少流露出弃世归隐的情绪——这类作品较以往朝代明显增多——很多作者都喜欢用调侃的语气，故作潇洒地书写看破红尘的情怀。譬如任昱此曲，最末一句的"沙鸥笑人闲未得"就颇有调侃意味。而隐藏在这调侃背后的往往是对世道无常的无奈和悲观灰暗的消极心态。

小梁州 春怀

◎任 昱

　　落花无数满汀洲①，转眼春休。绿阴枝上杜鹃愁，空拖逗②，白了少年头。朝朝寒食笙歌奏③，百年间有限风流。玳瑁筵④，葡萄酒，殷勤红袖，莫惜捧金瓯。

 注 释

　　①汀洲：水边的平地。②拖逗：拖延、耽搁。③寒食：指寒食节。也称"禁烟节""冷节""百五节"，农历四月四日。④玳瑁筵：豪华、珍贵的宴席，亦作"玳筵"。

译 文

　　无数的花瓣落满了水边的平地，一转眼，春天又过去了。翠绿的树枝上，杜鹃哀愁地叫着。白白拖延，把少年的头发都催白了。每年寒食节，人们都吹笙唱歌，短短百年的时光里，风流的时光是有限的。豪华的宴席，葡萄美酒，殷勤的佳人，都别不好意思，捧起金杯开怀畅饮吧！

 赏 析

　　此曲的作者任昱，字则明，一生不仕。本曲是作者远看水中绿洲落花无数，意识到春天将去，于写景中抒发悲凉之情。这里的"春休"有两层含义，一是指时令，是暗喻作者自己的青春年华已逝。

　　岸边树枝上的杜鹃鸟，也被作者加上了自己的理解，他说杜鹃鸟在枝头一声声唱着春去之愁，于事无补，不但唤不回春归，还"白了少年头"。杜鹃鸟自不可能白头，这里表面上看是在嘲讽杜鹃鸟，实则是一种自嘲，对自身虚度青春年华的追悔。作者虽未直言，但言语之外的悔恨之心就欲盖弥彰了。越是悔恨就越是劝服自己要不悔，这种心理的纠缠都淋漓尽致地体现在写曲者的字里行间。

人生不过短短数十年，面对青春不再的现实，可以及时行乐，尽情得意。所以要趁着这大好的青春，朝朝都奏起笙歌，"玳瑁筵""葡萄酒"又或是"殷勤红袖"都不嫌铺张奢靡，即便是金杯也不要吝惜。用吧，喝吧，唱吧！尽情地欢快吧！

这首《春怀》感叹春光易逝，人生易老，须及时行乐的浪子情怀。作者运用铺陈的笔法，一连三句展示暮春景色，接着将抒怀与叙事结合，豪迈洒脱中显出几分颓唐。

阅金经 春

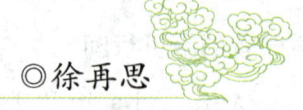
◎徐再思

紫燕寻旧垒①，翠鸳栖暖沙。一处处绿杨堪系马②。他，问前村沽酒家。秋千下，粉墙边红杏花③。

注释

①旧垒：旧巢。②"一处处"句：王维《少年行》："系马高楼垂杨边。"此用其意。③"问前村"三句：隐括杜牧《清明》诗："借问酒家何处有？牧童遥指杏花村"的诗意，且形象更为丰富。

译文

燕子在寻找着旧时的巢，翠绿色的鸳鸯停在暖暖的沙滩上。一棵棵杨树正好用来拴马。他正在打听前面村子里卖酒的人家在哪。在那秋千架下，粉白的墙边，开放着粉红的杏花。

赏析

首句化北宋阮逸女《浣溪沙》的句子，此诗曰："新叶初发淡无痕，春山交映绿为魂。轻烟半笼小黄昏，燕子归来寻旧垒。风华尽处是离人，花随柳絮落纷纷。"此诗在春意盎然的描写中满含着对春尽离别的隐忧。本曲化"燕子归来寻旧垒"整句为首句，为全曲定下隐忧基调。首两句对仗工整，也形成对比。燕子南来北往，即使回到旧垒，只怕旧时所爱再也找不到旧垒；鸳鸯则

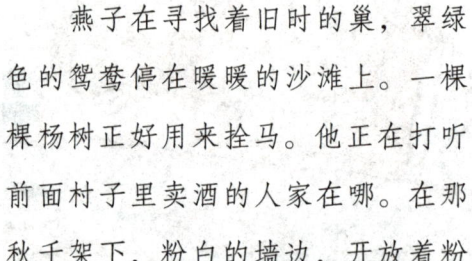

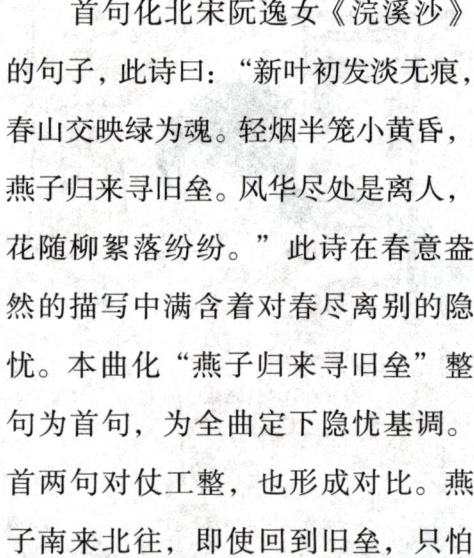

⊙作者简介⊙

徐再思（约1280—1330），字德可，因酷爱甜食，所以自号甜斋，嘉兴（今属浙江）人。与张可久同时。其散曲多以自然风景和闺阁之情为主题，语言清丽俊俏，风格细腻委婉，今存小令一百零三首。后人将其作品和贯云石的合为一集，后者自号酸斋，该集遂取名为《酸甜乐府》。

以"栖"字描绘，与描写燕子之"寻"相比，一种静谧安详、满足恬然的情态呼之欲出。正如唐朝杜牧《鸳鸯》"两两戏沙汀，长疑画不成"，"凫鸥皆尔类，惟羡独含情"所描写的那样。此处以莺莺燕燕与鸳鸯的对比来比喻风尘女子与良家女子的差别。接下来出现一个少年游子，骑马者以长途跋涉为多，他为春景所陶醉，愿意停下脚步系马买醉。"堪"字将春天风光宜人、令人喜之不禁的情形表达出来。

曲后半进一步点明主题。整半片曲化杜牧《清明》诗的意境，而去其村景的质朴和恬淡色彩，代之以"秋千""粉墙"的脂粉气，与前文的鸳鸯前后照应。其化《清明》诗的意境，不免使人冥想其追怀亡人的意味。与前文的"寻"字对应，自然而然世人争相传诵的"人面桃花"故事于此显得颇为切题，崔护《题都城南庄》诗曰："去年今日此门中，人面桃花相映红。人面只今何处去，桃花依旧笑春风。"崔护的故事赞美了少年时代纯真而美好的爱情。本曲没有点明少年游子此回是寻觅旧时酒家，也并没有指明游子此番是寻人，而其旨意全用背景的方式作衬，首两句对偶在联想阐发的基础上才获得了比兴手法的推测结论。只有深析本曲才能使其隐含的多层意义在领悟中层层臻明。

全曲语言清丽，描写的风景如诗如画，描写春景，色彩鲜明多变，纯以工笔描绘，如用了"紫""翠""绿""粉""红"，五种色彩点缀画面，真是五彩缤纷。

蟾宫曲 春情

◎徐再思

平生不会相思，才会相思，便害相思。身似浮云①，心如飞絮，气若游丝。空一缕余香在此②，盼千金游子何之③？证候来时④，正是何时？灯半昏时，月半明时。

注释

①身似浮云：形容身体虚弱，走路晕晕乎乎，摇摇晃晃，像飘浮的云一样。②余香：指情人留下的定情物。③盼千金游子何之：殷勤盼望的情侣到哪里去了。何之，往哪里去了。千金：喻珍贵。千金游子：远去的情人是富家子弟。④证候：即症候，疾病，此处指相思的痛苦。

译文

有生以来都不懂相思，刚懂了相思，便害了相思。身子像飘浮的云儿一样，心像纷飞的柳絮，气息微弱，像游丝一般。空剩下一缕余香留在这儿，我的心上人去了哪里？相思病要是来了，是在什么时候呢？是灯光半昏半明的时候，是月亮半明半暗的时候。

赏析

这是一首闺妇思夫之作。

曲子起首句连用三个"相思"，一下子就点明了整首曲子的主旨，旗帜鲜明地展示了作者写本首曲子的目的。同时，读者从这三个"相思"中，足可感受到少妇对丈夫的忠贞和感情的热烈，同时，此句又展现了少妇的纯真和多情。"才会相思，便害相思"，又透露出她与丈夫共同生活不久就天各一方，自己独守空房的可悲遭遇。仿佛我们听到了少妇在喁喁自语，这自语中却掺杂着无尽的哀怨，也掺和着少妇敢为情死的意念。首句寥寥几语便展现了极为丰富的内涵。

"身似浮云"三句，是漂亮的鼎足对。"身似浮云"表现了少妇坐卧不宁的心态；"心如飞絮"表现了少妇的魂不守舍；"气若游丝"表现了少妇因思念而恹恹欲病的形态。作者通过对少妇身、心、气的描写，将少妇"便害相思"的情态表现得淋漓尽致。短短几句，就足见女主人公的相思之苦、恋情之深。

尽管如此，丈夫远在千里，善良而多情的少妇只好以燃起炉香的方式为出游在外的丈夫祈祷祝福，把自己的心意寄托于冥冥苍穹。当最后一缕炉香的余烟飘入空中，少妇心中也不由得生气自己的疑惑：自己苦苦相思的丈夫到底身在何处呢？他能否如自己所盼的那样早回家门呢？到此，作者点出了少妇相思的根源。几句话，就将我们带入一个余香缥缈、思情摇摇、迷乱怅惘的意境。

最后，作者又着重点明了少妇害相思病最严重的时刻——"灯半昏时，月半明时"。将少妇孤灯伴长夜的寂寞推向极致。一连四个"时"字，将这相思绝好地展现出来，强化了主旨的表达。

沉醉东风 春情

◎徐再思

一自多才间阔①，几时盼得成合。今日个猛见他门前过。待唤着怕人瞧科②。我这里高唱当时水调歌③，要识得声音是我。

①多才：对所爱的人的爱称。间阔：即久别。②瞧科：看见，发现。③水调歌：《碧鸡漫志》载：隋炀帝开凿汴河时，曾制《水调歌》。《水调》，是唐时大曲，其歌头称为《水调歌头》，此处的《水调歌》，当指《水调歌头》。

译文

自从和心爱的人儿久别，何时盼到跟他相聚过！今天猛然间看见他从门前走过，想叫他一声又怕被别人看见。我高声唱起离别时唱过的水调歌，他一定要听出来那是我的声音啊。

赏析

全曲用一个少女的口吻描写人物的内心独白，将女子的心理活动刻画得细腻微妙、入木三分，一个恋爱中急切情真的女子形象呼之欲出。

女子的内心自述隐含其恋爱经历的描述，她与恋人阔别多时，首句用"一自"，表明从分手之后那

词的品赏知识

元曲中的女性形象

在以往的文学作品中女性多被塑造成含蓄柔顺的形象，但元曲中的女性却大多敢爱敢恨，她们直率而自信，自由畅快地表达着对爱情的渴望，毫不顾忌地诉说着对情人的思恋。她们的出现一方面得自于草原文化的注入，一方面也可看作元代文人对传统礼教的反叛——元曲作家总是通过她们热情地赞颂爱情，而传统的以爱情为主题的作品则因为儒家的影响多典雅内敛。

一刻起，她的思念就没有停止过，她的思想非常单纯而朴素，只是"盼得成合"。而这时少女猛然间看到阔别已久的恋人从门前走过，想要叫他，又怕被别人看见。她灵机一动，高声唱起从前两人都很喜欢的《水调歌头》，以唤起恋人的记忆，以让他循音而来，与自己再续前缘。少女的娇俏聪明之态仿佛显现在读者面前。

此曲曲尾戛然而止，似有未完之意，以此留给读者无穷的想象空间和余味。可以想象她的恋人听到她的歌声会有何反应，此后将发生什么样的故事，使读者也关心起这个女子的命运来。

曲子全用白描的手法，语言极具民歌特点。曲中无一句文人辞藻，无一处评论及作者感情的流露，作者完全隐匿，用一种极冷静的处理手法描述，客观地展现事实。而这种客观描写将一个个性极强的少女形象展现在读者面前，使人对她的纯真多情和直率活泼产生喜爱之情，作者对她的褒扬之情也就不言而喻了。

水仙子 夜雨

◎徐再思

一声梧叶一声秋，一点芭蕉一点愁，三更归梦三更后。落灯花棋未收，叹新丰孤馆人留①。枕上十年事，江南二老忧，都到心头。

注 释

①"叹新丰"句：唐代马周未做官时，客游长安，住在新丰旅店中，穷困潦倒，受尽店主人白眼。新丰，在今陕西临潼区东。馆，旅舍。

译 文

梧桐叶每响一声就增添一分秋意，芭蕉叶上的雨点每落下一点便增添一点愁伤。我在三更时分梦见自己回到了家乡。灯芯的余烬落在地上，棋盘还没有收拾好。可叹我就像马周一样，寄居在孤寂的旅馆中。我在枕头上回想着十年来的往事。江南那两位老人还在为我独自在外而担忧，这一桩桩心事，都萦绕在我的心上。

赏 析

首句以雨打梧桐破题，使人直思白居易《长恨歌》中的诗句："春风桃李花开日，秋雨梧桐叶落时。"此处以春华秋凉的对比来表达生离死别的长恨。而此曲的游子远游于异乡，夜卧孤馆，正如司马光《孤桐》诗所叹"初闻一叶落，知是九秋来"，萧瑟落寞的情怀随着一叶的降落霎时充满心头。梧桐向来与凤凰相关联，因为凤凰非梧桐不栖，爱梧桐者无不以之作为高洁、不同流合污以及忠贞的象征。如晏殊《撼庭秋》有诗句："别来音信千里，恨此情难寄。碧纱秋月，梧桐夜雨，几回无寐！"此处与《长恨歌》一样以"梧桐夜雨"独卧的悲凉来表达对爱情的忠贞之情。

紧接首句，接下来描写游子百无聊赖，听着雨滴随着高高的梧桐叶落下，敲打在芭蕉上，离愁难遣的情形。李煜《长相思》中有诗句："秋风多，雨如和，帘外芭蕉三两窠，夜长人奈何。"林逋《宿洞霄宫》曰"此夜芭蕉雨，何人枕上闻"，更是深悲长夜愁苦的绵长无限。因之作者到"三更"午夜梦回，再难入眠，愁肠百结。

然后笔触从窗外转入室内，化南宋赵师秀的《约客》诗"有约不来过夜半，闲敲棋子落灯花"之句进一步强调独处的孤单。下一句更以"新丰"一词来表达作者的羁旅客愁和备受冷落的遭遇。而作者由此境引发身世之慨叹，联想到自己宦游不得志的经历以及落魄无依的悲惨境况，感慨万千，发出"枕上十年事"的感叹。此句取意于杜牧《遣情》："十年一觉扬州梦，赢得青楼薄幸名。"作者十年也只得了个薄情郎的名声。而

以"十年"之久的悲伤游子情怀回想起年迈双亲，亲情之深厚感人之至、催人泪下。本曲以此作结，令人心神摇荡。

全曲通过对秋色的描写，表达了作者在外思念家乡和对自己潦倒落寞的际遇倍感无奈的情怀。其间离愁别恨、失意落魄的感伤、亲情无报的无奈等种种寂寥凄凉的伤感情绪交织。全曲语言朴实无华、自然清新，数词量词的巧妙连用体现了高超的语言表达技巧。全篇情景交融、言短意长而感情真挚动人。其中将人生的失意落魄与亲情相融，更是独出心裁。

天净沙 题情

◎徐再思

多才惹多愁，多情便多忧，不重不轻证候①。甘心消受，谁叫你会风流。

注 释

①证：通"症"。

译 文

我这满腹的才气，让我生出许

多忧愁；感情丰富就会有诸多忧伤，我这毛病不轻不重。我心甘情愿地忍受着，谁叫你如此懂得风流。

词的品赏知识

元人中的浪子情怀

元代时，汉族的社会地位是最低的。但是相对来说，元代是一个国力强盛的朝代，疆域也非常广阔，魏源《元史新编》说："元有天下，其疆域之袤，海漕之富，兵力物力之雄廓，过于汉唐。"因为没有边患，经济也相对来说较其他朝代要发达，另外统治者来自于游牧民族，有热爱文艺的传统，在蒙古族的民俗习惯影响下，元代社会形成一种独特的带有游牧民族特点的艺术氛围。唐初时代在文人作品中就出现了的游侠儿形象，元代因国力富强，人民生活条件相对来说较为优越。这时期的作品中也出现了游历天下的文人形象，但是这时的游子已完全没有唐代游侠儿那种独步天下、啸傲山林的气概。元代的游侠儿一词几乎只能以"游子"或"浪子"来替代。"浪子"一词，大多指不务正业的流浪者，也指外出流浪而不归者。元代的文人游子大多以求学、求官、游历山水为主。关汉卿在《一枝花·不伏老》中如此自述："我是普天下郎君领袖，盖世界浪子班头。"关汉卿自称是浪子中的头目。这里的浪子多指寄寓勾栏的文人。一般来说，元代的浪子一般浪迹江湖，或寄迹青楼，或遁迹书会，这与当时的社会背景有关系。他们的作品或以山水为主题、或以爱情为主题，中间也出现了歌伎的艺术形象，大部分表现出思乡的愁绪和抑郁不得志的愤懑忧伤。

赏析

此曲一整篇专论"情"殇。而作者有如此推论线索：多才所以多愁，多情所以多忧，多愁多忧必然导致多病。最后归结一句，一切由风流引起。正如唐陆龟蒙《自遣诗三十首》："多情善感自难忘，只有风流共古长。"多情与风流几乎是相等的一个词语。

一般来说，才华横溢的人多半心思敏感，心思敏感的人又总是比常人更容易生出烦恼。"多才惹多愁"，人人都以才华出众为荣，却少有人知多才的烦恼。而多情也与之类似。正所谓"才子风流，自古多情空余恨"，而多情者必常为情所苦。因为即使处处用情用心，对方却不一定会投桃报李。如王实甫《西厢记》第一本第四折："小子多愁多病身，怎当他倾国倾城貌。"如此为多情所困，自身已是多愁多病还恋着对方倾国倾城之貌，嘴上说的是想退却，其实内心正如本曲所调侃的"甘心消受"。宋柳永《大石调·倾杯》词中如此说："早是

多愁多病，那堪细把旧约前欢重省。"愁与病总是共存，而同时又与情关联。

此曲像是作者的自我剖析，他将自己的"愁""忧"归结到多才与多情上，猛地一看多少有无病呻吟之嫌。但作者又很聪明地用一个"不重不轻症候"洗清了这一嫌疑。才与情虽然给他带来了烦恼，但这烦恼却没有大到干扰他的生活。所以他会在曲末说"甘心消受，谁叫你会风流"。曲末这句像是自嘲，又像是对自己的宽慰。

可见世上事事都有两面性，有拥有的一面，就有失去的一面，主要是自己怎么去看待，像本曲作者这样，自我反思，得一个相对的"万全之策"，也不失为一良方。

醉高歌带摊破喜春来 旅中 ◎顾德润

长江远映青山，回首难穷望眼。扁舟来往蒹葭岸①，烟锁云林又晚。篱边黄菊经霜暗，囊底青蚨逐日悭②。破情思晚砧鸣③，断愁肠檐马韵④，惊客梦晓钟寒。归去难，修一缄回两字报平安。

 注释

①蒹葭：芦苇。②青蚨：金钱的别称。悭（qiān）：指稀少。③砧：捣衣的座石或垫板。④檐马：悬于檐下的铁瓦或风铃。

译文

绵长的江面倒映着远处的青山，我回头远望，看不到边。小船在长满芦苇的岸旁来来往往。烟雾笼罩着山林，又到了傍晚时分了。篱笆边黄色的菊花被霜打过之后变得多么黯淡，我口袋里的银两一天天越来越少。傍晚的捣衣声一阵阵响着，打断了我的思绪；屋檐下铁马的响声，使我忧伤得肝肠寸断；清晨的钟声那么凄冷，把我这客居的人儿从睡梦中惊醒。要回家是那样的艰难，我只能写一封信，回复家人几个字，报一报平安。

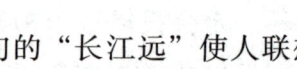 **赏析**

首句的"长江远"使人联想到屈原的名句："路漫漫其修远兮，

⊙作者简介⊙

顾德润，生卒年不详，字君泽（一作均泽），号九山，松江（今属上海）人。曾任杭州路吏，后迁平江（今江苏苏州市）首领官。其人才学高超，却怀才不遇，满腔愤嫉。

曾自刊《诗隐》及《九山乐府》。散曲作品慷慨悲昂，《太和正音谱》评其曲"如雪中乔木"。《北宫词纪》《朝野新声太平乐府》中收录了他大量的散曲。现存于世的作品有小令八首，套数二套。

吾将上下而求索。"那么本曲作者追求至山穷水尽的地步也就可想而知了。"回首难穷望眼",使人联想起屈原《涉江》中的"船容与而不进兮,淹回水而疑滞"。而作者又如屈原一样,"路幽昧而险隘,岂余身之惮殃兮!"接下来以"蒹葭"的意境描写乘舟溯回往来求索之状。《诗经·蒹葭》:"蒹葭苍苍,白露为霜。所谓伊人,在水一方。"本曲作者取诗经对爱情的执着追求之意表达自己对理想的狂热执着之情。"又晚"感慨离乡日久、岁月流逝如梭的无奈。"黄菊"一句暗扣作者老景将至、白发苍苍的事实。"青蚨逐日悭",既是因求索至日暮途穷,又是因求索无得、雄图无以展施。接着作者用三句鼎足对肆意渲染客居旅馆的孤独忧伤情怀。"晚砧""檐马""晓钟",以时间排序,从入晚开始,一直到早上,游子一夜无眠,耳边各种声音回荡。捣衣磨杵棒的声音多使人想起为离乡的游子寄添衣服,因此总带着劝游子归乡的意味。正如孟郊《闻砧》诗中所写,"月下谁家砧,一声肠

一绝","杵声不为衣,欲令游子归"。宋许玠《汉宫春夜》中有如此诗句:"渴龙滴水续铜壶,檐马呼风摇玉佩。……眉山两点亦何有,中锁万斛相思愁。"此处同本曲一样,以"檐马"的声响来刻画愁思不断的烦闷心情,而又如元曾瑞《醉花阴·元宵忆旧》套曲所述之凄厉悲凉:"恨檐马玎珰,怨塞鸿悽切。"而钟声有唤人警醒之意,如杜甫《游龙门奉先寺》:"欲觉闻晨钟,令人发深省。"在晨钟声里作者的思乡之情达到不可抑制的地步。作者求索不得,转而思归。此处以"归去难"对照上文的"回首难",表达了与屈原《离骚》里"国无人莫我知兮,又何怀乎故都"相似的怨愤之情。末句写作者假言宽慰家人,表明作者追求之志不减,将继续前行。

庆东原 江头即事

◎曹 德

闲乘兴，过小亭，没三杯着甚资谈柄？诗题小景，香销古鼎，曲换新声。标致似刘伶，受用如陶令。

译文

乘着悠闲的兴致，来到小亭中。不喝他几杯美酒，哪里能找到聊天的话题？为眼前的小景写首小诗，在古旧的鼎里把熏香烧完，换一首新制的曲子唱上一唱。咱风神清朗，像刘伶一样。享受这美好时光，像陶渊明一样。

赏析

有人将曹德的《庆东原·江头即事》三首集齐如下：

"低茅舍，卖酒家，客来旋把朱帘挂。长天落霞，方池睡鸭，老树昏鸦。几句杜陵诗，一幅王维画。

猿作怪，鹤莫猜，探春偶到南城外。池鱼就买，园蔬旋摘，村务新开。省下买花钱，拼却还诗债。闲乘兴，过小亭，没三杯着甚资谈柄？诗题小景，香销古鼎，曲换新声。标致似刘伶，受用如陶令。"

此三首同调小曲组成一幅美丽的江边图景，茅舍酒馆、老树飞禽、乘兴酒客等等无不融入画境。第一首对酒馆作细致的环境描写，第二首描写酒馆的别致和酒客的清逸，第三首重墨描摹酒客欢饮吟诗、焚香听曲的欢娱场景。

本曲为第三首小令。我们可以

◎作者简介◎

曹德，字明善，生卒年不详，衢州（今属浙江）人。曾任衢州路（今属浙江）吏、山东宪使。性格耿直，曾作《清江引》讥讽权贵，被迫南逃避祸。《录鬼簿》评价其曲"华丽自然，不在小山之下"，其曲语言流畅，风格活泼，今存小令十八首。

把整首小令看作一幅酒馆江景图画，那么此曲描绘的恰是从整幅图画中截下来的一角，景中以人物为主，主要是酒馆里饮酒的客人，他们在其间怡然自乐。全曲首先以一个"闲"字点明客人来酒店的闲情逸致，说明客人此时悠然自得，心情愉悦。特别是"乘兴"二字，更点明其兴致勃勃。"过小亭"，说明来此酒馆也得经过一段路程，所以客人是乘兴移步而来。来此目的不言而喻，所以诗人用"没三杯"一句大呼描绘出一个豪情勃发的酒客形象。此处酒客更不是一般客人，而是几个清雅文人，好友相约，来此尽兴。接下来具体描写与会者的雅情逸兴：即景题诗，可谓高雅；更有浓郁焚香缭绕，悦耳清乐助兴。因此客人在酒店流连忘返，曲中用一句"曲换新声"来表达时间流逝的过程，客人们不厌其烦地换曲子，将各种曲子一一听下去，感到其乐无穷。

末两句描写客人的感受，呼应上文的"没三杯着甚资谈柄"，点明高雅的娱乐助兴是次要的，而欢宴还是以饮酒为主题。作者以西晋

两位出名的饮酒狂士来点明酒客们在宴饮中乐不可言的自满情怀，用了"标致""受用"两个词，点明对刘伶、陶渊明的高度评价。

此曲特意把景物设置在乡间，陋舍雅兴，表达出一种清高脱俗的情怀。其语言清丽有味、用词别致。全曲连用三个鼎足对、两个对偶句，结构严谨。

折桂令 江头即事

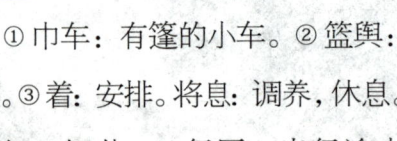

◎曹 德

问城南春事何如？细草如烟，小雨如酥。不驾巾车①，不拖竹杖，不上篮舆②。着二日将息蹇驴③，索三杯分付奚奴④。竹里行厨⑤，花下提壶。共友联诗，临水观鱼。

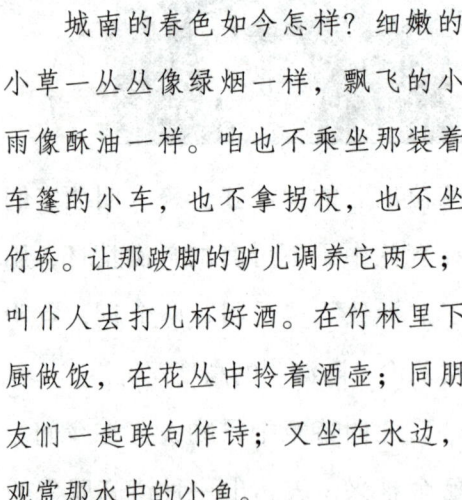

注释

①巾车：有篷的小车。②篮舆：竹轿。③着：安排。将息：调养，休息。④奚奴：奴仆。⑤行厨：出行途中携具从事烹饪。

译文

城南的春色如今怎样？细嫩的小草一丛丛像绿烟一样，飘飞的小雨像酥油一样。咱也不乘坐那装着车篷的小车，也不拿拐杖，也不坐竹轿。让那跛脚的驴儿调养它两天；叫仆人去打几杯好酒。在竹林里下厨做饭，在花丛中拎着酒壶；同朋友们一起联句作诗；又坐在水边，观赏那水中的小鱼。

赏析

这是一首描写老年行乐的逸情小令。首句用设问句"城南旧事何如？"点明主题。"城南旧事"出自于陆游的典故。陆游有《八十四吟诗》："七十人稀到，吾过十四年。交游无辈行，怀抱有曾玄。饮敌骑鲸客，行追缩地仙。城南春事动，小蹇又翩翩。"这是陆游在八十四岁时所作的诗，诗中满怀老当益壮的豪情，充满自赞之感。本曲以"城南旧事"一词借指陆游老年游春的活动以及与朋友共度的闲情逸致。陆游另有《城南》一诗："城南亭榭锁闲坊，孤鹤归飞只自伤。尘渍苔侵数行墨，尔来谁为拂颓墙？"多次吟咏城南，可见诗人对城南春游的钟情。曹德于《村居》散曲中曰："茅舍宽如钓舟，老夫闲似沙鸥。江清白发明，霜早黄花瘦。"从其中的"老夫""白发"可知一向为官的曹德，所写村居闲情的诗文多出自于老年。

　　紧接问句，是关于春景的作答。词句借韩愈《早春呈张水部》"天街小雨润如酥，草色遥看近却无"的诗境化出，展现出早春的美景，也显示了作者跃跃欲动的游春心情。以下仿陆游的城南诗，写到此老年光景出行的别具一格。诗人既不乘车也不步行、坐轿，而是"着二日将息蹇驴"，此句与下句"索三杯分付奚奴"的对句形成一种奇趣，也极力渲染出诗人此时的闲适恬淡与随意。这种情怀与陆游的奇幻豪情自然大有分别，从中却也透露出与陆游相似的自满情怀。

　　末四句用两组对仗，进一步描绘春游的乐趣：在竹林里野炊，在花下饮酒，与朋友联诗娱乐，在水

边观鱼怡情。杜甫《严公枉驾草堂兼携酒馔》有诗句："竹里行厨洗玉盘，花边立马簇金鞍。"作者化用其诗，因诗人骑的是蹇驴，谈不上"立马"，所以用"花下提壶"代替。

　　整首既兴吟咏的散曲清新自然、徐婉秀丽、淡雅恬适而又妙趣盈溢。

普天乐

◎王仲元

树杈桠①，藤缠挂。冲烟塞雁，接翅昏鸦。展江乡水墨图，列湖口潇湘画②。过浦穿溪沿江汉③，问孤航夜泊谁家？无聊倦客，伤心逆旅，恨满天涯。

注释

①杈桠：即"槎牙"，树枝错杂的样子。②湖口：湖沿。潇湘画：北宋宋迪以湖湘一带的风景为底本，画有八幅山水，人称"潇湘八景"。③浦：宽阔的水面。

译文

在枝干错杂的树梢头，古藤缠绕着挂在上面。塞外的大雁冲入烟雾里，黄昏的乌鸦飞起来，翅膀挨着翅膀。这一切就像展开了一副江边水乡的水墨画卷，又像陈列着描绘潇湘八景的图画。我经过宽阔的水面，穿过小溪，沿着江边前行，问人家这小船夜晚该停在哪儿。我这百无聊赖而又疲倦不堪的人，在旅舍中忧愁着，心中的愁恨充满在天边。

赏析

本曲作者王仲元，生平不详，但其所存散曲，具有元末时期的特征，属文采派。这首曲子是写游子羁旅漂泊的愁怀，与马致远的《天净沙·秋思》有异曲同工之妙。

开篇四句对于所见之景的描写：盘根错节的枯树枝，藤蔓缠绕其上；

◎作者简介◎

王仲元，生平不详，杭州人。生活于元代后期。与钟嗣成交厚，善绘画。著有杂剧《于公高门》《袁盎却座》《私下三关》等，多为历史传奇题材，颇具现实意义。今存小令二十一首，套数四首。《录鬼簿》评价其作品"历像演史全忠信""将贤愚善恶分，戏台上考试人伦"。

远处一缕青烟冲上云霄，仿佛把大雁都挡住了，一团黑压压的乌鸦胡乱飞行、躁动不安。作者仿佛在拿笔描绘一幅水墨潇湘画，"塞雁"也点出了时令是秋季，其色调是苍茫灰蒙、昏暝幽暗的。前六句状写了"枯树、藤蔓、塞雁、昏鸦"以及"江乡湖口、浦溪江汉"，运用了排比的修辞手法，使得句式上层层叠进，仿佛在逐次加码，步步进逼，给读者呈现一种画面的流动感和造成心理上的暗示。

"过浦穿溪沿江汉"的"过""穿""沿"都表现了作者旅途的漫长及艰难。接着作者又道出了"问孤航夜泊谁家？"的感慨，可见前文写景是为了抒情，也是为作者的此种心情埋伏笔、作铺垫。异乡游子有家不能回的孤苦，因这一声疑问表现出来，展现了作者的迷茫和无助。

结尾的三个四字句，在音节上使得收尾铿然有力，振动人心："无聊倦客，伤心逆旅，恨满天涯。"直抒胸臆，层层渲染自己对于旅途的怨恨情绪，这种情绪，也随着羁旅漂泊满布天涯。而那声疑问也成了全曲的中心句，"孤航"也是作者现状的一种体现和象征，是全曲的文眼。

江儿水 笑靥儿

◎王仲元

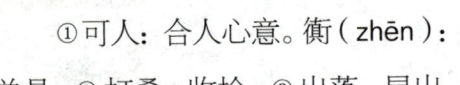

一团儿可人衔是娇①，妆点如花貌。打叠脸上愁②，出落腮边俏③。千金这窝里消费了。

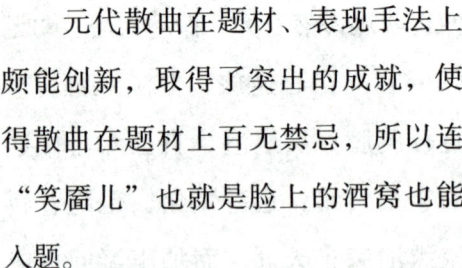

①可人：合人心意。衔（zhēn）：总是。②打叠：收拾。③出落：显出。

译文

这一团小酒窝总是娇娇滴滴的，妆点着你像花儿一样的美貌。它清理掉了你脸上的愁意，显露出了你俏丽的腮帮。那么多的钱都耗在你这小小的酒窝里了。

赏析

元代散曲在题材、表现手法上颇能创新，取得了突出的成就，使得散曲在题材上百无禁忌，所以连"笑靥儿"也就是脸上的酒窝也能入题。

南宋胡铨有"君恩许归此一醉，傍有梨颊生微涡"的诗句。朱熹讥讽道："十年浮海一身轻，归对梨涡却有情。世上无如人欲险，几人到此误平生。"一褒一贬两种态度是缘于当事和旁观的区别。而本曲以一种极活泼的语言和表达方式调侃式地对某种现象进行了揭露。其意旨趋于赞同朱熹。

全曲对细节描摹入微，少女巧笑娇媚之情态跃然纸上，而仿如画家用工笔细描，脸上横折沟壑以至于斑点也难逃其笔。对美女脸上娇笑的表情进行描写，古已有之。如《诗经·硕人》中有"巧笑倩兮！美目盼兮！"这种表情描写将美女顾盼巧笑的情态刻画得生动形象。传统诗词一般以动作情态的描写来间接描绘少女的表情，仿如速描。如李清照《点绛唇》中描写少女的情态："和羞走，倚门回首，却把青梅嗅。"以少女的娇羞情态来隐现其天真笑容。

此曲则是摒除动作、形态描写，将笔墨全情凝聚于"笑厣儿"的无穷魅力，而其背景则是"如花貌"。"笑厣儿"一起，整个脸上荡起笑容，不仅使整个脸蛋显得"一团儿可人"，而且具有妆点作用，使脸

上显出娇俏之态。宋朱熹《伊洛渊源录》卷三引《上蔡语录》："明道终日坐，如泥塑人，然接人浑是一团和气。""一团和气"，此处指态度和蔼可亲，然现多有不讲原则之贬义。以上表明"笑厣儿"第一个特点是可以使女人扮"娇"。下文强调"笑厣儿"第二个特点是可以使女人扮"俏"。"打叠""出落"二词，显示出笑厣所具有的特殊妆点功能，笑这种表情是最美丽的表情，它可以一扫脸上的愁容，使脸蛋增添"俏"之美态。然而"叠"字却将女子的"愁"态隐现，使人对女子的娇俏产生疑虑。因之最后一句为点睛之笔，化"销金窝"及"千金买笑"的习语，使之正好印证朱熹的"几人到此误平生"的讥讽。非常巧妙的是，全文用词遣句一如所描写之笑态的甜美，多采用谀言媚语，末句仿佛是不经心的打趣之言，却如蜜糖毒药，喻贬于扬。

后庭花 怀古

◎吕止庵

孤身万里游，寸心千古愁。霜落吴江冷^①，云高楚甸秋^②。认归舟，风帆无数，斜阳独倚楼。

注释

①吴江：即吴淞江，起自太湖，东流入海。②楚甸：楚地，多指苏、扬一带。甸：外围之地。

译文

我独自一人，云游万里，一颗心怀着千古悠悠的哀愁。寒霜落下，吴江变得那样地冷。白云高高地飘着，这楚地处处弥漫着秋意。我寻找着载我回乡的船只，无数的船儿经过了也没有看见它。我只好在夕阳里孤独地倚着小楼。

赏析

曲子一开始，作者就用"孤"和"万里"的对比，凸显了个人在万千世界中的渺小。接下来的"寸心"又和"千古愁"形成强烈反差，用心的小来衬托出愁之多。作者只用了10个字就刻画出一个形单影只、心事重重的人物形象。

"霜落吴江冷，云高楚甸秋"，此句表面上写景，实际却是在抒发孤寂忧愁的心境，一个"冷"字实是曲中人凄凉内心的写照。而曲中人为何如此惆怅？接下来"认归舟"

⊙作者简介⊙

吕止庵，生卒年、字号、生平均不详，从其留下的作品来看，是位浪迹天涯的游子，今存散曲小令三十三首，套数四首。《太和正音谱》评其曲"如晴霞结绮"。

中的"归"相当于告诉读者个中原因，原来曲中人正孤身一人漂泊异乡。"认"字表现了他渴望回乡的迫切心情，但"风帆无数"却暗示了归乡的遥遥无期，不由让人想起唐代词人温庭筠《望江南》中的"过尽千帆皆不是，斜晖脉脉水悠悠"。最后"斜阳独倚楼"与前面的"孤身万里游，寸心千古愁"相呼应，曲中人孤单寂寥的样子顿时浮现在读者眼中。

后庭花 秋思

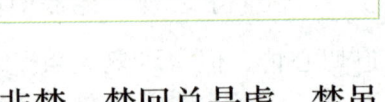◎吕止庵

西风黄叶疏，一年音信无。要见除非梦，梦回总是虚。梦虽虚，犹兀自暂时相聚①，近新来和梦无。

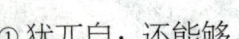

注释

① 犹兀自：还能够。

译文

西风吹起，树上的黄叶稀稀疏疏，一年了，他连个音信都没有。想见他除非是在梦里，但梦过之后，总是虚幻的。梦虽然是虚幻的，好歹还能短暂地相聚。然而最近这段日子，我却连梦也没有了。

赏析

曲子一开始作者就用西风、黄叶营造出萧瑟的气氛，"一年音信无"又点明了曲子的主题——闺中秋思，思念情人。"要见除非梦中见"，说明曲中人自知和情人相见遥遥无期，这不由让读者同情起其处境。偏偏作者还嫌不够，接下来的"梦回总是虚"承接"梦中见"，构成一层转折，让曲中人的悲伤愈发浓重。本来相见无期，靠梦聊以慰藉就已经很不堪了，结果梦还总是虚的，不能为人解忧。

词的品赏知识

本色

本色是品评元曲的重要标准。所谓"本色"主要是针对曲的语言风格而言，大致包括三方面内容。一是曲子的语言要质朴自然，明朗易懂；二是曲子的风格要简单疏淡，真率豪宕；三是曲子要恪守音律，依腔合度。明代曲论家王骥德认为，小曲应"语语本色"，篇幅较大的曲子也应以本色为主，但可以在"引子"和"过曲"处，使用华丽的文藻。

但梦见了，终归要比梦不见好，"梦虽虚，犹兀自暂时相距"与前句构成曲子的第二层转折，进一步强调了曲中人的愁肠百结。而末句的"近新来和梦无"则又和"梦虽虚"构成第三层转折，将曲中人的悲伤推向高潮——曲中人连从梦中得到安慰都不可得。短短的一首小曲，竟转了三次，曲中人的悲伤也随着这三层转折而递进。

一半儿 春妆

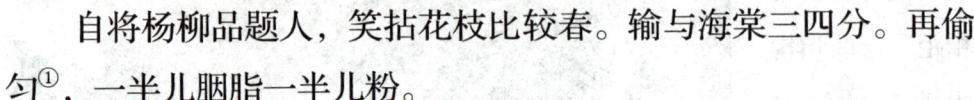

◎查德卿

自将杨柳品题人，笑拈花枝比较春。输与海棠三四分。再偷匀①，一半儿胭脂一半儿粉。

注 释

①偷匀：暗地里打扮。

译 文

自己把自己比作杨柳，微笑着采一朵花来跟它比美。比海棠差三四分，于是又暗地里打扮一番，涂上一些胭脂，一些粉头。

赏 析

此曲是查德卿《拟美人八咏》的八首曲子中的一首，这八首曲子都以"一半儿"为曲牌。根据该曲牌的要求，其末句必须嵌入两个"一半儿"。此曲描写了少女梳妆的情景。

曲的题目是"春妆"，常人写女子梳妆，多将笔触放在描绘女子梳妆的姿态和妆容的样子上。而作者却另辟蹊径，从女子梳妆时的心理写起，让少女与春争艳，十分新颖。

⊙作者简介⊙

查德卿，生平、籍贯均不详，约生活于元仁宗时期。《太和正音谱》将其列入"词林英杰"一百五十人之中。明代李开先对其评价颇高，在《闲居集》中认为元人散曲当首推张可久、乔吉，次推查德卿。

今存其小令二十二首，内容涉及吊古、抒怀、咏美人、叙离情等，风格典雅，清新自然。其作品有《南吕醉太平》《双调蟾宫曲》《仙吕寄生草》《寄生草》《仙吕一半儿·拟美人八咏》《中吕普天乐》等，被大量收录于《朝野新声太平乐府》中。

另一方面，既然是与春争艳，必要用春的明媚来衬少女的明艳，但作者并没有将笔墨掷在春光上，只用了一个"海棠"表现春天，让读者自行想象春之景。

而接下来的"偷"字，用得更是巧妙，充分表现了少女的俏皮可爱。末句"胭脂"和"粉"又渲染出少女的娇艳。此曲曲风活泼，构思巧妙，将少女天真、爱美的心性刻画得活灵活现。

柳营曲 江上

◎查德卿

烟艇闲①，雨蓑干，渔翁醉醒江上晚。啼鸟关关②，流水潺潺，乐似富春山③。数声柔橹江湾，一钩香饵波寒。回头贪兔魄④，失意放渔竿。看，流下蓼花滩。

注释

①烟艇闲：此句写烟水之中小船静静地停泊着。②关关：群鸟和鸣声。取自《诗经》："关关雎鸠，在河之洲。"③富春山：一名严陵山，汉严子陵曾隐居耕钓于此，上有子陵钓台。在今浙江桐庐县西。④兔魄：月亮。

译文

烟水之中小船静静地停泊着，被雨水打湿的蓑衣已经干了，渔翁从酒醉中醒来，江上天色已晚。鸟儿关关鸣叫，水儿潺潺流淌，我快乐得就像隐居在富春山里。江湾传

词的品赏知识

元代的科举制度

元朝统治者一直尝试设科取士，但是，一直到元政权的最后五六十年，才算真正实行科举。戊戌年（1238），元朝统治者就开始以论、经义、词赋三种考试选拔儒生，人称戊戌选试。后来设科取士制度时行时辍，金亡后北方一带停科，直至元代中叶才复科，在科举制度推行一千三百余年的期间，元政权竟然停废长达八十年之久，为停废最久的时期。元代中期的文人姚燧论其用人体制曰："大凡今仕惟三途：一由宿卫，一由儒，一由吏。"可见科举制度基本上也是名存实亡。因此大部分儒生失去仕进机会，地位下降。再加上民族压迫政策，使得一部分人隐逸于泉林，另一部分人流连于市井。因此元代作品中往往流露归隐思想。

来几声船桨声，在寒波里垂下一支钓竿。回过头看看月亮，不留神放开了鱼竿。一看，它已经漂到长满蓼花的水边了。

赏析

此曲描写隐士飘逸洒脱、悠然自得的生活。

烟霭中的小船自在悠闲，雨水打湿的蓑衣已然风干，渔翁从醉中醒来，江上天色渐晚。岸边传来鸟鸣声声，船下流水潺潺作响。曲子起首写了"烟艇""雨蓑""啼鸟""流水"等若干活泼而又富有诗意的事物，又加上渔翁醉眠江上这一行为，就将渔隐之乐表露无遗，好似严子陵在富春山之时。几声柔和的橹声来自江湾，寒波上闲垂一钩香饵，但由于回头贪看明月，不经意间失手掉落了渔竿，只能眼睁睁地看它漂下蓼花滩。

此曲写渔隐之乐，对偶自然，有声有色，情趣盎然；特别是最后关于渔翁失落钓竿的描写，诙谐生动，将渔翁纯真恬淡的天性表现得淋漓尽致，李调元《雨村曲话》评之为"皆他人不能道也"。

蟾宫曲 层楼有感

◎查德卿

倚西风百尺层楼，一道秦淮①，九点齐州②。塞雁南来，夕阳西下，江水东流。愁极处消除是酒，酒醒时依旧多愁。山岳糟丘③，湖海杯瓯。醉了方休，醒后从头。

注释

①秦淮：水名，自句容、溧水流经金陵，入长江。②九点齐州：九州，指天下全境。李贺《梦天》："遥望齐州九点烟。"齐州，神州。③糟丘：酒糟堆积成山。

译文

西风之中，我在百尺高楼上靠着。眼下是秦淮河两岸烟雾微茫的九州大地。塞外的大雁向南方飞来，夕阳从西边落下，江中流水滚滚东去。我忧伤到了极点。要消除这忧愁，唯有喝酒，可酒醒后依旧有许多愁绪。要是山岳都变成酒糟堆成的，湖泊海洋都成了酒杯，我要喝醉了才肯停下来，酒醒了就从头再喝一遍。

赏析

此曲前半写"层楼"登眺。"倚西风百尺层楼"极言层楼之高，使人想起"西北有高楼，上与浮云齐"，而古诗意在嗟叹伯乐知音难觅。此处借境生情，为愁绪之起定下基调。

初观远景，眼界广阔辽远，胸怀陡然舒展。本曲以两组对仗共五句的篇幅写景。自"秦淮"至"齐州"，眼光由近及远，并以李贺的典故来补足想象，极言所处之高与所见之奇，欣喜之状溢于字间。而"塞雁"之句，急转直下，作者的情感猛然发生了变化。塞雁指边塞之雁，一般用来比喻远离家乡的人。如杜甫《登舟将适汉阳》："塞雁与时集，樯鸟终岁飞。"作者瞥见"塞雁"，想到塞雁南来北往年年迁移的艰难困苦，以之观照自身，想起自身远离家乡、四海宦游的经历，离乡背井的哀愁和对家乡亲人的思念等等种种情怀交织，感慨万千，愁思满怀。"夕阳"之句，令人想起唐司空图《九月八日》："老来不得登高看，更甚残春惜岁华。"作者连用三句鼎足对，写及"西下"的夕阳，"东逝"的流水，从宦游无依转而念及"逝者如斯"的感伤。正如李煜在《虞美人》中由"小楼昨夜又东风"引发出似一江春水的愁绪，作者不由得想起年华已逝，往日的岁月一去不复返。唐武元衡《登阖庐古城》所写的"登高望远自伤情，柳发花开映古城。全盛已随流水去，黄鹂空啭旧春声"，正同此境。

接着作者直抒胸臆。"愁极处消除是酒"，极言其愁。前半曲寓情于景，使读者大致能推想作者愁怀之由：宦游生涯，知音伯乐难觅；离乡背井，亲情无以报答；年华渐逝，岁月等闲度过；等等。作者用一个回环反复之句，表达其连绵不断、无法排遣的愁绪，也使人想起柳永"今宵酒醒何处？杨柳岸晓风残月"的凄凉茫然。愁绪深重如此，作者只能"醉了方休，醒后从头"，

表达一种无奈和无力。以此种心情观照外物，自然酒醉之时所见无非"山岳糟丘，湖海杯瓯"，既合一般情理又使作者极端消极的情感以一种巧妙的方式表达出来。对比杜甫的《登高》："风急天高猿啸哀，渚清沙白鸟飞回。无边落木萧萧下，不尽长江滚滚来。万里悲秋常作客，百年多病独登台。艰难苦恨繁霜鬓，潦倒新停浊酒杯。"杜甫在"艰难苦恨"当中知止而停酒杯，与此曲作者之人生态度自然也完全不同。

天净沙 离愁

◎李致远

敲风修竹珊珊①，润花小雨斑斑，有恨心情懒懒②。一声长叹，临鸾不画眉山③。

 注 释

①"敲风修竹"：高高的竹子在风中互相敲击。珊珊：象声词，形容玉、铃、雨、钟等发出的舒缓的声音，此处形容竹子相互碰击的声音。②恨：指离恨。③临鸾：临镜。鸾：指背面铸有鸾凤图案的镜子。

译 文

长长的竹子在风中互相敲打着，小雨滋润着斑斑点点的花朵，我心怀忧伤，情绪十分懒散。我发出一声长长的叹息，对着镜子却不再描眉了。

 赏 析

此曲写闺中女子的离愁，为李致远三首《天净沙》小令中的一首，颇有特色。

曲子以一个工整婉丽的对仗领起，寥寥数笔便勾勒出一副清雅婉约的风景画。作者很擅长用景色表现人物的内心。"竹珊珊"暗示曲中人正心烦意乱，"雨斑斑"则谕示曲中人情绪低落。此二句和"有恨心情懒懒"相互对照，一下子便调动起读者的好奇心，想知道曲中人究竟为何事所扰。"一声长叹"，极显

◎作者简介◎

李致远，生卒年、生平不详，字君深，至元间曾居江苏溧阳。今存小令二十六首，套数四首，《太和正音谱》将他列为曲坛名家，评其曲"如玉匣昆吾"。现代戏曲理论家孙楷第认为，李致远为溧阳（今属江苏省）人，名深，字致远。且与文学家仇远友谊深厚。

哀怨之态，直到曲末"临鸾不画眉山"人们才恍然大悟，原来曲中人是为离愁所苦。"临鸾"有"孤鸾悲镜"之意，都说"女为悦己者容"，情人不在身边，梳妆打扮都失去了意义。

　　曲子围绕对镜梳妆的生活细节展开，通过景物描写，生动细腻地反映出女子孤独苦闷的内心世界，将"岂无膏沐，谁适为容"的情绪表现得恰到好处。

迎仙客 暮春

◎李致远

吹落红，楝花风①，深院垂杨轻雾中。小窗闲，停绣工，帘幕重重，不锁相思梦。

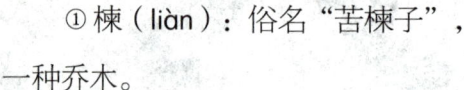

注 释

①楝（liàn）：俗名"苦楝子"，一种乔木。

译 文

风吹落苦楝子花，深深的庭院里，轻雾中有几棵杨柳。小窗开着，我停下刺绣活儿，窗外帘幕重重，锁不住相思梦。

赏 析

这是一首写闺思之情的曲子，描写细腻，含蓄温婉，书写情思不徐不疾，优美雅致。

楝树每年三四月间开花，花呈红紫色，香气袭人。古人称应花期而来的风为"花信风"，相较其他春花，楝树开花较晚，"楝花风"几乎是春天最后的花信风。而"垂杨轻雾"则是在说杨花掩映下的杨

柳。曲子前三句中出现的意象"落红""楝花风""垂杨轻雾"皆是暮春之景。暮春常给人以好景不长之感。

"小窗闲，停绣工"暗示读者曲中人是一名女子。而结合前面的"深院"不难猜到，这女子还是一位大家闺秀。"闲"多用来表现悠闲自适，然而由于作者花了不少笔墨描绘暮春之景，在此曲中它散发出淡淡的哀愁。人们仿佛看到女主人公神情忧郁地倚靠窗口，看着窗外景色发呆的样子。情因景生，美好而短暂的春天一如女子的青春年华，孤单单地在深闺中打发时光，很容易萌生"光阴虚度，辜负年华"的慨叹。不知曲中人是否为此神伤？作者没有说，给读者留下了宽广的

想象空间。深宅大院中的闺秀多不会直截了当地诉说自己的心事，因此最后作者用委婉地笔法——"帘幕重重，不锁相思梦"——来表现曲中人对感情的向往、执着，其间分寸拿捏得恰到好处。

古时文人常借书写闺怨阐述自身的遭遇、情怀。作者李致远清高孤傲，一生不得志，曾有人写诗说他"平生意气隘九州，直欲濯足万里流。讵期功名坐蹭蹬，不意岁月成缪悠"。这和本曲中为春光流逝而怅惘的思妇很有共通之处。

普天乐 咏世

◎张鸣善

洛阳花①，梁园月②，好花须买，皓月须赊。花倚栏干看烂漫开，月曾把酒问团圆夜③。月有盈亏花有开谢，想人生最苦离别。花谢了三春近也④，月缺了中秋到也，人去了何日来也？

注释

①洛阳花：即洛阳的牡丹花。欧阳修《洛阳牡丹记》称洛阳牡丹天下第一。②梁园月：即梁园的月色。梁园，西汉梁孝王所建。孝王曾邀请司马相如、枚乘等辞赋家在园中看花赏月吟诗。③月曾把酒问团圆夜：化用苏轼《水调歌头》词逾："明月几时有，把酒问青天。"④三春：孟春、仲春、季春。

译文

这儿有跟洛阳一样的花儿，有跟梁园一样的月色，鲜花明月，就该买来受用。我倚靠着栏杆看花儿灿烂地开着，也曾在月圆时举酒问明月。月有圆缺花也有开有谢，我想人生最苦的事情就是离别了。花儿谢了到春天还会开，月缺了中秋夜还会圆，人走了哪天才会回来啊？

◎作者简介◎

张鸣善，生卒年不详，名择，号顽老子，是元代散曲家，平阳（今山西临汾）人，后居于扬州。曾任宣慰司令史、浙江提学等职，后称病辞官。至正二十六年（1366）为夏庭芝《青楼集》作序。其曲多为讥讽时政之作，语言幽默尖辣，构思新颖，被誉为"一代之作手"。曾作杂剧三种：《烟花鬼》《瑶琴怨》《草园阁》，均已失传，今存小令十三首，套数二篇。

其传世作品多以男女风情、山林归隐、仕途艰辛和游客思乡为题材。

赏析

此曲名为"咏世"，实言"离愁"，表达了作者的人生态度和人生感慨。

花好不过洛阳，月明应数梁园。而好花须要买来观看才更觉美好，明月须要赊来观赏才愈觉明亮。曲子前四句围绕"花"和"月"，既蕴含着"行乐须及春"的处世哲理，又展示了作者对美好生活追求的愿望。

倚着栏杆看花儿烂漫开，几度持酒向明月祝团圆。五、六两句看花、问月使笔锋一转，产生美景难留的慨叹。但作者更进了一层，提出好花易谢还开，月虽缺能圆，花与月的开谢都有定时，而人间别离却后会难期。

此曲感慨深致，风格略显悲凉，但蕴涵丰厚，富有哲理，不失意趣，是一篇欣赏和思想价值都很高的作品。

普天乐 愁怀

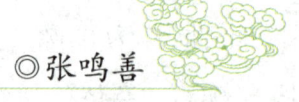◎张鸣善

雨儿飘，风儿飚①。风吹回好梦②，雨滴损柔肠。风萧萧梧叶中，雨点点芭蕉上。风雨相留添悲怆，雨和风卷起凄凉。风雨儿怎当③？风雨儿定当。风雨儿难当！

注 释

①飚：即"扬"，吹动。②"风吹"句：意谓风声打断了好梦。③怎当：怎么禁受得住。当，抵挡。

译 文

雨儿飘洒着，风儿吹着。风把人从好梦中吹醒，雨滴滴落下，让人肝肠寸断。梧桐叶上风儿萧萧，芭蕉树上雨声点点。风雨交加，增添了悲怆和凄凉。怎么才能忍受这风雨？这风雨一定要忍受啊！这风雨太难忍受了！

词的品赏知识

《太和正音谱》

明代朱权所作的《太和正音谱》是现存最早的北杂剧曲谱，明清曲谱中北曲部分都是以《太和正音谱》为依据的。其成书于洪武三十一年（1398），分上下两卷。内容可分为戏曲理论和史料、北杂剧曲谱两个部分。第一部分有"乐府体式""古今英贤乐府格式""杂剧十二科""群英所编杂剧""善歌之士""音律宫调""词林须知"等七个标目，涉及戏曲的体制、流派、制曲方法、杂剧题材分类、古剧角色源流和对元代至明初戏曲作家的评价等，并有杂剧作品目录。在戏曲声乐理论方面，有关于歌唱方法、宫调性质的论述，歌曲源流以及历代歌唱家的片断史料。"词林须知"部分的内容，基本上袭用了燕南芝庵的《唱论》，但有所增补和发挥。《太和正音谱》第二部分的曲谱，依据北曲 12 宫调，分类列举每种曲牌的句格谱式，详注四声平仄，标明正衬，每支曲牌还举出元人或明初杂剧、散曲作品为例，共收 335 支曲牌。

赏析

这是一首抒写被风雨激发起愁怀的曲子。风雨飘摇的夜晚，作者心生悲怆，愁苦难当，继而有感而发。

曲子以风雨起兴，每句不是写风就是写雨，这种反复咏唱，复沓回环的写作手法，在气氛的渲染和刻画人物的心境上，很有艺术特色；在音律和画面感上也具有很强的冲击力。这种写法在散曲中，是独树一帜的文体形式。

古代诗词常把"梧桐""芭蕉"等与秋天联系起来（如"月如钩，寂寞梧桐深院锁清秋""一声梧叶一声秋，一点芭蕉一点愁，三更归梦三更后"），风雨交织间，仿佛那风吹走了作者的好梦，那雨卷起了作者内心的凄凉愁苦。最后三句，一问一答一感慨，极力表现了作者不堪忍受秋风苦雨所带来的满怀愁情，自问自答，层层叠进，思绪起伏跌宕，一句比一句更有力，完美地起到了烘托作用的同时，相比于平铺直叙也更显震撼。

全曲音乐感极强，仿佛把读者也带入了风雨交加的情境中，这能很好地展现作者之"愁怀"，读罢，余音绕梁间读者似乎也深有同感了。

梧叶儿 客中闻雨

◎杨朝英

　　檐头溜①，窗外声，直响到天明。滴得人心碎，聒得人梦怎成？夜雨好无情，不道我愁人怕听②。

注释

　　①檐头溜：檐下滴水的地方。
②不道句：不管，不顾。温庭筠《更漏子》："梧桐树，三更雨，不道离情正苦。一叶叶，一声声，空阶滴到明。"这支小令比之温词，内容略同，意境稍逊。

译文

　　雨水从屋檐上流下，窗外雨滴的声音，一直响到了天亮。滴得人心都碎了，吵得人哪里能做梦？这夜雨多么的无情啊，也不管我这满

心忧愁的人害怕听见它。

赏析

　　这首小令反映的是游子的离愁别恨。为了生计，游子不得不背井离乡，外出谋生。远离故土，远离故乡的亲人，满心的离愁别恨。而恰在此时，天空中飘起了淅淅沥沥的雨，先落在屋顶，再由瓦檐滴落窗外。这令本来心绪不佳呆坐客舍中的游子又添上一层无奈和烦愁。游子一夜辗转难眠，不免对雨心生怨恨："夜雨好无情，不道我愁人

◉作者简介◉

　　杨朝英，号澹斋，生卒年及生平不详，青城（属今山东）人，居龙兴（今江西南昌）。曾任郡守、郎中，后归隐。与贯云石、阿里西瑛等交往密切，被时人视为高士。他最重要的贡献是摘选元人散曲，辑成《乐府新编阳春白雪》《朝野新声太平乐府》，即"杨氏二选"。

　　其散曲多以恋情和隐居为题材，今存小令二十七首。《太和正音谱》评其曲"如碧海珊瑚"。

怕听！"在作者笔下，游子客居客舍，因生愁思而怕听雨的心情描摹得生动传神。试想，若非主人公一夜未眠，他怎么得知窗外雨声一夜未歇呀？不是夜雨滴个不停，主人公怎会一夜未眠呀？作者实中有虚，虚中有实，虚虚实实，都在写人。"滴"和"聒"二字，赋予雨以人的声音、动态，十分生动形象地抒发了夜雨好无情而不解人之愁意，使愁人怕听的绵绵愁思。

此曲写雨夜愁思，抒发深沉的离情别恨，由雨声引发，将雨人格化，把对无情的雨的描写和复杂的心理活动的描写融为一体，情景交融，声情并茂。

水仙子（二）

◎杨朝英

雪晴天地一冰壶，竟往西湖探老逋①，骑驴踏雪溪桥路。笑王维作画图②，拣梅花多处提壶③。对酒看花笑，无钱当剑沽④，醉倒在西湖。

注释

① 老逋：指北宋诗人林逋，因其爱梅，故此代指梅花。② 王维：唐代大诗人、画家。③ 提壶：倒酒。④ 当剑：把佩剑典当掉。

译文

雪停了之后，天地成了个大冰壶。我来到西湖边寻找梅花。我骑着驴踏着雪走过小桥。我笑王维竟画了那么多画幅，专拣梅花多的地方提壶喝酒。我对着美酒，看着花儿笑，没钱就卖剑买酒，在西湖边喝到醉倒。

赏析

此为追攀古人高远风雅以明自己志趣的曲子。

作者列举古人林逋、王维喜爱梅花之故事，又模仿李白慷慨以五

<hr>

词的品赏知识

元曲是最自然的文学

清代学者王国维在《宋元戏曲史》中将元曲之佳概括为"自然"二字，认为："古今之大文学无不以自然胜，而莫著于元曲。"王国维指出，元曲的作者大多没有显贵的身份，也多不是学问大家。他们写曲不为留下传世之名，而仅仅是兴致来了，写首曲子自娱娱人。所以元人写曲"关目之拙劣，所不问也；思想之卑陋，所不讳也；人物之矛盾，所不顾也"，他们只是单纯地书写心中的感想和时代的情状，文字中便自然有了真挚之理和秀杰之气。从这个角度看，如果将元曲当作中国最自然的文学，未尝不可。

花马、千金裘换酒而饮的豪放之举，于雪霁之时迎着晴光、载着酒壶前往西湖寻梅，不但雅趣可以直追先贤，所见景色也绝非一般，须以名家杰作方能形容。如此令人赏心悦目之事，当然要有潇洒旷达之人为之。作者正是合适的人选。万事只求自得其乐的他如今典当了佩剑沽取了些许美酒，不但携酒寻梅，更在寻到后把酒观花，而后醉倒在西湖之畔，表现出作者洒脱而飘逸情怀，直让俗世之人自愧弗如。

塞鸿秋 浔阳即景① ◎周德清

长江万里白如练②，淮山数点青如淀③。江帆几片疾如箭④，山泉千尺飞如电。晚云都变露⑤，新月初学扇⑥。塞鸿一字来如线。

注释

①塞鸿秋：曲牌名。塞鸿，塞外飞来的大雁。即景：写眼前的景物。浔（xún）阳：江西省九江（今江西省九江市）的别称。②练：白绢，白色的绸子。③淮山：在安徽省境内，这里泛指淮水流域的远山。淀：同"靛（diàn）"，即靛青，一种青蓝色染料。④江帆：江面上的船。⑤晚云都变露：意思是说傍晚的彩霞，都变成了朵朵白云。露，这里是"白"的意思。⑥初学扇：意思是新月的形状像展开的扇子。

译文

万里长江白白的好像一条绸缎，淮河两岸的远山绿得像靛青一样。江上的几片船帆行驶飞快，像离弦的箭一样；山上的瀑布从千尺悬崖上飞奔而下，仿佛是一道闪电。傍晚的彩霞，都变成了朵朵白云。刚刚升起的月亮看上去就像刚刚展开的扇子一样。塞外的大雁排成"一"字飞来，就像天空中挂着一条线儿一样。

赏析

此曲为作者傍晚登浔阳城楼即

◎作者简介◎

周德清（1277—1365），字日湛，号挺斋，高安（今属江西）人。精通音律，总结北方语音特点著《中原音韵》，为散曲家用韵之本。其曲用韵精严，意境清高，评价甚高。今存小令三十一首，套数三篇。

兴之作。

"长江万里白如练"和"淮山数点青如淀"是作者远眺长江之所见。"万里白"和"数点青"形成对比，既写出了长江的磅礴气势，意向雄远，又描绘出色彩对映之美。接下来两句虽还是远眺，但移近了视界，对江帆、山泉的描绘充满动感。所谓醉翁之意不在酒，此二句中，作者写江帆是为突出江水奔腾之迅猛，写山泉则为表现山高且险峻。

五、六句写晚上云雾凝结成颗颗露珠，新月初升，玲珑可爱，好似含羞女子初展纨扇。末句异军突起，写远望到一行秋雁列队自北而南飞来。这一描写将前六句画面串联起来，苍凉邈远，增添了整个画面的内涵，

引起人们无边的秋思，绵长悠远。

此曲下笔意境阔宏、极具气势，设色简洁鲜明，浓淡相宜。特别是结句对塞鸿的描写，灵动新奇，余韵悠然，引人遐想。